21世纪

中国当代科幻小说选

怪圈

金涛 **主编** 北极山 **著**

广西科学技术出版社

图书在版编目（CIP）数据

怪圈 / 北极山著. —南宁：广西科学技术出版社，
2012.7（2020.6重印）

（21世纪中国当代科幻小说选 / 金涛主编）

ISBN 978-7-80666-087-4

Ⅰ. ①怪… Ⅱ. ①北… Ⅲ. ①科学幻想小说—中国—
当代 Ⅳ. ① I247.5

中国版本图书馆 CIP 数据核字（2012）第 151831 号

怪圈
GUAIQUAN

北极山　著

责任编辑　黎　坚		**封面设计**　叁壹明道	
责任校对　李文宇		**责任印制**　韦文印	

出 版 人　卢培钊

出版发行　广西科学技术出版社

　　　　　　（南宁市东葛路 66 号　邮政编码 530023）

印　　刷　永清县晔盛亚胶印有限公司

　　　　　　（永清县工业区大良村西部　邮政编码 065600）

开　　本　700mm × 950mm　1/16

印　　张　15

字　　数　202千字

版次印次　2020 年 6 月第 1 版第 4 次

书　　号　ISBN 978-7-80666-087-4

定　　价　29.80 元

本书如有倒装缺页等问题，请与出版社联系调换。

序

　　我是主张学生的课外阅读面要宽一些的，除了看中外文学的经典著作，不妨也涉猎一点科幻小说。

　　有人会问：阅读科幻小说有什么益处呢？

　　这不禁使我想起不久前看到的一则有趣的报道。这篇报道发表在2000年5月13日的《北京青年报》，题目是《从科幻小说中寻求航天新技术》，全文不长，照录如下：

　　科幻小说里的超光速旅行和弯曲空间大概还要继续作为幻想存在下去，但另外一些奇思妙想却可能走出小说，成为现实。欧洲航天局正从科幻小说中寻找灵感，研究新的航天探索技术。

　　据此间新闻媒介报道，欧洲航天局组织了一批读者，从科幻小说中寻找可能有价值的设想，然后交给科学家评估，研究这些设想能否用于未来的空间探索任务。欧洲航天局还欢迎广大科幻爱好者提供有创意的想法。

　　欧洲航天局"从科幻小说到空间探索创新技术项目"协调人大卫·雷特博士介绍说，事实已经证明，科幻小说中的部分设想确实具有实用价值。

　　19世纪80年代，现代电子技术还没有出现，就有人提出传真机的设想；1928年，行星着陆探测器出现在科幻小说里；1945年，小说家设计出了供宇航员长期生活、从地面由航天飞机定期运送补给的空

间站；20世纪40年代的一部著名卡通片里，大侦探使用的手表既是可视电话，又是照相机。这些设想在刚刚问世时不易被理解，但随着技术进步，它们陆续变成了现实。

英国华威大学的数学教授兼科幻小说家伊恩·斯图尔特说，美国航空航天局也经常向科幻小说作者咨询，征求创新设想。美国航空航天局甚至在进行一个"突破推进物理学项目"，希望最终研制出能使航天器速度接近光速的新型引擎。

这则报道之所以引起我的兴趣，首先在于它富有说服力地澄清了长期以来对科幻小说的误解，那种轻率地指责科幻小说纯系胡思乱想的说法是毫无根据的。我们虽然还不知道欧洲航天局究竟从哪位作家的哪一部作品中获得了灵感，但是无可争辩的是，科学技术专家并非是要从科幻小说中寻找计算公式或者燃料配方，而是"有创意的想法"，而这正是科幻小说最具有生命力最有价值的所在。

不仅如此，这则报道还说明，科学技术专家有时候也需要求助于文学家。实际上，在科学技术的发展历程中，不少科学家、发明家曾经受惠于科幻小说的启迪，从科幻小说中获取创造发明的灵感。法国科幻小说大师儒勒·凡尔纳的《海底两万里》中描写了尼摩船长的潜艇"鹦鹉螺号"，这在当时是根本不可能的。但是凡尔纳有关潜艇的科学构想，却是一个天才的富有创意的预言。因此，美国发明家、号称"潜艇之父"的西蒙·莱克（1866~1945年）在回忆录中说："凡尔纳是我生命的总导演。"正是凡尔纳的《海底两万里》启发他发明了第一艘在公海航行的潜艇。也正是同样的原因，美国第一艘核潜艇被命名为"鹦鹉螺号"，以纪念凡尔纳最早提出了潜艇的科学构想。

英国著名科幻小说家阿瑟·克拉克不仅是世界一流的科幻小说家，而且还是现代卫星通讯最早的设计者。1945年克拉克就提出通过卫星系统实现全球广播和电视转播的大胆设想，而在20年后由于地球同步卫星的发射成功，这一预言终成现实。值得一提的是，克拉克1964年发表的科幻小说《太阳帆船》，描绘了利用太阳风（即今天造

成地球上无线电通讯发生故障的太阳粒子流）进行太空帆船比赛的大胆设想。这部小说发表后，引起美国航空航天局极大关注，他们对这一科学构想能否用于太空飞行颇有兴趣，并且进行了富有成效的实验。

科幻小说是面向未来、展示科学技术发展前景的文学。科幻小说中的幻想不是毫无根据的胡思乱想，而是建立在科学基础上的想象。它不仅以奇特的构思、超越时空的氛围展示科学技术高度发达所带来的美好未来，也深刻地揭示了科学技术有可能造成的负面影响。因此，阅读科幻小说对于启迪智慧，开拓思维，激发对科学实践探索的热情，洞悉未来的发展趋势都是大有益处的。

我们现在不是大力提倡素质教育吗？其实，素质教育的核心是训练人的想象力和创造力，因为想象力和创造力乃是创造性思维的体现，也是发明创造的基本前提。正是在这方面，科学幻想小说丰富的想象力和它描绘的未来世界的科学构想，对于读者创造性思维的培养是潜移默化的。近年来，西方国家许多大学竞相开设了科幻小说的课程和讲座，指导大学生或研究生阅读优秀的科幻小说，其目的也是出于素质教育的训练。

正是出于这样的考虑，广西科学技术出版社将陆续推出国内科幻小说家的新作，我希望这套丛书能够被广大青少年读者所接受。同时也诚恳地欢迎大家评头论足，提出宝贵的意见和建议，以便进一步推动我国科幻小说创作的繁荣。

金　涛

编者的话

为什么要出版科幻小说？

青少年阅读科幻小说有什么必要？

这是我们多年来一直在思考的问题，也是主编这套《21世纪中国当代科幻小说选》要向读者作一番交代的问题。

我想起凡尔纳的作品对后世的巨大影响。

大家知道，儒勒·凡尔纳是法国著名的科幻小说大师，被誉为"科幻小说之父"。他一生写了75部科幻小说，被翻译成各种文字，受到世界各国广大读者特别是青少年的喜爱。凡尔纳（1828～1905年）生活在19世纪，20世纪初他便离开了这个充满幻想、科技发达的世界。然而他在1865年发表的科幻小说《从地球到月球》和另外一本名为《环绕月球》的科幻小说中，第一次描写了人类登月探险的故事。1873年他的《海底两万里》发表，这部小说描写了尼摩船长驾驶一艘"鹦鹉螺号"潜艇在海底探险的故事。1889年他又写了一本开发北极的科幻小说《北极的购买》，此外还有脍炙人口的《地心游记》《八十天环游地球》《气球上的五星期》等。应该指出的是，凡尔纳当时在作品中描写的飞向月球也好，在海底世界自由驰骋的潜水艇也好，以及开发北极也好，都是现实生活中闻所未闻的，纯粹是凡尔纳大脑中的想象。可是凡尔纳大胆的科学幻想和伟大的预见，却大大鼓舞了许许多多的有志之士，许多人正是从凡尔纳的科幻小说中受到启发，汲收

灵感，而投身到把幻想变为现实的伟大事业中，作出了历史性的贡献。

当代"潜艇之父"西蒙·莱克在他的回忆录中写道："凡尔纳是我生命的总导演。"

阿特米拉·拜特在他开始首次北极飞行时就宣称："第一个完成这个壮举的人，并不是我，而是凡尔纳，给我领航的是儒勒·凡尔纳。"

俄国宇航之父、著名火箭专家齐奥尔科夫斯基（1857～1935年）说："就是儒勒·凡尔纳启发了我的思路，使我按照一定的方向去幻想。"

最有意思的是，凡尔纳在一百多年前幻想的人类登月探险的出发地点——美国南部的佛罗里达，在1969年7月16日美国发射的第一艘载人宇宙飞船"阿波罗11号"，恰恰是在佛罗里达州的肯尼迪航天中心发射而登上月球的——这当然绝对不是简单的巧合。另外，还值得凡尔纳骄傲的是，当1954年美国制造出第一艘核动力潜艇时，将它命名为"鹦鹉螺号"，以纪念凡尔纳这位天才的科幻小说家，因为他当年在《海底两万里》中所创造的尼摩船长的潜艇就是一艘核潜艇！只不过由于当时的科技发展水平的局限，凡尔纳对潜艇所用的核动力的描写是错误的。这对于一百多年前的一本科幻小说，是完全可以理解的。

我们从凡尔纳的作品对后来科学技术发展的预见性，特别是这些作品所产生的影响，不难发现科幻小说对于读者的潜移默化的作用。其实，科幻小说的这种不可替代的作用，是许多享有盛誉的科幻小说经典之作的共同特征。

俄国的齐奥尔科夫斯基不仅是一位杰出的宇航火箭技术专家，也是一位天才的科幻小说家。他在科幻小说《在地球之外》中，系统地、完整地描述了宇宙航行的全过程，他在小说中提到了宇航服、太空失重状态、登月车等，完全被现代太空技术的发展所证实。齐奥尔科夫斯基的天才预见，后来启发了很多科学家。美国阿波罗计划的领导者

之一、著名火箭权威、德国火箭专家冯·布劳恩曾说过："一本描述登月计划的科幻小说使我着了迷，此书令我异想天开地去作星际旅行。这是需要我付出毕生精力去从事的事业。"1965年4月，在冯·布劳恩领导下研制出总长85米的"土星5号"火箭，为美国阿波罗计划的成功奠定了坚实的基础。

目前仍定居在印度洋风景秀丽的岛国——斯里兰卡的英国科幻小说家阿瑟·克拉克（1917～　）是20世纪科幻小说的世界级大师，他的代表作有《太空漫游2001》《与拉玛相会》《天堂的喷泉》等。今天已成为现实的全球卫星通讯，如果追根溯源，应该归功于这位科幻小说家。美国著名科幻小说家阿西莫夫在《宇宙、地球和大气》这本书中曾经指出："人造卫星的另一个服务性应用也一直在发展。早在1945年，英国科幻小说家克拉克（Arthur C.Clarke）就曾指出，人造卫星可以用来作为中继站，使无线电讯号跨越大陆和海洋。只要把三颗卫星放在关键性的位置上，卫星转播的范围就可以遍及全世界。这个在当时看来很荒唐的幻想，在15年后却开始变成现实了。"阿西莫夫还特别提到，1960年8月12日，美国发射了"回声1号"卫星，使克拉克的科学幻想变成了现实，而这个成功设计了卫星通讯的领导者是美国贝尔电话实验室的皮尔斯。有趣的是，皮尔斯本人也是一位业余的科幻作家，他曾用笔名发表过科幻小说。

克拉克还写过一篇异想天开、构思奇妙的短篇科幻小说《太阳帆船》，小说的科学构想是利用太阳辐射的粒子流即太阳风为动力，驱动巨大的帆片，在太空中进行帆船比赛。这篇小说一发表，立即引起美国航空航天局的高度重视，并秘密开展了利用太阳风的可行性研究。

大量的事实证明，科幻小说自它诞生以来，以其大胆的、奇妙的科学构想和对未来社会科学技术的预测，以及丰富的艺术表现手法和个性鲜明的人物形象，展示了基于现实又超越时空的生活场景。它极大地启发了读者的想象力，有助于他们展开幻想的翅膀，激活思维的创造力，从而与作品中的人物一同去探寻神秘的科学世界，并因此受

到科学魅力的启迪，训练自己的思维。这，也是我们今天特别提倡的素质教育的范畴。

应该特别指出的是，科幻小说从诞生的那一刻起，就特别关注科学技术发展与人类的命运这个至关重要的问题。科幻小说家不仅讴歌科学技术的进步给人类社会带来的福音，传播科学技术的创造发明所能造福人类的种种惊喜，与此同时，他们也以敏锐的洞察力，超前的预见和精辟的见解，对科学技术发明成果的滥用和负面效应的危害，提出了富有远见卓识的忠告。今天，人类正在面临的温室效应、臭氧层空洞、环境污染、物种灭绝、电脑犯罪、计算机病毒、核污染、艾滋病、电脑黑客等文明病，这些伴随科学技术发展而产生的负面效应，早已被科幻小说家不幸言中，许多科幻小说以超前意识很早就预见了滥用科技成果所产生的副作用。在这个意义上，科幻小说的警世作用同样是十分重要的。

早在 20 世纪初的 1903 年，年轻的鲁迅在留学日本时就向国人翻译介绍了凡尔纳的科幻小说《从地球到月球》和《地心游记》，另一位文学大师茅盾也在 1917 年编译了英国科幻小说大师威尔斯的作品《巨鸟岛》（以《三百年后孵化之卵》为名），这都是中国科幻小说发展史上值得一提的事。尤其值得关注的是，鲁迅先生当时就富有远见地指出，由于科幻小说具有"获一斑之智识，破遗传之迷信，改良思想，辅助文明"的作用，因此他大声疾呼："导中国人群以进行，必自科学小说始。"

鲁迅先生说得多么好啊！

当新世纪的钟声响起时，我们愿重复鲁迅先生的话："导中国人群以进行，必自科学小说始。"

编　者*

---

* 注：金涛原系中国科协科普文艺委员会主任。

楔　子

　　清晨，一轮圆圆的太阳像往常那样在雾霭之后慢慢显现，可是一觉醒来的人们发现，这个城市好像变了。

　　首先是全市的银行、商场等大的金融、商业机构全部关门闭户，门前贴的告示一律是"因电脑故障，暂停营业"，购物的人们只好挤到自由市场或街头巷尾的小卖部来买点存货应急。不久，通往外埠的汽车、火车、飞机班次全部取消，理由依然是电脑故障，无法调度与售票。随后连公交车、无轨电车也驶回公司，再不发出。接着是邮局停止向用户投递报纸和信件，医院、宾馆、影院及各种娱乐场所都停止了运转。全城的个人电脑也一台接一台地被关掉，有的人正在网上搜寻、聊天得正欢，就惊慌地关掉了电源、扯断了网线。由于电话线也在因特网络之中，于是电话也随之无人再打，政府机关也停止了一切与电脑有关的公务活动。不到上午 10 点，整个城市的所有电脑及有关网络完全被人为地关停，全市的交通、通讯、商贸、行政、文化生活几乎到了瘫痪的地步。下午，混乱向其他城市波及，有蔓延全省甚至更大范围的趋势。

　　这就是 21 世纪某年春季，南方一座大城市的一天。

　　这场恐慌和混乱的起因是前一天的小报和因特网上登载的"计算机神秘事件"。消息称：市区西郊科学岛上的巨型超级计算

机屡屡出现神秘异常，许多专家和职员在操作时突发怪病，患者不是死亡，就是成为植物人，这种异常将会波及因特网和个人电脑用户，这说明电脑会成为人脑的杀手，使用电脑对操作者可能是危险行为，云云。当人们得知科学岛上的巨型超级计算机确实已被关闭，并且国家卫生部等若干部门联合派人来计算中心调查时，对这个消息就更深信不疑了。经过一夜的传播和酝酿，终于导致了第二天的集体关机和随之而来的大混乱。

幸而混乱没有持续多久。几天后，日报、晚报等报纸又如期发行了，在第一版即用大号字体登出辟谣声明，声明称该神秘事件纯属好事之徒编造的无稽之谈。辟谣声明还列出证据，言之凿凿，极有说服力。看了报纸，市民们对神秘事件由深信不疑转为半信半疑，等看了电视和听了广播播出的辟谣声明之后，终于思路顿转，纷纷笑自己的轻信、无知、不讲科学，这年头，真是搞得"家家有电脑，人人无大脑"了，于是全城秩序瞬间恢复正常。这几天，全市及邻近的一些城市的经济、文化生活虽乱得一塌糊涂，但造成的混乱和损失并不比前几年的股票狂跌潮带来的更大。人们乱定思乱，传闻嘛，像雨后的蘑菇，其兴也勃焉，其销也忽焉，来得迅速，去得突然，可不能再轻易为之所动了。

然而恐怕很少有人知道，最早想出辟谣这个主意的，不是别人，正是我。

我是这个城市的一名活跃的科技记者。可以说，在小报和网站登出耸人听闻"神秘事件"消息的当天，社会上刚出现恐慌的苗头时，我就开始为辟谣奔走了。我到政府机关游说，申明这可能是一则会引起严重后果的消息，并竭力证明事实上绝无此事，必须马上辟谣。随着几天后形势的发展，官方才承认我的顾虑是有道理的，确有先见之明，于是决定为我的辟谣活动大开绿灯。

我自称：我与科学岛上的"超级计算机研究中心"过往甚密，

常去采访和学习，甚至对巨型超级计算机的使用方法都了如指掌，却从未听说那里发生过什么"神秘事件"。超级计算中心的负责人也申明：这里最新研制的巨型超级活子计算机刚运行时难免时常出些小故障，但绝对没有不可解释的、超自然的神秘现象发生。电脑商家、所有的网站也纷纷响应，称电脑入网绝对安全，电脑只是机器，是些"伟大的傻瓜"，决不会成为人脑的杀手，请网络用户放心，等等。

另外我的辟谣还占了天时：某小报最早登出这则危言耸听的消息那天，恰好是4月1日——愚人节。按西方的习惯，这一天人们可以随意编造谎言去愚弄人，而无须负什么责任。当然国内的大多数同胞并不理会这类洋货，但某些阶层的附庸风雅人士却特别关注这一天，以便淋漓尽致地发挥一下他们那原本不多的创造欲，满足他们心中的恶作剧愿望。我在辟谣声明中抓住这一点，把"神秘事件"说成是"愚人节的新闻"，同"月球背面出现轰炸机"，"千万年前的地层里劈出活的大白兔"之类的消息一样荒唐，市民们无不恍然大悟。

我干吗要这么做呢？受某人指使？我没那么"下贱"；追求真理？我又没那么"高尚"。事实上，如果追求真理，我就不该去辟谣了。因为，"计算机神秘事件"确有其事，我了解——不，说了解还不够，应该说"参与"或"卷入"——事件的全过程。我对那巨型超级计算机的使用方法确实了如指掌，甚至可在家中联网操作，正是"秀才不出门，全知天下事"，可这神秘事件却让我"知了天下事，不敢再出门"。那一连串的事件如今想起来还令我心悸。"造谣"——向外透漏消息的始作俑者，是一位德高望重的专家。可是这个事件太神秘、太重大、也太可怕了，我相信社会难以承受，应该采取更正或辟谣的办法来消除它的影响。果然，小报登出消息的第二天，全市生活秩序就开始大乱，混乱随之向其他

城市扩散。为防止它波及全国，我决定做一回"以善伤真"的事，来它个"辟谣"，不明真相的官方当然赞许我的做法，连超级计算机研究中心的新任负责人都几乎被蒙在鼓里。只有我和几个当事人清楚，我这样做才是真正地在造谣，我写的"辟谣声明"是我多年记者生涯中的唯一的谎言！

从此，我们打算，让事件的真相永远藏在我们心里，即使终有大白于天下的一天，也让它到来得越晚越好。

哪知事态随后又有了出人意料的发展，一场场令人惊愕的变故，使我们不得不把事情的真相、事件的来龙去脉和盘托出。

这个神秘事件以及它前后的一系列故事，我不妨称它为"怪圈"。

1

翻翻台历，常会翻出一些名人的纪念日。每个名人都有两个纪念日：一个是诞辰纪念日，一个是逝世纪念日。其实何止名人，对于普通人，一生最值得纪念的日子也就是这两天了。当然，这是在他们的"身后"。因为活着的人是只知道自己的生日，不知道自己的"忌日"的，不但不知道，而且讳言那一天，平时甚至连想都不去想它。

英国小说家托马斯·哈代曾发奇想：人每年都要喜气洋洋地过一次生日，但他每年肯定也要度过自己将来的"忌日"的那一天。那么每年到这一天时，他有什么异常的感觉没有？是不是精神特别地压抑？是不是总觉心神不宁？是不是感到一阵阵的无名颤栗令他周身寒彻？

我更觉得，如果一个人真的知道了自己的"忌日"，恐怕他不仅只是在每年的那一天感觉有些异常而已。因为，想到自己毕生的辛勤、努力、奋斗、追求，即使是登上了王座，也终于将在某年某月某日化为泡影，那么他追求的成就、享受、地位还有什么意义？我想，他只有寝食不安，心烦意乱，战战兢兢地等待那一天的到来了。

这么说，也许会有人嗤之以鼻，认为纯粹是杞人忧天、百虑

愁眠，谁能准确地知道自己的"那一天"？那一天本是个不确定的日子！不过，我不这样想，我认为哈代的这个奇想并非空穴来风，下面我要讲的故事就与这个奇想很有关系，田作雨就预先准确地知道了那一天。

田作雨的车祸，发生得非常蹊跷。

他是在市西郊一座水泥桥上走路时被一辆疾驶而来的小汽车撞倒的，当场不省人事，被人送到了医院。经抢救，他总算脱离了危险。

提起田作雨，也可称是知名人士了。他的祖父在很早以前就是一位赫赫有名的大资本家，虽经历过几次大起大落，家业传到他这儿，还是越滚越大。市里有几个可称为全市支柱产业的公司、工厂都归在田作雨名下。他的投资伸展到省内外。由于他在经济上的影响，他还挂着全国政协委员、省政协常委的头衔。在城市的一端，全市最古老、最坚固的，也是最有特色的一幢西欧风格的红色洋楼就是他的祖承家业之一。另外他在市郊建有两处别墅。在社会上，常听到有关田作雨的传闻。在别人的眼里，那别致的洋楼里该是天天高朋满座、觥筹交错，过着神仙般的日子，但作为田作雨老同学、老朋友的我心里最清楚，他天性不好交际，也没有突出的经营才能，很少过问公司的事，每天只靠欣赏收藏品来打发时光。

田作雨有很深的收藏癖好。年轻时收藏邮票、烟标、火花、贝壳之类，现在则专门收藏古旧书和动物——当然他收藏的动物都是活的，因此不能叫收藏，应该叫豢养才确切。以他的财力，这都是不成问题的。在郊外，他就有一处规模不小的饲养场，雇了几十人看管。那里除了鸡、鸭、猪、狗外，各种鸟兽虫鱼俱全，野狼、野鹿、猴子、天鹅，大到奶牛，小到蜗牛都有。最近，田作雨把这座

饲养场命名为"野风别墅",增加了一系列配套设施后,成了旅游者观赏野风、品尝野味的一个景点。

中学时,我们是一个班的同学,而且大半的时间是同桌。那时提起田作雨,同学们都说他是个可笑的怪人。比如他不会骑自行车,也从来不坐汽车(更不用说火车和飞机了)。有一年全班去郊外春游,大家都搭公共汽车,我们边走边玩从学校走到汽车站,等来了车,坐到目的地下车再边走边玩到了旅游景点,发现田作雨也踽踽独行刚从市里走到此地。有几个同学便嘲笑他,说怪不得他家里那么有钱,原来是这么精打细算省出来的。几个逃票的同学更取笑他,说:"你精打细算也不如我们会钻空子,我们既不受累又达到了目的。"气得田作雨脸上红一阵白一阵。后来他告诉我,不许坐车是他父亲从小为他定下的规矩。父亲一直对他过分溺爱,所以不许他学骑自行车,怕他学会骑自行车之后,上街容易发生车祸。推而广之,连汽车、火车也不让坐了。从小学到中学,他上学从来不坐车,每天早出晚归,从家走到学校,从学校走到家。直到他老爹死后,禁令才自动解除,他才开始买车、坐车。

所以听到他出车祸的消息时,我非常吃惊。想到当年他老爹的那一片苦衷,哪知最终还是发生了车祸,冥冥之中,仿佛是天网恢恢,盈虚有数。他老爹在天之灵有知,真不知该是如何的悲哀!

田作雨被送到附近的医院,苏醒之后,马上又转入省第一医院神经科。这个神经科是我国南方最大的神经专科医疗机构,有着最完备的设备和一流的人才。当我跨进田作雨宽敞的单人病房时,他正斜靠在病床上发呆,床边摆着许多鲜花和补品。田作雨其貌不扬,中不溜秋的个儿,一副瘦瘦的身架,走到哪儿人们也不会把他和"千万富翁"联系起来。此刻,一身的蓝条条病人服,

使得他本来就瘦的身材显得更瘦了。只见他目光平静，情绪尚好，除了头上一块乌青的痕迹外，似乎没什么外伤。伤得不重嘛，我想，一直提着的心也放下了八九分。

"你是怎么搞的，老伙计？"我释然地坐在床边的沙发椅上，问："伤得重不重？"

"你在问我吗？"田作雨有点奇怪地反问。

"当然是问你。"我说。

"你是谁？"他说这话时，瞪大双眼盯着我，斜靠在床的上半身慢慢坐起。

这时我才觉得他今天有些反常，因为他这人性格虽时常显得古板，但平时对待我还算得上是随和自然的。我仔细看了看他的眸子，那对眸子隔着眼镜一闪一闪的，带着调皮和狡黠。哦，他是在开玩笑，我于是伸手拍一拍他的手臂："你老兄又是谁呀？别装

糊涂，只要你知道你是谁，就知道我是谁了。"

我之所以这样说，也只是随口开玩笑而已。

"你……"他依然是又迷惑、又天真地望着我，平时那说不清是老谋深算，还是呆头呆脑的特有神态全然不见了。过了一会，他摇了摇头，眼睛的光芒淡漠了许多，支起的上半身又靠到了床上："我——真的不认识你。"

忽然我想，这是不是车祸造成了他的脑部损伤？否则，为什么这副憨态？为什么要送到神经科来？刚才我无意中说出的话，竟道出了他的病症，这老兄伤得好重，已认不出老朋友了。（后来我才知道，他从昏迷中醒来之后，自己也不知自己是谁了，问医生的第一句话竟是："我是谁？"）看到多年的密友突然变成了这个样子，我心中一阵难过，仍然不相信地大声问："作雨，你到底是怎么了？真的伤成了这个样子？是脑震荡吗？"

"不要乱嚷，这是医院！"一个女声在我身后响起来，声音虽然没我的响亮，却也够得上是"嚷"了，而且比我的声音高八度，想必传得也不近。

我回头一看，是一位身材高挑的年轻女护士站在我后面，淡淡的来苏儿味中还夹杂着一丝依稀可闻的夜巴黎香水味。

"阿姨，这个人要打我，快把他撵走！"田作雨指着我说。我的心"忽"一下凉到了底：他的脑神经已经受损到了这样的地步！

"别怕，我来撵走他。"女护士说着放下一盘药，把我叫到一边，声音仍然不低地问："你是他什么人？"

这时，我才看清这女护士的容貌，两只不算小的眼睛上下眼睑被纹成了深黑色，在洁白面庞的衬托下十分醒目，更醒目的是那两片涂得火红的嘴唇，还有那宽松的白大褂也掩饰不住的优美身段。只是精心修饰的柳眉微竖，使脸上有一种逼人的神态。

"我是他的好朋友，小姐……他得的是什么毛病？"

"这是失忆症，脑震荡造成的。"她同情地瞥一眼床上坐着的比她大几乎二十岁，又叫她阿姨的人，"他家为什么不来人？你要快点通知他家里来人。"

"他是独身。"我淡淡地说。田作雨的早年有过一些坎坷的遭遇，这是一两句话说不清楚的。

"哟，他不是好几家公司的大老板吗？你瞧这么多鲜花，不少人来看他都被挡在大门外了，怎么他又独身一人？那小秘总该有吧，代理总该有吧？"

"有事先向我说就行，小姐，一切我全权代理。……他怎么叫你阿姨呢？"

"米柯大夫说，这是由失忆症导致的年龄退行，他只保留了八岁以前的记忆。也就是说，他现在的表现只相当于一个八岁的孩子。你们几岁时认识的？"

听了这话，我心中一惊，怪不得他不认得我了，"十多岁时，"我机械地说，同时我又不满地责备道，"喂，他叫你阿姨，应该给他纠正，你们可以及时告诉他事实真相嘛……"

女护士打断我的话："米柯大夫有安排，他说，要按治疗计划办事。听说这田老板是几代单传的大富翁。"

"这种病能恢复吗？"

"谁知能不能，治疗的事，去问米柯大夫好了。"护士小姐见我不回答她的问题，转身要走。我拦住她，问："还有，他的伤势怎样，除了脑震荡外，别的……"

"别的没什么外伤，要不干吗来神经科？"

"噢……估计多久能恢复呢？"

"刚才不是说过了吗，既来之，则安之，按米柯大夫的计划行

事。神经科有神经科的特点，我们这儿常说，神经科，神经科，活的少，死的多，剩下一个傻呵呵。好啦，你还是先和那个闯祸的家伙谈谈吧，他就在那儿。"女护士说完这话时已经走出门去，又回头向里一指，随后飘然消失在门外。

这时我才注意到病房里还有一个人，也许我一进门就看到了他，只是因为田作雨的状况太令人震惊，一时没留意这人而已。现在仔细看去，此人正坐在靠窗墙角阴影处的一把藤椅上，年纪大约三十出头，穿一身考究的西装，一副瘦削的身材，脸庞也同样瘦削，眼窝深陷，面部中央是一只惹眼的鹰钩鼻子。此刻他正两眼微眯望着窗外，我走近时，他冲我点点头。

我一屁股坐在一把躺椅上，立刻说："我是田作雨多年的密友，因为田作雨现在身边没有亲人，他的经纪人正巧出远门了，有关的事向我说就可以，你先谈谈是怎么出的事吧。"

对方用眼睛盯着我，说："中午我开车，走到西虹桥上……"

"等等，"我打断了他的话，"你怎么称呼，在哪儿工作？"

"哦，"他像忽然想起这个问题似的淡淡一笑，"我叫霍明高。"

霍明高？好耳熟！在哪儿见过？又分明面生。我正迟疑间，他已从西装口袋里掏出个精制的名片盒，抽出一张名片递过来。

我接过一看，这是一张用全息照相法印制的高级防伪名片，在光线照射下，上面主人的相片和文字向上浮起，变幻着彩虹般的光芒，名片纸又轻又韧。因这种名片可以防伪，故几乎有与身份证同等的效力。但由于造价昂贵，且审批手续繁琐，故目前只在有钱、有地位的阶层中流行。名片中，"霍明高"的上方有"中国科学院超级计算机研究中心副主任""国家攀登计划项目首席科学家""中国科技大学计算机系教授""美国麻省理工学院理学博士"等几个令人头晕的头衔。

原来是那位大名鼎鼎的计算机专家！听说他十年前学成回国，参加了超级计算机"银河 10 号"的设计工作，达到了世界领先的水平。又听说他最近正在研究新一代最高级、运算速度最快的新型计算机。交换了名片后，我说："久闻霍博士的大名了，我是报社专搞科技报道的，笔名北极山……"

"听说过，专爱写街头巷尾的奇闻轶事。"他表情淡漠地说。

面对他的倨傲，我心中掠过几许不快。事到如此，我心中倒平静了许多，心想既然肇事人是一位知名学者，总不会胡搅蛮缠、没理辩三分吧。我不再表露对他的仰慕，而是开门见山地问："当时是你亲自开的车吗？"

"当然，我向来都是亲自开车。"

我又问："在交警那里，责任搞清了吗？"

"搞清了？"霍明高博士依然盯着我，"我正准备打官司呢！交警队认定责任在我，笑话！"

"怎么？责任在田作雨吗？"我又吃惊，又怀疑。

"当然在他。"

"既然你这么说，我很想听听事情的经过。"我沉下脸来说。

霍明高博士听了这话，道："你只是他的朋友，你能代表他吗？我还是和他的律师交涉吧。"

我马上回答："那太巧了，我就是他的法律顾问。"其实田作雨并没有什么私人法律顾问，他的几个公司有，但与他私人没什么业务联系。田作雨是个很逍遥的人，他从来不认为他个人会在法律上遇到什么麻烦。不料今天他真的遇到了，我想我临时为他当一回法律顾问总还是可以的。

霍明高博士用怀疑的目光盯了我片刻，说："好吧，我不会绕弯子，也不会客套，我可以直言相告。"

本来我是准备耐心地听他叙述车祸发生的全过程的，我还悄悄地隔着衣服按了一下衣兜里的微型采访机的按钮，可没想到他说的第一句话，就使我从椅子上跳了起来。

霍明高说："他自己窜到我的车前，是打算自杀的。"

我简直不敢相信自己的耳朵。又重新追问一遍，听到的仍然是这句话时，我立刻变得愤怒之极，对大学者的敬意和礼貌也飞到了九霄云外，几乎是吼起来："不可能，他有什么理由要自杀？你身为科学家，说话要有根据！"

"我们搞科学的最注重事实，我这样说当然有根据。"

"你是直接当事人，话不能乱讲，否则是要负法律责任的！"

"你别拿法律压人，谁乱讲了？你怎么知道我是乱讲？"霍明高博士也吼了起来。

这时，一直躺在床上对着天花板喃喃自语的田作雨被我们的吼声所惊动，一个挺身跳下床来，站在床边呆呆地看着我们。

愤怒中，我站起身，几步跨到田作雨面前，把他拉到霍明高博士身边。我指着霍明高博士大声说："作雨，你听到没有？这个先生——就是他开车把你撞倒的，可是他竟然说你是——自杀！"

田作雨交替地看着我们两个人的脸，那副天真样既可爱，又让人痛心。使他惊讶不已的似乎不是我们谈话的内容，而是我们两人争论的神态。好一会，他才悟出我问的意思，一边摇头，一边说："不是，不是——自杀，我是田作雨，不是自杀。"

听了这话，我马上用讽刺的口吻转向霍明高博士："先生，听到了没有？被害人亲口否认他是自杀的！"

霍明高博士却显出一副不屑的样子，还耸了耸肩，说："你身为记者，还法律顾问呢，却狗屁不通，别忘了，病人的大脑受了刺激，他只保留了孩提时代的记忆，显然他不知道'自杀'的含义，

所以他要说的分明是：他叫田作雨，不叫自杀。"

他这样驳斥我，我心里只好苦笑一下。我何尝不知田作雨这话的真正意思，只是话语逼人来，本想辩个理，反而弄巧成拙。我还不甘心，拉田作雨坐在躺椅上，耐心地问："你好好想一想，今天中午你都干什么去了？"

"中午？……天天上学呗！你们在打架吗？我最想看打架了，可我爸总告诉我，人多的地方不要去，见人打架，千万要离远点儿……咳！"说着，他叹了口气，从躺椅上站起身，又回到自己的床上。

霍明高博士看我还想继续追问下去，便向我挥了一下手，道："合理的诱导是医生的事，现在你怎么问也是不会有用的，不要拿他当一个心智健全的人。若说心智，他现在只能算是个八岁的孩子……"

对霍明高博士这种不痛不痒，置身事外的态度，我十分反感，便反唇相讥："可是博士先生，别忘了他目前心智不健全的状况是你造成的！"

"胡说，我坚决否认！"

"我会努力查访，找到在场的目击者作为证人的。你不是要打官司吗？好，到那个时候，会有人上法庭作证的，我也会向大家宣布，一个看起来很体面的人，为了逃脱肇事责任，发现受害者不能辩解时，他竟昧着良心说受害者是自杀的！"

"放屁！"霍明高博士此刻脸涨得通红，重重地拍了一下藤椅扶手。

我站在一边毫不退缩，用厌恶的眼光盯着他。正想再回敬他几句时，田作雨却拍着手，大声叫着、笑着："好！加油！加油！"

这时，门开了，走进一位医生，我们三人都静了下来。这医生

高高的身材，上了年纪的脸庞很丰满，仍有着较好的血色，稍有些秃顶，白多黑少的头发向后整齐地梳着，一望便知是一位造诣颇深的专家，虽然没看清他胸前挂的上岗牌，职业的敏感就已使我认定他就是米柯大夫。

他不高兴地看了霍明高博士和我一眼，先问了田作雨几句，待田作雨上床安定下来后，才转向我们。互相介绍后，我知道我果然猜得不错，他就是那位神经科的一流权威米柯大夫。

"你们办了手续没有？不经主治医师的许可，怎么私自闯入病房？这样会干扰治疗计划的！"米柯大夫严肃地对我们说，似乎对霍明高博士的身份也没表示太多的关心，"亏你们还是知识分子，说的全是粗话，你们难道连医院内不许喧哗的规定也不知道吗？有话到我办公室来说。"

我们来到米柯大夫的办公室后，米柯大夫示意我们坐下，说："你们是不是在争论患者车祸的经过？我也正想了解一下情况。霍明高博士是当事人，你说说看。"

我马上抢过话来："说可以，只是不要违背一个科学家的良知。"

霍明高博士向我撇了撇嘴，摆出一副"天生德于予"的样子，仿佛在说：你算什么，犯不上和你计较！然后开始叙述起来，米柯大夫一边听，一边翻看一本病历。

下面就是霍明高博士所说的事情的经过，因为有录音在，所以整理起来十分方便，几乎可以说是一字不漏的记录。

"今天上午，我在芙蓉大厦开会。"霍明高博士说，"这是个国际性的学术讨论会，日本和西欧的许多专家、学者都来了。上午我在会上宣读了一篇关于新一代活子计算机培养基的论文。中午吃过饭后，我正在大厦的客房里休息，接到了周雅丽的电话，她

要我马上赶回计算机研究中心……"

"周雅丽是谁?"我问。

"我的博士生,是个老外,意大利人。"

"老外怎么有个中国名?"

"你这人怎么这么啰嗦?周雅丽是我给她起的名字,她自己的名字叫雅丽珊德拉。我怕有什么急事,马上开着车往回赶,……"

"是你自己的车吗?"随之而来的该是车祸了,所以我还得啰嗦几句。

"当然是我自己的,雷诺车,银灰色的,5TS 斜背式,真正的法国货,买了七年了,性能仍然很好,现在就在楼下停着。

"我跟你讲,我的开车技术是没问题的,从来没出过什么事故。我当时开出闹市区后,往西一拐就是长江路,路面上车辆和行人都不算多了,走了一会儿,我为了抄近路,一踩油门,车子就上了西虹桥。"

西虹桥?我略微一想,就回忆起这座桥的大致位置和轮廓,它在市中心通往科学岛的一条不太好走,但最捷近的路上。过去它是一座摇摇晃晃的木头桥,人们随便地称它为"西便桥",后来拆掉建成一座漂亮的水泥双曲拱桥,远看像几道彩虹落在了桥面上,故改称"西虹桥"。

霍明高博士接着说:"当时在车里,窗外的视野特别开阔,正值中午午休时间,桥面的车道上一个人也没有,当然也没有车,只是桥栏边好像有个人在慢慢走。"

"后来呢?"见霍明高博士半天不作声,我没好气地问。

"后来,当我的车驶近这个人时,这个人就突然跳到桥面马路的中央,斜着向我的车奔来——这人当然就是田作雨啦——他不可能是想搭车,因为距离太近了,这样拦车简直是来送死,他也

没有挥手，况且我开的也不是出租车。我这个人特别机灵反应特别快呀，急忙把方向盘往左打，同时踩死了脚闸——这都是一瞬间的事，我一下子就估算好了，我的转向角度和速度是完全能避开他的——我的车子冲上人行道，他顶多擦着我的右轮子过去，没问题。哪知在我往左打车的同时，他也突然改变方向，向左横着窜过来，也就是说，我们躲到同一个方向来了，这回可是近得无论如何也躲不开了，我的车子上了人行道，停了。车头撞上他时，车速已非常慢，慢到几乎不会给他造成伤害的程度，反倒是他躲车时的横向速度太大了，结果一头撞在桥栏的水泥柱子上……"

我发现身为学者的霍明高简直比谁都缺乏理性，按说科学工作者的思维应该是十分符合逻辑，而且判断是注重证据的，至少我过去一直这么看。而此刻霍明高博士却让我大失所望，一时间我竟有些怀疑他是否精神健全。他为了逃避责任就编造出这么多漏洞百出的谎言——我相信田作雨不会如此无聊，在急驶的汽车前玩这些花样，除非他疯了，不然的话，疯的就只能是眼前这个人。我忍不住高声打断他的话：

"你一会儿说他是自杀，一会儿又说他是躲你的车，一会儿又说是你撞的，一会儿又说成是他自己撞在柱子上。可惜了你的学问！你就不为你编的瞎话感到可耻么？你在搞你的狗屁计算机的时候，是不是也常编这样的程序？"

霍明高博士涨红了脸，用手指节敲了敲桌面，话也十分粗野："老子之所以这样说，正是想不掺杂任何偏见地表达，客观地陈述发生的事实。我是搞科学的，这也许是我的职业病吧，科学的唯一支柱是事实，不管这个事实多么超越常规，多么不可思议，科学家既然相信其正确性，再加上我敏锐的观察力……"

"老子不想听你这些废话，你的才能，可惜只用在了文过饰非上。"我怒气冲冲地站起身来。

米柯大夫早把病历推向了一边，用心地听着，这时见我过分激动，忙伸手示意我坐下，面无表情地说："你让他把话说完嘛。"

似乎是为了镇定情绪，霍明高博士也站起身，在室内走了几个来回才说："后来的事，就没什么要紧的了，车停稳后，我赶忙跳下车，那个人——也就是田作雨跌倒在栏杆旁，昏迷不醒，呼吸心跳正常，也没什么外伤，看来是摔晕了，我马上拨手机联系救护车，过一会儿，救护车来了，警察也来了。把田作雨送到医院后，我又在交警支队耽搁了一个小时，这帮警察什么素质，都怀疑是我撞的田作雨，还要扣我的车，无中生有嘛！算我不走运，碰上了这么一件倒霉的事。"

霍明高博士把经过说完了，我气得不知说什么好，屋里静得能听到我不均匀的呼吸声。

停了一会儿，米柯大夫说："归根结底，按你的说法，这场车祸实际上是一起自杀未遂事件？"

"岂有此理！"见米柯大夫也倾向于霍明高博士，我的火气更大了。

"这正是下面我要分析的，"霍明高博士脸上微露得意之色，"从良心说，我不愿把'自杀'这个不光彩的行为安在田作雨先生身上，我反倒真希望这场车祸是我开车不慎造成的。可是诸位请仔细想一想，在那样宽的桥面上，车只有我这一辆，人只有他一个，我同他前世无冤，后世无仇，干吗要把车开上人行道把他撞向桥栏？若不是自杀，一个心智正常的人怎么会突然不要命地窜到一辆疾驶的汽车前？莫非他是疯子？"他说着，伸手从兜中掏出香烟，各扔给我们一支，"啪"地按着了打火机。

　　我没有理会他递过来的火，把香烟也丢在桌子上，厉声说："博士，我希望你不要一而再、再而三地侮辱受害者。"

　　霍明高博士听了这话，"啪"地把火关掉，气冲冲地说："谁是受害者？他钻到我车轱辘底下，难道还要我替他偿命？如果他自杀的论点成立的话，那么受害者就该是我才对。"

　　我冷冷地一笑："可惜这论点是成立不了的。"

　　"你怎么知道？"

　　"刚才你自己说的，田作雨突然又横着窜出，要躲开汽车，既然自杀，他为什么要躲开汽车呢？"我紧逼一句。

　　"很好理解，分明是在那一瞬间他又后悔了，所以才向一侧窜去……"

　　"哈哈哈！"我这一笑，声音十分响亮，米柯大夫明显地被吓了一跳。这声音一定能传到走廊的尽头，因为惹得几位医生和护士（给田作雨送药的女护士也在其中）都在门口停下脚步向里观望，以为又来了一个病人。米柯大夫走过去把门关上。

面对这个既奸诈又天真的家伙，我心中顿时好笑胜过了愤怒，于是接着说："聪明的博士先生，一切都根据你的需要来塑造，是不是？为了把你的责任推卸得一干二净，你竟不惜把受害者描绘成一个疯子，一个傻子，偏偏不想想你自己是怎么开的车，不知是喝多了酒，还是吃错了药，竟把车开上了人行道，把过路人差点撞死。"

"简直胡说！"霍明高博士深受刺激，差点把手中的烟掐断了，"像我这种身份的人开车自然是十分小心的，我喝点酒就脸红，从来不多喝酒，怎么会把车开到人行道上去呢？"

"事实是，你开上去了！"

"我是开上去了，那是因为有田作雨拦车自杀，要知道，我这辆车的刹车和转向性能都是世界第一流的！"

"但开车人的技术可能是根本不入流的！"我寸步不让。

这时，米柯大夫挥动着双手，有力地制止了我们的争吵，向霍明高博士说："中午在现场帮你抬人、找警察的人，你还能找到他们吗？"

"他们？他们都是出了事半天才到的，根本作不了证，再说，他们也没留下姓名。"

"这可有点难办，现在的关键是要找到证人。"米柯大夫说。

"凭良心说，真正的证人有，就是——他。"霍明高博士一边说，一边抬手指了指田作雨病房的方向。

"你是说田作雨？"我听了这话几乎要跳起来，因为我马上想到他只有"八岁"。

这时，米柯大夫收拾起病历夹子，向我们说："你们先回去吧，这么争论是没什么结果的。等田作雨恢复了记忆，你们三个人再一起找个公道地方去吵好了。"

"田作雨能恢复记忆？"我问。

米柯大夫说："这种由于脑震荡造成的失忆症，是可以经过一段时间的静养恢复的，再不行，可以进行催眠术诱导。现在患者实际上并没有真正失去记忆，只是在强烈震荡的刺激下脑神经元网络出现了短路和错位，一部分脑细胞进入了休眠状态，记忆也就跌入了意识深处。我可以用催眠术设法把患者的记忆从他的意识深处钩出来。等患者自己能叙述什么车呀桥的，比你们这样空口无凭的争论不是好得多吗？在他恢复记忆前，你先负一些责任也无妨。"这后一句话是对霍明高说的。

"算我倒霉吧，半天的学术会耽误了。"霍明高博士说。

"可是，米柯大夫，我听说失忆症是很难治愈的。"我说。

米柯大夫瞟了我一眼："还是有一定治愈率的，对于田作雨先生，我们更将全力以赴。我们准备几天后就为他做催眠治疗。"

催眠术在我们外行人眼中，是有些神秘的把戏，我一想起人进入催眠状态，让催眠师任意摆布的样子，心里就有些发毛。我忍不住问米柯大夫："那么，病人在接受催眠时有没有危险，比如脑病会进一步加重，或突然发生其他的意外……"

"做做催眠，和让人睡一觉差不多，又不是吃药打针动手术。"霍明高博士抢着说，"这种治疗方法，只是给病人大脑输入点信息，心病用心药医，'心药'能有什么危险？我们搞的人-机一体化活子计算机，就是向大脑——电脑交互输入信息，什么时候出过意外？……"

"你不怕病人恢复了记忆，你的谎言会不攻自破吗？"我讽刺地说道。

"哈！恰恰相反！"霍明高博士说，"田作雨恢复记忆后，大吃一惊的将是你，除非他昧了良心。"

"怎么又来了？"米柯大夫不高兴地说，"我会全力避免出现副作用的。同时，你们也可以继续去找事件的证人，好，我要去查房了。"说罢，米柯大夫又宽厚地笑笑，用力握了握我们的手，转身离去了。

在走廊经过田作雨的病房时，我从门上的小窗张望了一下天真的田作雨，欲进，又深深叹了口气走开了。走到楼下停车场时，见霍明高博士正在驱车欲行，我谢绝了他的顺路相送，他的雷诺轿车绝尘而去，我则乘出租汽车回了家。

2

　　一周来，我一边调查取证，一边苦苦思索，可是都没有什么结果。到西虹桥附近去了几次，问了许多人，但这些人对这次车祸似乎比我了解的还要少，至于目击者，就更找不到了。在家里，我把录音听了又听，几乎都快背下来了，可是怎么听，我也无法相信霍明高博士说的是真的。

　　后几天，我接受了一项报道任务，是关于全市最大的一家造纸厂的废水对河流、水源污染问题的采访和曝光，一连几天，我到现场勘察，广泛座谈，查找着每个细节的来龙去脉，好在西虹桥离这座造纸厂不远，我可以边采访，边调查车祸的事。采访结束，报道交稿，晚上回到家里已感觉十分疲劳，上床后很快就进入梦乡。

　　睡眠正酣时，电话铃声闯入我的梦境，我一下子从床上坐起来，扭开壁灯，操起话筒，抬头瞥了一眼墙上的挂钟，原来才不过晚上10点。

　　"北极山，告诉你个好消息！"话筒里是个年轻女人的声音，尖尖的，有些耳熟，可一时又记不起是谁，"今天上午，米柯大夫为田作雨做了催眠治疗，效果特别的棒，他现在已经和正常人差不多了，他也很想马上见到你呢！"

我高兴地一拍大腿，顾不得说别的，对着话筒喊："好，我马上就去！"

"喂！你往哪儿去？田作雨不在医院，他已经回家了！"

竟然恢复得这么快，一下子就出院了，真让人大喜过望！我心里一时高兴得简直无法形容，连忙说："好！谢谢你，我先给他挂电话。"

话筒里传来咯咯的笑声："往哪儿挂？我就在他家小红楼。米柯大夫说，田作雨晚上要由你来诱导。我是他的护士，早该下班了，你来呀！"

"快叫他来听电话！"我急不可耐地喊。

过一会儿，话筒里悠悠地传出田作雨的声音："喂，北极山，总算找到你啦！你能来吗？"

这回可是不折不扣的老朋友的声音，沉静、缓慢、一板一眼，虽然听起来有点儿底气不足和干涩，但没有了前几天在病房充当八岁的孩子时的童声和奶气，分明是原来的田作雨。奇怪，同一个人的声带、口齿，在不同的头脑支配下，竟能发出差别如此大的声音！米柯大夫的催眠术真神！这回看霍明高博士还有什么话可说。

在电话中我们互相问候着对方的情况，简直像分别多年的好友又重聚一般。这时，耳边又响起尖利的女声，原来是女护士又夺过话筒，抢着向我叙述米柯大夫为他治疗的过程。她说，田作雨在催眠室醒来后，立刻变得容光焕发，问一答十，连过去许多忘记的事都被回忆起来了。当然，他还没有彻底恢复，比如，他不知道自己是怎么来到医院的，对车祸的事更是茫然无知，向他解释，他仍半信半疑，非要回家不可。米柯大夫认为，家里的环境也许更能进一步激发他的回忆，就同意为他办了家庭病床。

"瞧，我还是他的护士，而且成了专职护士了。"电话里继续响

着女护士娇弱而不容抗拒的声音，"米柯大夫说，今晚田先生需要和你在一起。我要下班回家了，一个女孩家怎能老在这儿守着。"

我当然立刻就去。放下电话，匆匆吃几口妻子为我准备的夜宵，披上一件外衣就下了楼。目前田作雨还未回忆起车祸的事儿，但我想有米柯大夫的妙手回春，一切难题都会迎刃而解的。

正是10月，秋高气爽，不知何时下过了一场小雨，城市上空的空气更加清新，天空中云已散去，现出一颗颗的星星，亮晶晶的，像水洗过的一般澄明、耀眼。我从车库里拽出我的摩托车，一脚踩下去，一阵轰鸣，吵得一楼早已入睡的几家都打开了灯，我顾不上这些，疾驰而去。

街上的车辆行人不多，路灯像一串串闪闪发光的珍珠，映得刚下过雨的马路也透着朦胧的光芒，我有意绕远点儿，专拣僻静的马路走，以绕过灯红酒绿、被霓虹夜幕笼罩的夜市区。田作雨的家在城市的另一端，即那座西欧风格的四层红楼，那是父辈给他留下的庞大遗产的一部分。这座红楼一直被漆成惹眼的鲜红色，再加上那尖耸的红瓦屋脊，错落有致的建筑结构，多年来在这个城市里别具一格，成了坐标和方位的基准，人们一提起"小红楼"都知道是田作雨的这座洋房。当然现在不行了，近年来，市郊的许多别墅群，甚至市中心的许多建筑都以它为原型纷纷建起来，千篇一律如雨后的蘑菇一样一片片的长起，使小红楼也随之迷失了自己的特色。再加上现代化的高楼大厦鳞次栉比地一座座从市中心向外蔓延，更使这座小楼日渐自惭形秽了。

近年来，田作雨干脆把靠街的一面全装修成富丽堂皇的门面出租出去，每年能为他增加不少收入。田家不愧是几代富翁，住所与当今的许多暴发户确实不一样。暴发户的府第，可以说无一例外的"树小墙新画不古"，而田宅小红楼的大院里，就有几株长了上百年，与楼尖比高的菩提树，还有一株足有三百年历史的古

松，这古松列入了市园林局的编号保护，而且是飞机领航员领航的一个地面标志。院墙依稀可辨的上世纪的古风装饰画，使人能感受到一点以往贵族的气派。走进他的居室，你会发现，满屋家具都是老式的，色调阴冷，古气森森，不过每间屋又都充满活气，到处挂着摆着画眉、百灵、金鱼、豚鼠，以至走路时，既要照顾头，又得留神脚。

有一座与主楼交错相连，但只有两层的侧楼，那是田作雨的收藏室，内有他收藏的古董、邮票、贝壳……代表着他在不同时期的爱好和收获，其中图书室很大，可算是个小型的图书馆了。我说过，田作雨有收藏古旧书的癖好，图书馆中仅线装古旧书就不下十万册。

进门通告后，看门人老等把我带到客厅。老等是田家半个世纪的老门房了，因为脖子奇长像一种水鸟，故绰号叫"老等"。在客厅门口，一线灯光从门缝照出来，推开门时，见田作雨正在看电视，同时还兴致勃勃地和一个姑娘聊天，一只带锁链的绿鹦鹉蹲在架子上听着。见我进来，他低低地惊呼一声，小心地绕过地上的鼠笼和大鱼缸，用力握住我的手，随即高兴地把我介绍给与他聊天的姑娘。

"我知道，报社的名记者北极山。"那姑娘不等田作雨说完，便抢着说。她正是上次我看望田作雨时制止我大声说话的那位护士，此刻，那浮着一层红晕的脸上，一双层次分明的眼睛一闪一闪的。她向我伸出手来："我叫丁如藻，省第一医院神经科6区的值班护士，现在是老田的专门护理人员。"

她的手干干瘦瘦的，指节突出，与她的容貌体态很不相称。不管怎么说，她的态度与上次在病房说"活的少，死的多"时的不耐烦样子相比，真可称是判若两人了。她接着说："常见到北极山先生的大作，而且听说先生的唇枪舌剑也不好对付呢！"

"哪里，那天遇到丁小姐的伶牙俐齿，我就已经退避三舍了。"

"不过今天可要靠你的伶牙俐齿呢！"丁如藻说，"你最了解他的过去，要好好诱导老田。"

"我如何诱导他？"我问。

"慢慢地聊天嘛，由远及近地谈过去，一点点帮他恢复记忆，这半天我都在试图诱导他谈过去，可是他尽问我的过去啦！"

"看来，我们作雨对你很感兴趣。"我说。

"当然啦……"

这时，田作雨有些不自然地阻止了丁如藻的话，向我说："喂，老弟，听丁如藻说，我出了车祸，住进医院时，你来看我，可我却问你是谁，真有这事？"

"当然有了！"丁如藻抢着说，"开车那家伙也在。当时北极山先生可替你做主了，还同开车的家伙吵了半天呢！而你呢，嘛也不懂，还在一边喊'加油'，真把人笑死了，你还叫我'阿姨'……"

田作雨有些愠怒地制止她："丁子，不要瞎说！"

"才不是瞎说呢！"丁如藻站起身，笑得前仰后合地对我说："北极山，你可以作证，他说过没说过？"不等我回答，她又接下去说："你知道他的乳名么？"

乳名？虽然我们是二十多年的朋友了，我还真不知道他的乳名是什么。只听田作雨说，他的名字是他父亲受一组神秘数字的启发而起的，而这组神秘数字是什么，田作雨也不知道。望着丁如藻那调皮的神色，我也笑着摇了摇头。

"他的乳名叫'小雷子'！"丁如藻尖声叫着，用手一指田作雨。

田作雨身子摇晃了一下，一脸又气又笑的样子，大概是想伸手打她，丁如藻向后躲了几步："是不是你亲口告诉我的，你还说，你……"也许是要说的内容太可笑，没等说出，她自己倒先笑得

弯腰捂住嘴，上气不接下气了。

田作雨向我做了一个无可奈何的鬼脸："瞧，这是我住院那几天的儿童时代交上的小朋友，真拿她没办法！"

今天田作雨的一些举动很让我吃惊，过去的他不是这样的。十多年来，他一直过着独身的生活，而且不近女色，无论周围的人怎么劝他，他仍一意孤行，不考虑婚姻之事。如今的暴发户，阔起来后的第一件事就是挎小秘、换老婆。而田作雨这样的先天性大阔佬，早已腰缠千万贯，就差骑鹤下扬州了，却十余年连婚姻之事都不考虑。下属公司的经理们曾为他先后配过几个女秘书，可不料他对女人的兴趣还远不如对动物的兴趣浓厚，总嫌行动受限制，全辞掉了。所以今天看到他在一个年轻姑娘面前近似狎昵的举止言谈，我不能不吃惊。

继续听着他们闲扯。此时，我的惊愕已大于得知田作雨健康状况好转产生的兴奋，所以半天插不上嘴。他们鬼话连篇地闲侃一通之后，丁如藻终于告辞，嗲声嗲气地要求田作雨派车送她，并亲自送她到门口。这两个一老一幼的背影尚未拐出客厅大门，已经是一个挽住一个的胳膊，一个拉住一个的手了。我对奇异现象的忍受力已到了极点，大张着嘴，连呼吸都屏住了半分钟。田作雨的行为是不是脑震荡造成的？或者米柯大夫的催眠术，在恢复他记忆的同时，也唤醒了他的性意识？

田作雨从楼下送客回来，只见他精神焕发，兴犹未尽。我忍不住问："你……你今天是怎么回事？"

"我？……"田作雨摘下眼镜，眨了眨眼睛，擦了擦又戴上，"大家都说我，一星期来像个傻瓜似的，今天上午做了催眠术治疗，才好转了，是吗？"

"别打岔，我不是问你这个，"我用手指了指刚才丁如藻坐过的地方，诡秘地笑笑，说，"握着小姐的手，浑身在颤抖，好像回

到十八九，我今天可知道什么叫脱胎换骨了，没想到一觉醒来你老兄有那么大的变化，真不可思议。"

田作雨吞吞吐吐地说："我……爱她，我真的挺爱她，我……我也说不清怎么这么快，就喜欢上了一个女人……"

"哈哈哈！"我响亮地一笑，身子一仰，倒在沙发的靠背上，连说："稀奇稀奇，真是铁树开了花，哑巴说了话，霍明高博士的汽车撞得好！撞得好！"

田作雨的眉毛向上挑了挑，眼镜片后面的两只不大的眼睛亮

晶晶的。他有些不以为然地说："这有什么稀奇，我觉得和她在一起很快乐，连看门的老等，还有李妈和司机小赵都夸丁如藻是个好姑娘呢！"说着说着，他那过早爬上皱纹的脸上又泛起一层红光。随后，不管我说什么，他的话题总离不开丁如藻，说丁如藻出身大户，老家在天津，会唱歌，会气功。我一边听他漫无边际地说着，一边想：塞翁失马，安知非福，一场车祸，竟引出这么一个结果，好事是好事，只是这爱情又来得太急了点。据说，古代西方有一种巫术，用爱懒花的花汁做成"爱液"，把它涂在睡着的人的眼皮上，这人在醒来时，就会爱上他第一眼看到的人。而今天，难道米柯大夫的催眠术也是一场巫术，使田作雨在失忆中醒来后就闪电般地爱上了他第一个见到的女人？

为了了解他的记忆到底恢复到什么程度，我拼命把话题向过去的事上引，当我提出他的爱来得太快，根基不牢固时，他不满地反问我："你为什么早早就结婚，却阻挠我的好事？"

田作雨这句话明显地不怎么讲理了，我忿忿地说："我当然愿意你早成家了，从这个意义上说，还要向你祝贺呢！想想你的过去吧！你有多固执，多少人想帮你的忙，你全不领情。"

的确，十多年来，光我为他的婚事牵线搭桥，就不下七八次，除了开始见过一两个外，后来干脆一概回绝，睬也不睬。气得我有好几次曾发誓再也不理他。其他好心帮忙的人的遭遇也差不多。有多少女人想成为这个小红楼的主人，有的干脆自报家门，搔首弄姿，面对这些红唇黛眼、裙裾飘飘的来客，田作雨如柳下惠坐怀不乱，全部拒之门外。

"什么？我不领情？我固执？好多人帮我的忙，我怎么不知道？"我以为田作雨还在语无伦次地掩饰自己的尴尬，便没好气地反问："你忘了，是谁天天把独身主义挂在嘴边，要打一辈子光棍的？"

"哪有这样的事？"田作雨一脸疑惑，表情并不像在掩饰什么。……顿时我醒悟了，唯一的解释是，他的记忆并没有完全恢复，至少，我们劝他结婚那些事，他是一点记忆也没有的！想到这一层，我刚刚放下的心又提起来，仿佛才变晴的天空又飞来几大团乌云。我试探着问他：

"那么，你年轻时的恋爱，特别是和那个陶芳……你一定记得吧？"

这个问题牵涉的是一些让人不愿提起的陈年老账，听了我的话后他果然微微震动了一下，半天才说："记得。"

看来田作雨对这段往事的记忆是有的。

我当然也十分清楚这段往事：高中毕业后，我去读大学，田作雨却榜上无名。但不久他就自费到本市一所全国重点大学就读。按说他完全可以自费出国留学，可一想到要坐飞机……老爹就坚决打消了他的这个念头。毕业后，老爹开始让他做少东家，为家业的全面接班做准备。

就在这个时候，一桩奇特的桃花运降临到田作雨头上。

田作雨本不是没见过世面的人。在中学，我等人一门心思苦读书时，他就与许多女孩密切来往，正式恋人——也就是获得田作雨垂青的优胜者走马灯似的换了一个又一个。这种游戏当然是挺刺激的，可是田作雨却是一个认真的人，当他发现这些女孩子并不欣赏脾气古怪的他，几乎无一例外地是奔着他的庞大家业来的时候，就一个个地丢弃她们，有闹事的就用钱摆平，直到他当少东家，与一个黔妹子热恋之后。

那姑娘叫陶芳，是贵州来的一个打工妹，虽称黔妹子但其实并不黑，相反还白白净净的。一个打工妹能打动一个准大老板，想必有非凡的本事。可在我，实在看不出这陶芳有一丝一毫的过人之处。这只是一个普通山村女孩，纯真、直率，甚至幼稚得如小

孩子，而且容貌也并无出众之处，用田母的话来说，那细小的眼睛和眉毛"用橡皮擦擦就没了"，田作雨就是和这样一个女孩子突然动了真情，一下子坠入爱河。

可想而知，田作雨的父亲得知这个消息的时候是多么的震惊，于是一场《梁祝》《罗密欧与朱丽叶》之类的爱情悲剧又一次在现实中重演。最后打工妹被辞退，只身回到贵州老家。田作雨得知陶芳被逼走后非常愤怒，多次扬言要去贵州大山里找她，与她私奔，只是因既不会坐汽车，也不会坐火车才作罢。

当时我问及他为什么会狂热地爱上陶芳时，他说，他过去在女孩堆里，遇到的一个个全是迎合他，觊觎他的家产，说起话来句句藏心机的女人。而陶芳不是这样的人，她天真得像十多岁的小姑娘，想说什么就说什么，在她面前，田作雨无需使用任何手段。在多年准备继承家业的压力下，田作雨已觉得人生没有多少乐趣可言，可这个黔妹子却给他带来莫大的欢乐。陶芳被逼走后，田作雨受的打击多重，是可想而知的。

这样的一段往事，换上谁是当事人，他也是不愿意回忆的，可是我现在必须诱导田作雨，看他对往事究竟能回忆多少，所以看他半天默不作声，我只得又硬着头皮问："陶芳后来怎么了，你记得吗？"

虽然天花板上吊灯的光线不强，我还是看出田作雨听了这话后，脸色有些发灰，我顿感问得造次了，因为碰到了他的伤心处，担心刺激了他，反而影响他记忆的恢复。

田作雨沉默了一会儿说："不就是我死了那档子事么？不提它了！"

局外人听来，这一定是一句胡话，但对深知内情的我，却恰恰从中得知田作雨对这段往事绝对记得清楚。

田作雨与黔妹子陶芳藕断丝连，两人书信不断，陶芳决定再

来这里，两人共同感化田父或干脆私奔。田父得知此事后，决定彻底消除陶芳的幻想，为独生儿子寻一个继承家业的好内助。于是田父背着田作雨精心设计了一出不痛的苦肉计：田作雨在小红楼里安排私奔的日子时，田父带着随从赶到三千千米之外黔东南大山深处陶芳的家，称田作雨在城里不幸因车祸丧生，还带去了镶黑框的一尺遗像，货真价实的骨灰盒，并且把白发人送黑发人的悲痛之情表演得淋漓尽致。山里人再聪明，也想不到这样的大事能有诈，个个深信不疑。没想那天真烂漫的小陶芳也真有她的，听了这个消息后，知大势已去，当夜便在自家柴禾房里上吊自尽了。

这个变故惊得田父一时魂飞魄散，没想到假戏成了真做，他伤心过度，当场心脏病发作。虽经抢救脱离了危险，身体状况却从此每况愈下，没等看到儿子结婚就翘了辫子，更不用说享受含饴弄孙的天伦之乐了。田母不久也随田父而去。

田作雨在得知老父的所作所为及其后果之后，精神几乎崩溃，后来在很长一段时间里，沮丧绝望，郁郁寡欢，人瘦得像灯草，真和死了一场差不多。

经历了这样一场婚恋变故，他发誓一生不娶，再不接近女色也是可以理解的了，连贾宝玉都出家当和尚了呢！

我只好岔开话题。可我肩负着为老友揭开这次车祸之谜的使命，因此我必须以过去的事情为题继续同他聊下去，以弄清他的记忆在他近四十年的历程中有哪些空白。我们的话题跨过许多年代、日月，一会儿从中学时代跳到今天，一会儿又从繁华的都市跳到偏远的西部山区，我带着他东奔西跑，又跨世纪，又跨国界，最大限度地发挥了我的神聊胡侃的本事。已是后半夜，我才终于明白，他的记忆特点有了怎样的改变！

原来，他的记忆完全颠倒了。比如我向他提起他孩童时代的

往事时，他的记忆十分清楚，滔滔不绝，如数家珍，可以道出很多细节；而我们在中学的以及他后来的患难往事，他回忆起来就有些吃力了，只有接着我的话头才能说下去；至于近十多年的事，如我谈起他终于成了小红楼的主人，挂名任职，独往独来的潇洒人生时，他听得两眼发直，呆头呆脑，如同听别人的故事一般。追问得紧时，他说，这些事好像夜里做的一场梦，早晨起床后，只有点朦胧的影子，可是想得牙根痒，也抓不回来几个清晰的片断。经我大量的提示，他脑海中才有恍如隔世的少许记忆镜头浮现。

当然，今天的事儿例外，一提起丁如藻来，他马上两眼发亮，兴高采烈。

我不知道这是临床上的"逆行性遗忘症"，人的记忆在损伤后，通常都是按从很远到很近的时间顺序逐渐恢复的，米柯大夫后来这样告诉我。

此时我则是惊讶莫解，我提醒田作雨这一点时，他也感觉自己有些不对，不明白自己的记忆怎么颠倒成了这个样子。

夜已深，我催他去自己的卧室睡了，我也在客房里安歇。躺在床上，门外有几只小动物在窸窸窣窣地搅闹，想是主人养的猫在抢夺食物。由于白天的劳累和睡得太晚的缘故，这些响声恰恰成了催眠曲，我很快就进入了梦乡。

不知过了多久，大约是我睡得最沉、梦境正酣时，房门"砰"的一声被撞开了，旋即电灯也被扳亮，我一下子坐了起来，墙上的两盏壁灯瓦数并不高，但因我突然惊醒和一直在黑暗中的缘故，灯光刺得我半天睁不开眼睛。

待我略略清醒时，看到的是田作雨穿着睡衣带着粗重的喘息站在我的床前，没戴眼镜，所以眼球显得比平常突出。

梦游！我首先想到的是这两个字，盯着他看了片刻，只见他双目睁大，脸上的肌肉也在微微抖动着，大概正经历着一场可怕

的恶梦。我不由自主地将身体向后挪了挪，并做好了防身准备。

听人说，千万不能将梦游的人唤醒，以免出现不测。那怎么办呢？我一边飞快地想着主意，一边也睁大了眼睛盯着他。

"喂，干吗这么盯着我，坐好，我有话要向你说。"

听他开口说话，我才知道他并没有梦游。梦游的人大都目光呆滞，如在半睡半醒之中，说话则是自言自语，而他现在分明是醒着。我不高兴地说："半夜三更，你搞什么名堂？"

"我有话说，非说不可。"说着，他靠近我，一屁股坐在床头。

我向前凑凑："莫非想起了车祸的事？"

他嗫嚅了半天，才说："我刚才做了一个梦。"

原来只是为了一个梦！一时间我简直哭笑不得。田作雨是个性格古怪的家伙，我之所以能同他保持二十多年的交往，多半是因为能忍受他的古怪脾气的缘故。瞧，半夜爬起来叫醒我，就是为了要告诉我他做了一个梦：他的梦是有了听众，我的梦却被搅得无影无踪了。

我索性披上衣服，将一条毛巾被围在身边，活动几下手臂以驱赶残余的困意，说："好吧，今天是个好日子，我也就听听你的痴人说梦，顺便也帮你做一番梦的解析。"

田作雨沉默了半分钟，又发出一声长达半分钟的叹气，才开口道："这场梦好像有来头，非同一般，所以叫醒了你。"

我耐不住他这么吞吞吐吐，催他快说。他开始叙述自己的梦。只见他双眼的黑眼珠毫无神采，白眼球上布满了血丝。一场梦境搅得他如此心神不安，要找人诉说，也许正说明确实有严重的问题在困扰着他。

听着他的叙述，他的梦和我们大家夜里做的梦差不多，无非是一些荒诞不经、离奇古怪的经历，如果详细地在这里写出来，也没什么大意义，我不妨只记录与后来的故事发展有关的片断。

那段梦的大意是，他在一片高高低低的山丛中走着，不知过了多久，走得透不过气来，却总也走不出去。后来，他在一处断崖前用双手用力挖着，想挖出一条道路来，挖着挖着，一层层的岩石像书页一样地显露出来。突然，眼前的地层撕裂开来，出现一个大空腔，黑洞洞的什么也看不见，边沿的地层也纷纷卷曲，从缝隙中爬出许多只有骨架的怪兽、怪虫，还有蝙蝠状的东西，奇形怪状的头，大张着满是獠牙的嘴，绿莹莹的眼睛闪着妖光，身子也像透过 X 光显示的那样，是一副绿莹莹的骨架，以各种姿势轮番向他扑来，惊慌中，他被眼前的大黑洞吸了下去，他只觉得他的身体旋转着，越转越小，向洞的深处落去，洞中回荡着他的惊呼……于是他被吓醒了。思索半天，不可理解，就撞开了我的门。

听完他的叙述，我长出了一口气，说："这只不过是个普通的恶梦而已，我常做这样的梦，实在算不了什么。你喜欢饲养动物，所以就梦见了许多动物……"

"全不相干，"田作雨摆摆手，一头躺倒在床上，"这个梦，我总觉它怪得很，越琢磨越有涵义。"

我起身走了几步："清清你的脑子，不要胡思乱想了。要知道你现在的精神和身体都很虚弱，最好马上去休息。"

"你是让我回去续做这个梦？刚才你还说要帮我解析呢！"

看他这么固执，我只好苦笑一下，伸腰打了个哈欠，望着天花板想了一会儿，实在无从下手，又不愿胡说八道一通，只好说："你自己的梦，我作为局外人，实在理不出头绪。"

"怪话，刚才你还说，你更熟悉我的过去，甚至比我自己还熟悉呢！好吧，你不能解，我去请米柯大夫。"

说罢，他去隔壁卧室打米柯大夫的呼机。有钱人做事总是理直气壮的，所以我没有去拦他。

"你是准备明天，去找米柯大夫解梦？"等他回来时，我问道，心中感到十分好笑。

"不是明天，是一会儿，我们通过电话来分析。"

小题大作，一个神经科的权威会为一个病人莫名其妙的梦而半夜起床？

我正这么想时，隔壁田作雨卧室的电话就响了，他一个箭步从我床上跃起，奔去接电话。因为走得太快，身上的睡衣几乎挂在床头上被扯掉。

等我走过去时，他已同米柯大夫通上话了。谈话中田作雨一脸急切、恳求的表情，这表情虽然米柯大夫看不到，但通过电话线转换成声音肯定是能感染他的。

田作雨把刚才的梦又详细地讲一遍，要求米柯大夫为他分析，或再做一次催眠术，好把他成年累月遗忘的日子追回来，把他那离奇古怪、改头换面的梦境的真实涵义揭示出来……

看来，米柯大夫没能满足他的要求，他听着听着，嘴角也耷拉下来了，过一会儿他把话筒递给我："米柯大夫要和你讲话。"我接过话筒，米柯大夫压低声音说："北极山先生，设法让田作雨安静下来，他现在情绪不稳，很狂躁。"

"您能为他解梦么？"

"一时还不能，不过我想，如果他的记忆恢复，一切将不攻自破。"

"您的意思是？"

话筒里米柯大夫的声音变得更小："为他做催眠时我就发现，他的脑震荡很严重，很难靠催眠术一下子恢复。另外，在催眠时，我还观察到了一些十分奇怪的反应，同刚才他的梦联系起来，更证实了我的一个判断！"

"什么？"我心中十分诧异，但声调尽量表现出若无其事，以免

在一旁的田作雨听出异样。

"我可以告诉你，但你先不要让他知道。当然，这判断只是我的一个猜测：田作雨不光是脑震荡造成了失忆症，在此之前，好像还受到了一次极其强烈的刺激。"

听到这里，我心中有些发虚，车祸引起的一系列事情就够让人头痛的了，原来还有什么事在更强烈地刺激着他。是丁如藻的事吗？不对，与丁如藻相识是他患脑震荡之后。我望了一眼快快坐着的田作雨，心中布满疑团。

挂断电话，田作雨问我："米柯大夫都向你说了些什么。"

"劝你好好静养，不要胡思乱想。"

"我怎能静得下来，什么都忘了！这十年来我都做了些什么？那些名字怪里怪气的公司，还有那些经理，为什么我都不认识，

这是不是做梦？我，我有了前天，却没了昨天，这，这叫什么脑子？……"说着，他痛苦地用拳头捶打着自己的头。一会儿又站起身，漫无目的地在屋里打转，就像一个吸毒者犯了毒瘾而又找不到海洛因一样。

我伸手去拦住他，想扶他去睡，但他摇摇头，毫无睡意，依然心事重重地来回踱着。我深深叹了口气，心想田作雨真不如像刚入院那样，把什么都忘了，光留下无忧无虑的孩提时代的记忆好，那样至少情绪是稳定的，而现在他是"自知自己不知"，仿佛陷入了无法解脱的怪圈。我只好说："忘了就忘了吧，人生的一切事，都注定要在时间的流逝中被遗忘的，有时忘了比不忘好。你知道，我的记忆力十分出色，许多往事像昨天才发生一样，可是人生有多少称心如意的事？所以记得越牢，越增加烦恼。"

田作雨听了我的话，猛地停住脚步，抬起头惨然一笑，在昏黄的落地灯下，他的额头布满皱纹，双眼凹陷，眼袋下垂，显得很恐怖。他说："什么叫忘？什么叫没忘？这场梦使我震惊不小，梦分明告诉我：有些事虽然我忘掉了，却保留下了对这些事的体验。"

什么叫"忘掉了"这些事，同时又"保留了体验"？既然忘掉了就不可能保留，保留了就不是忘掉，同时存在岂不矛盾？我忍不住高声责备他："你简直越说越糊涂了！不要把梦境与真实混为一谈！"

田作雨并不理会我的话，抬起双手，在额头两侧的太阳穴上揉了揉，思忖了片刻，问："你丢过东西没有？"

我瞥了他一眼，没有说什么。他接下去说："人根本没有这件东西时，什么感觉也没有，也就无所谓失去不失去。可是，如果他有的东西突然丢失了，他才会特别遗憾，感觉到失落的痛苦。我想，记忆一定也是这样……"

我懂了，忙问他："你认为你梦中的大黑洞，就是你失去的记

忆，对吗?"

田作雨点点头，说："也许是，我感觉，使我心中不得安宁的正是失去了记忆后的空白。这次做梦勾起了我的体验，就像那大黑洞一样，到底是什么? 不知道! 越不知道，越想知道……"

我忽然也有了这样的念头：空白并不是真正的空白，在周围实体的衬托下，空白更显示了它的存在，吸引着人的注意，仿佛它才是更实在的东西。现在田作雨正是被这样一个空白所困惑，这个空白像个有形无质的实体，在压迫着他，折磨着他，怪不得他一梦醒来竟变成这样! 想到这里，我也不由得头皮阵阵发麻。

现在我唯一的办法是以丁如藻为话题，转移他的注意力。渐渐地，他的情绪才稳定下来。不知陪他聊了多久，漫漫长夜终于过去，窗外显出朦胧的晨曦，田作雨也沉沉睡去，想必思虑已折磨得他精疲力尽了。我则躺在床上瞪大眼睛，毫无睡意，辗转反侧了好久。记忆丢失一半真是痛苦的事，一半的自我时刻留意那失去的一半空白，于是形成人格的分裂。还有那黑洞，是不是就是"那事件"? 强烈刺激田作雨的"那事件"到底是什么呢?

清晨，丁如藻如约来到小红楼上班，此时田作雨仍在酣睡，我叮嘱了她几句后便起身直奔省第一医院去求教米柯大夫。

"您说，他曾受到了一件与车祸完全无关的事件的强烈刺激，昨天在电话中未及细问，您现在到底了解到什么程度?"我问。

米柯大夫思索了一会儿，说："昨天在他的催眠状态中，我发现，在车祸发生前，他的头脑极度混乱。根据我的临床经验，一个人只有遇到了他一生中翻天覆地的灾难性变故时，头脑才会紊乱到这种程度。"

听了这话，一股凉气从我脊梁骨上升。

"而且，很可能，它就是车祸的原因。"米柯大夫一字一顿地说。

我忽然想起肇事者霍明高博士的话，他为什么拼命推托责任？想到这里，我心中一片惶恐和疑惑。同时一种立刻拨散疑云的冲动催促着我，我忍不住大声说："米柯大夫，你要马上为他再做一次催眠，一定要弄清事情的真相！"

米柯大夫几乎为我激动的样子所感染，但他很快恢复了平静："不，田作雨属重度的脑震荡，有些记忆可能就永远失落了，马上再做催眠不一定有什么效果，况且，催眠术的疗效目前还是非常有限的。"

"那怎么办？就让他这么莫名其妙地迷惑和痛苦着？"

"随着时间的推移，他会习惯和淡忘这一切的。"米柯大夫说，"这种病例我见过。"

"什么？明明有疑问而不去探究，以曾经见过为理由，这叫什么科学态度？我一定要把它弄个水落石出！"想到田作雨的痛苦样子，我有些急了。

"你误会了，北极山先生，神经科的疾病是很复杂，也是很独特的，千万不能胡来，我劝你等一等，观察一段时间，可能对患者，对大家都有好处……"

米柯大夫的话我根本听不进去。我那时血气方刚，还没碰过大号码的钉子，常想，管它呢，天塌下来也可当被子盖。所以我决定，不管米柯大夫怎么说，这桩奇事我一定要再探下去！

出来走在街头，耀眼的太阳悬在天空，我因心中有事，穿过万头攒动的步行街时如入无人之境，毫不理会身边的一切。与一个报贩擦肩而过时，只听得耳边叫着："卖报！气功大师金燮来我省传功，已先期抵达环山市……"听了这话我略略一怔，旋即又想，如今这种人太多了，良莠难辨，便不再留心，继续向前走去，不料报贩的后一句话使我倏然停住脚步："金燮大师擅长催眠气功，失眠、健忘、忧郁症、失去记忆，什么都治。看报看报……"

让我停住脚步的是"催眠"和"失去记忆"这几个字眼，田作雨正需要催眠，如果让田作雨练练该气功，会不会有助于记忆的恢复呢？我立刻叫住报贩买了一份小报，快速把这条消息扫了几眼后，就径直去了田作雨的小红楼。

如果我没有看到这张报纸呢？如果我不知道这条消息呢？如果我让田作雨的情绪慢慢稳定下来，逐渐淡忘了梦中的"黑洞"，大家永远不知道米柯大夫猜测的"那事件"是什么，以后的情形会是什么样子？后来，一直到我执笔写出这个故事的今天，我仍在不止一千次、一万次地问自己这个问题。

然而，历史无法重新选择，从田作雨去见气功大师，一连串的神秘事件就从此开始了。

3

我赶到小红楼时，还不到中午。

因我是常客的缘故，看门人老等并不多问什么，只是告诉我田作雨在后花园里。

我走进后花园时，田作雨正在菩提树下草坪的木椅上乘凉。由于护士丁如藻在身边，他的情绪明显好多了，夜间紧锁着的眉头也舒展开来。十多只雪白的鸽子在他们周围飞来旋去，丁如藻正在给鸽子喂食，脸上绽放着春光。

我将小报递过去，指给田作雨那则消息，让他自己看。

丁如藻把最后一撮米扔出手，立在田作雨身后，把头靠在田作雨的肩膀上，和他一起读着报纸。

"催眠气功？"田作雨隔着那深度近视的眼镜片，盯着我问："气功也能催眠吗？……在环山市？恐怕靠不住吧？"说着他把目光转向丁如藻。

的确，前些年，自称身怀绝技，又被人们吹得神乎其神的气功大师不乏其人，衰落一个又兴起一个，信徒之间万口传，各领风骚一两年，渐渐地已没人再信了。

"谁说靠不住？我练多少年气功了。"丁如藻马上说，用那双层次分明的眼睛逼视着田作雨，"有时还能接收别人的意念呢。"

"噢，你当然例外。"田作雨赶紧解释。

"丁小姐还有这么大的本事？学的什么功法，拜的哪座名山？"我打趣地问。

"北极山先生不信是不是？我过去曾辟谷四十多天呀，不然身材能保持像现在这样苗条吗？"看我一副怀疑的样子，她使劲向上挑了挑眉毛，"信不信由你，老田，你可以作证吧？我昨天就告诉你了！"

"是是，我可以作证。"

丁如藻拿来报纸仔细读："金变大师博采众长，潜心修炼十几年……"

"金燮。"我纠正道。

"管它嘛呢，碰上不认识的字，我看它像嘛就念嘛，"丁如藻满不在乎地说，又接着念，"通过气功催眠，可以治疗失眠、健忘、失忆、忧郁症等多种疾病，无病的人接收了催眠气，也可益智健身，其效果远远超过了西方的催眠术，——老田，你应该去学！"

田作雨为难地说："可我从来没学过气功，如果去学，那要练多久才能催眠呢？"

丁如藻说："根本不用你去练，找那个金——什么气功师直接给你发功不就妥了？反正都是催眠术，没准你的记忆一下子都能恢复呢！"

"我现在情绪不好，身体也很虚弱，万一走火入魔怎么办？"

"哈哈哈，"丁如藻咯咯地笑了起来，仰着脖子说："真是外行，只有练功才会走火入魔，让别人发功哪会有走火入魔的事……"

"那你练了这么多年的功，早就走火入魔了吧？"我问。

"讨厌，我不和你争。"她又转向田作雨，"快去得了，老田，早好一天是一天的。"

田作雨掏出手机，看得出，他在丁如藻的恳求下屈服了，其

实这也正是我所盼望的结果。他按了几个键，把手机凑在耳边说："小赵，把我的奔驰开到后花园来！"

车开来后，田作雨支走了司机，由我驾驶着车，带着他两人驶离省城，直奔环山市。

两个小时后，我们就到达了目的地。

这是一座规模不大的县级市，四周环山，房屋、楼房和街道全挤在山间的平川上。虽然远远望去，市中心有几幢颇像样的现代化大厦，但走近细看，沿街低矮的、长着陈年茅草和瓦松的旧房子比比皆是，透射出小城的褊狭和落后。我不禁想：也许是那气功师在中心城市玩不转，才到这里传功和治病的？

田作雨的公司在这个城市有办事处，我驾着车子直向办事处驶去。早已得到消息的办事处一行人已在门口列队迎接。

办事处负责人看到大老板挽着一个"小蜜"走出车门，像看到日头西升那样目瞪口呆半天说不出话，发觉老板的脸色不对，才赶忙恢复常态，恭恭敬敬地对田作雨说：他已派人去金銮大师

下榻的宾馆打探，找到大师的楼层和房间后，才发现来找大师的记者、患者、慕名者、崇拜者络绎不绝，趋之若鹜，全被大师的保镖挡驾。保镖们告诉大家说：大师正在练功，不容任何人打扰，昨天连行署专员都为此等了一个钟头。

为了尽快联系上气功师，我找到当地一位很有些地位和势力的朋友。他立刻派人与大师联系，不久，大师的保镖传出话来，说无论专员还是平民在他那儿都是平等的，有事提前找他。我把这意思转告给了田作雨，田作雨心领神会，提前者，提钱也，他立刻让办事处负责人提了一大笔款去交涉，很快大师给他约定了时间：今天晚上8点到9点为田作雨做气功催眠。

事情有了希望，田作雨反而情绪低落下来，好像要期待什么祸事来临一般。望着他日渐瘦骨嶙峋的面容，我不由得想，这么急匆匆地乱投医是不是有些不计后果？米柯大夫明明白白地向我说过：田作雨还受了一件与车祸无关的事的强烈刺激，在他的梦中已经显露了某些迹象，这肯定是一件可怕的事。

如果这次催眠果真唤醒了他的全部记忆又会怎样？我安慰自己，也许事情并不那么可怕。"可怕"是个主观概念，常是人们想像力过于旺盛的结果，当亲临其境或事情真相大白时，反倒没什么可怕的了。"那事件"是什么？也许，早知道了，我们可以早日防范，免去一些更大的麻烦或灾祸呢！

晚上8点，田作雨、我、丁如藻在办事处负责人的陪同下，准时赶到了金燮大师所在的宾馆。这位大师三十多岁的样子，中等身材，微微发胖，一副中层领导干部的模样。下午听我的朋友讲，这大师的催眠气功很神，无需对方配合，被催者只需接收气功师的气，就能被催眠，连慕名而来的专员都被催得睡了一大觉。当然，耳听是虚，眼见为实，我要亲眼看了才肯相信。

不料这金燮大师只带田作雨一人进了套间，把我们全挡在了

门外。丁如藻坚决要和田作雨进去，急得直要和那大师打架，大师听说她会气功时，更不让进了，无奈，我们只好妥协，全留在门外。

套间门的隔音效果很好，如果不是屋内大声说话，外面是什么也听不见的。开始的半个小时，丁如藻不断把耳朵贴在人造革包镶的门板上仔细倾听，可是没有听到什么。

就在这时，套间里忽然传来一声惊呼。

这声音高亢、怪诞，如绸布撕裂般地刺耳，在这阒寂的宾馆客房里，显得那么凄厉、恐怖，这分明是田作雨的声音！我们三人不约而同地冲向套间的小门，丁如藻一马当先，用瘦小的拳头拼命捶打房门，边打边高叫："开门！开门！"

见门无打开的迹象，我顾不得多想，大喝一声："闪开！"丁如藻刚让过，我便用肩膀用力向门撞去，只听"哗啦"一声，门的锁舌被撞断，我也随门跌了进去。人在情急之时的爆发力是很厉害的，其实这就是硬气功。

套间里，大师与田作雨对面坐着，相隔约三米。田作雨满脸通红，像喝醉了酒一样，我急忙问："怎么回事？"丁如藻也尖声带喘地问："你为什么喊叫？脸怎么这么红？"

不料田作雨反而摆摆手："没什么，正常的反应。你们出去吧，大师还要继续给我催眠呢。"

"不行，不能再做了！"丁如藻说，又转身朝向金大师："你到底是什么人？怎么把老田弄成这样？"

那金大师也满脸紧张，结结巴巴地说："不，不怨我，是他恢复记忆想起了可怕的事。门撞坏了可得你们赔……"看他那蹩脚小品演员冒充艺术大师的模样，我怒气冲冲地对他说："告诉你，如果病人出现什么意外，你要负全部责任！"

"怎么会有意外呢，"金大师在尽量镇定自己，"你问田先生自

己，他是不是恢复了记忆？"

田作雨显得很烦躁，低头说："我很好，刚才很多事都快想起来了，你们一来，又冲散了。"

听了这话，大师完全镇定了，说："怎么样？没事吧？……下面我要收功了，你们最好退出去。"见我们不动，他不再理我们，眯上双眼，口中念念有词，开始收功。

十几分钟后，功彻底收了，大师疲惫不堪地倒在一把躺椅上。我们再看田作雨，仍在那把椅子上坐着，身子挺得笔直，宽大的西服像干豆荚一样松松地裹着他的身体，向下耷拉着，面部表情不喜不悲，只是那双眼睛在微微转动，证明他是在醒着。

丁如藻扶他向外走时，他仍然有些魂不守舍。我追问他，他低头说："我好像什么都想起来了，就是脑子一时发蒙，理不出头绪来，走，我们到门外去吹吹风。"

离开了金燮大师，我们来到宾馆一楼大厅，坐在长沙发上。宾馆很简陋，大门洞开着，一股穿堂风倏然吹过，确实凉爽，让人清醒了许多。田作雨两眼望着天花板，嘴张得像鱼肆里的鲈鱼，拼命在想着什么。

许久，田作雨仍然摆着原来的姿态在苦思冥想，脸部扭曲得变了形。一个人想抓住某个东西而这东西又看不见抓不住的时候，一定都是这个样子。

"小姐，是不是在这儿给总裁开个房间先住下？"办事处负责人小心地说。

丁如藻看了一眼田作雨，田作雨的意识好像还没有完全归位，她摇着田作雨的双肩，娇声娇气地说："老田，别在这儿想了，你回省城再慢慢地想去吧！"

田作雨看着丁如藻，片刻后目光突然一变，像不认识她似的问："你就是丁如藻？"

他这话吓了我一跳，这情形仿佛又回到刚出车祸，我去看望他的那一天。我几乎立刻就想去找那气功师算账了，肯定是他发的什么邪气，搞坏了田作雨的脑子！

此时丁如藻则几乎要哭出来："老田，你咋连我都不认识了？"

但田作雨脸上却显出兴奋的神色，慢慢地说："丁如藻，你和我结婚了！？"

再看看丁如藻吧！听了这话她的脸孔僵住了，兴奋、尴尬、羞涩、惊讶、怀疑，不一而足，总之是哭笑不得。甭说她，在场的几个人，全都为田作雨的这句话而哭笑不得！

而田作雨此时，一直阴翳暗淡的目光不见了，眼睛显得异常明亮，如同涂了磷光的指北针一样在急剧地抖动，嘴里一字一句地说："我非常清醒，我完全清醒了，我全想起来了！"

我的血液一下子涌上心头，毫无疑问，他的记忆恢复了。一切将要真相大白，这下，与什么霍明高博士纠缠不休的问题可以澄清了。还有"那事件"究竟是什么呢？使饱经忧患的田作雨如此丧魂失魄，使见多识广的米柯大夫疑云重重？

但田作雨并不马上说，而是继续回想，想必是回忆起的东西太多，不知先说哪个好。我提示道："你回想一下，一个多星期以前，中午，在西虹桥上，有一辆银灰色的小轿车，向着你……"

"你已经说过不下一百次了！"他忽然用生硬的语调说，并转头瞪了我一眼。

"那是因为你一次也想不起来！"我也不客气地说。

田作雨不再像刚才那样努力回想，而是全身放松，对我说："谁说我想不起来？我最先想起来的，就是我结婚了。……那次车祸，我已有了印象，现在我拼命回忆的是，我跳到桥面车道上的一刹那……"

"什么？你跳到桥面车道上？"我吃惊地问。

"当然是了。"

"在车道上，迎面就是一辆小汽车？"

"当然是。"

听了这话，我有点发晕，因为那天在医院的病房，霍明高博士就是这样叙述的。我愣了一愣，才语无伦次地问："那么，你自杀，真的是想……"

"听我说，"田作雨并没有理会我的态度，仍然顺着自己的思路往前走，"一接收那气功师的气，我好像回到了昨天做的那场梦，梦见许多可怕的东西，我惊慌之极，所以才大叫一声。我感觉，我头脑中的记忆像磁化了一般，蹦蹦跳跳全活了起来，按次序排好了，随后我就按次序向前找，眼前总是雾蒙蒙的，一团浊气，不知找了多长时间……突然从大师那儿流过来一股清气，呼的一下，把浊气都赶走了。眼前露出了车祸的那一刹那，汽车向我撞来的景象又在我脑中过一遍……"

既然是"一刹那"，那么在脑中过一遍也是不足为奇的，我想。

"……这一刹那，在我眼前，脑海中闪过的是近四十年来我经历的每一件事，一切全想起来了……"

"什么什么，这怎么可能？"我打断他的话，一刹那怎么能包含一生的每一件事？"你还是回想汽车撞你之前的情景吧，你干吗要跳到桥面车道上，是汽车走错了方向，你要躲开它吗？"

可是田作雨仍然自顾自地往下说："我原以为人回忆过去，只能按照事件顺序一段一段地去回忆，可是没有想到，在紧急情况下，人在一瞬间能没有时间概念，当然空间好像也没有了。一生的一切事同时出现在脑海里，啊！虽然可怕，但这不是人人都能体验到的呀！难得极了，妙极了！……"

"是妙极了，怪不得引得你跳到路中央，往别人的车头上撞。"我讥讽地说，同时也是激他回想。

田作雨一愣，站起来，转过上半身向着我："你说什么？"

"我是说，是不是你自己找死，主动跳到汽车前让它撞你的？"我忿忿地说。

听到这儿，田作雨略略陶醉的脸色陡然一变，也大惑不解地问："是呀，我为啥要跳过去呢？"他的双手使劲揉着太阳穴，费力地想着。

"买书吧先生，瞧，这本大书，是人们抢着买的。"这时，一个中年妇女走来，向我们兜售她的书。那是一本在公开场合不能卖的书，她只从她的帆布书包里抽出一半，让我们看一眼书名。办事处负责人急忙把那妇人推走。

"这本大书？"田作雨听到这话时轻轻重复了一遍。突然，他像被蛇咬了一口那样，一阵痉挛，脸色极为难看，肌肉绷得异常紧张。

田作雨有收藏古旧书的癖好，有着整架整架的古旧书。前不久，他还购到了几千册的线装书，花了血本还是高兴了好几天。起因是，公司的一个推销员告诉他，市郊一个偏僻的小花炮厂不知在哪儿用废纸价收购了大量线装书，准备用来卷炮竹。田作雨闻讯马上赶到这个花炮厂，提出以高于他们收购价两倍的价钱来买走这些线装书，但厂长不答应，厂长说，这些旧书是麻纸的，卷出的花炮放起来清脆、响亮，能卖大价钱。田作雨舍不得放弃，只得把价一涨再涨。厂长看到田作雨的奔驰车时，认定这是个不宰白不宰的大肥佬，就报出了原收购价一百倍的天价。不料田作雨只眨了几下眼皮，立刻拍板成交。使那花炮厂厂长直后悔自己要价还是要低了。

由此可见，田作雨应该是个爱书如命的人，此刻为什么听到"书"这个字眼就如此紧张？世上骇人的东西很多，但似乎很少听说还有骇人的书。

"书有什么可怕的？"我不解地问他。

他没回答我的话，而是闭上眼睛，两手埋在自己的头发里乱挠，好像要把记忆从中一点一点地抠出来，"这本大书，对！这是一本世界上……最奇怪的书……"说到这里，田作雨突然惊叫一声："不，我不要死！"

随着叫声，田作雨弹簧似的从长沙发上跳起来，活像中了邪一般，丁如藻急忙上前再次扶住他瘦削的肩膀，安慰他说："老田，别怕，车祸已经是过去的事了，你的头被撞了一下，已经好了。你没有死，你现在好好的在这儿呢！"

田作雨根本没理会她的话，甚至像没有听见一样。这只有两种可能：一是他没有理解丁如藻的意思；二是丁如藻所说的内容，与他目前面临的，毫不相干。

虽然他受了脑震荡的袭扰，但一天多以来，我早已发现他的领悟力和智力并无降低的迹象。而现在他对丁如藻的话毫不理会，这说明只能是第二种可能。米柯大夫的猜测是对的，"那事件"马上就要显露出来了！

可是，"那事件"竟然可怕到这种程度？田作雨双眼大睁，直直地盯着前方，满目绝望无助。我平时自认为自己绝不是一个胆小的人，但有生以来第一次离这么近看一张鬼魂附体一般的脸，难免紧张得微微发抖。"我不要死！"如果指那次车祸，他应该在汽车接近，意识消失前一刻喊"我不能死"才合理。"我不要死"，那么是有人逼迫他去死么？

"走，我们回去！"田作雨一闪身挣脱了丁如藻的双手，也不管我们，一个人向宾馆门外走去。我上前想问个究竟，但他一句话不答。我们只好半追半跟地随他走到大门外，旁边的人好奇地看着我们。

我们走下台阶，来到灯光照射的广场上。跨进那辆停着的

"奔驰"，见我又坐在驾驶座上，田作雨重重地说道："北极山，你不要开车了，小左，你送我们回去。"

小左，即是办事处的负责人，他一直跟在我们左右，此刻立即心领神会地坐在了我让出的驾驶座位上。一阵沉闷的发动机声后，汽车稳稳地向前滑去。

田作雨接收催眠功后的反应对我震惊极大，再加上一天一夜马不停蹄的劳累奔波，我也确实不能再承担开车的任务了。田作雨留心到了这一点，可见他的心智很正常。"我不要死"与"那事件"究竟是什么关系？一路上我都在想，想了很多，"那事件"到底是什么？

不料最后，虽然我设想了种种可能，虽然我做了充分的思想准备，虽然我经历过好多离奇古怪的事，却不料我所有的设想，都与从田作雨记忆深处掏出的事情离题万里。

4

一会儿，汽车便驶上了两城市间的一级公路，速度在 160 迈（约 257.44 千米）以上。路面上、道路旁一闪而逝的标志在车灯的照耀下十分明亮，时常有一些飞蛾之类的趋光昆虫像流星一样在车的前上方划过。

从反光镜上看去，开车的小左的表情是莫名其妙，而后座的田作雨则脸色铁青，丁如藻几次想轻松一下气氛，引出的话头都被田作雨的沉默驱回。大约过了一刻钟，我回头斜眼看去，田作雨好像在打瞌睡。我真希望此时他就把真相告诉大家，可显然他一个字也不想说。过一会儿，我被疑惑折磨得实在无法忍耐，正要发作时，他忽然伸直了腰板，探身对我低声道："现在不要问，回去后再把一切都告诉你们。"

田作雨是个性子慢得出奇的人，据以往的经验，我知道这个时候同他吵架也是无济于事的。我只得按捺住急切的心情，耐心地等，看到目的地后他老兄到底要搞什么名堂。此时，唯一消磨时间，避免心火上升的办法就是猜一猜田作雨心中的"那事件"是什么，与他相处这么多年，我也早琢磨出来啦！

汽车经过一个小山村时，我猜：是不是田作雨当年的黔妹子家里人又知晓了田作雨还在人间的消息，传来了信儿，要指控他

谋杀？汽车经过几座规模很大的乡镇企业时，我又想，是不是田作雨的公司出现了严重的问题，逼得他直想跳楼？我立刻又嘲笑自己的低智商，怎么只会想出这些大路货。那么是有人看他有钱要敲诈他？更是俗不可耐。那么是他遭遇了外星人、尼斯湖怪？这又太荒唐。过一会儿，我又想出一种可能：既然与书有关，说不定是他看什么鬼怪之类的书看入了迷？进而又联想到最干脆的一种可能，"那事件"根本不存在，完全是米柯大夫臆想的。那么田作雨现在的表现呢？是刚才什么金燮大师的发功使他走火入魔了吗？如果那样的话，才是"前门驱虎，后门进狼"呢！

汽车到达省城时，已是午夜时分了！

进入市区时，汽车正准备拐入小红楼的方向，田作雨忽然高声命令开车的小左："向前开，沿这条街一直走，然后向右拐，在西虹桥停车！"

西虹桥？当然我知道，是他那天出车祸的地方，可是他半夜三更如此匆忙地驱车赶回来，奔向这座桥作甚？凭吊，还是招魂？我心中越发不解，只觉凶多吉少。

车子在市中心的夜市区停了一下，田作雨叫小左下车进一家灯火通明的光源商场，买了三盏多功能强力应急电筒，他不说是干什么用，我索性也不问。

谁知走了不远，田作雨又让车子拐到另一个方向，直奔一处漂亮的居民小区，拐了几个弯之后，在一幢楼前戛然而止。这次我可忍不住了，高声问他："干什么停在这里？"

"这是米柯大夫的家，我把他也接来。"他说着，身子已跳出车外。

"什么什么，去接米柯大夫？在这个时候？"我开门一把拉住田作雨的衣袖。"有没有搞错呀，开什么国际玩笑。未经米柯大夫允许，我们去外地做气功，现在又半夜闯进他家，道歉都嫌太冒失，

还做什么把他也接来？你到底要做什么，现在必须给我说清楚！"

"你在这儿老老实实等着吧！"田作雨的胳膊一抢，把我摔回到座位上，没等我跳起，车门又重重地碰上了。

这小子今天如此粗暴，是不是疯了？我正想下车揪住他理论一番，丁如藻在外面用力推着我的车门，不断向我摆手，我才打消了这个念头。望着他两人远去的背影，我只好再次压住肝火，等他们回来。

真令人不可思议！时候不大，两人回来了，后面是一个高大的身影，走近时看，正是米柯大夫。我的心又向上一提，米柯大夫并不是谁都能请得动的人，现在深夜被田作雨请出来，可见事件极其重大！他两人一定是心有灵犀的，不然一个神经科权威，怎么会轻信他的病人夜半的胡言乱语呢？

米柯大夫上车后坐在后排，向我打了一下招呼后不再说什么，看去表情十分严肃，我也就不便再问。

余下的十里（五千米）路程好像特别长。汽车终于驶近了西虹桥。田作雨受伤住院后，我曾专程来此桥五次，在桥面、桥栏上看来看去，也没有看出什么名堂。

汽车停在桥头，田作雨抖动着手摸了半天才打开车门，一步跳下汽车，头不小心"砰"地撞在车门上框，我真害怕他再撞成脑震荡。

米柯大夫、丁如藻、我和开车的小左也慌不迭地下了车，准备跟着田作雨走。显然我们其中多数人是盲目的。看到小左也要从桥头的水泥台阶走下去，田作雨说："你不必下去了，把车开回小红楼，一会儿听电话来接我们。"机灵的办事处主任此时已被这一连串的事情搞得有点糊涂了，故只知机械地点头应承，顺从地把车开走了。随后，田作雨撕开刚买的强力应急电筒的包装盒，打开电源，顿时三道白森森的光柱向桥下黑黝黝的河床射去，他带头沿台阶奔向桥下。

从钻出车门到让司机把车开走再到我们四人一行打开应急电筒奔到桥下去这一系列动作，假如附近有人看到了，一定会以为我们是在拍一部侦探片。

走到桥下时，我又一次忍无可忍，一把抓住田作雨的后衣领，厉声问："田作雨，请你说清楚，你到底要干什么？"

他用力向外扭，想挣脱我的手，但我坚决不放，他一面挣扎一面说："来，来找书。"

我几乎以为是自己的耳朵听错了，虽然在环山宾馆的大厅过道吹风时，听田作雨的话，我朦胧觉得"那事件"与书有关，可是现在到桥下去找什么书呢？桥下只有不远处那座造纸厂流出的废纸浆而已。

米柯大夫在一边替田作雨解围："你放开手，让他说。"

我松开了手，田作雨退后几步，一边揉着脖子，一边说："在路上我之所以没告诉你，是不愿意让更多的人知道，这件事太重大、太神秘、太可怕了，传出去，会造成麻烦的。所以我想，最多只能让我们四个人知道。除此之外，不能让任何人知道只言片语，

包括开车的小左。"

"连你们的家人也不能告诉，你们要发誓，不再向任何人扩散！"他补充说。

"到底是什么事？不知道我怎么扩散？"我说。

田作雨不理我，转向丁如藻："丁子，真不该让你也来，你能承受得了么，如果告诉了你真相？"

不知是冷的还是怕的，丁如藻瘦美的身躯有些瑟瑟发抖，年轻的脸上仿佛突然沧桑起来："你……能，我就能……到底是嘛事儿呀？"

米柯大夫解释道："是这样，有一本书，出车祸那天，它在田作雨手中拿着，可是掉到了桥下。"

听了这话，我又忍不住尖声叫起来："田作雨，你是不是中了气功师的邪？出事到现在已经过去快十天了，现在才来找，岂不是刻舟求剑！而且，到底是什么宝贝书，非要这样马不停蹄赶几百千米路来找？你说，什么书？该不是《金瓶梅》吧？"

"别胡说！"田作雨低声而有力地制止我，电筒的余光自下而上映照着他的脸，使他的脸看上去干瘪而恐怖。"讲起来话就长了，三言两语，恐怕越说越糊涂，我们还是先分头去找吧！"说罢他把手中的一只强力应急电筒塞到我手里，又胡乱地把自己手中的电筒像铁路工人发信号那样划了半圈，领先向河滩奔去。

这是一条平时流量并不大的河，河水呈灰白色，是上游一个大造纸厂排放污水造成的。前几天，我一直调查采访的就是那家造纸厂和这条河。呼吁环境问题，是目前的热点，是条引人注目的新闻。可是眼前的事，只关系到一本书，但听田作雨的语气，好像重大得不得了，这算不算一条引人注目的新闻呢？

从河岸看去，由于污染严重，现在除了岸边有几株挣扎着生存的荆三棱草之外，河的上下已很少有什么生物。在强力电筒的

照射下，草影条条，映在裹着白纸浆的块块卵石上，好不阴森凄凉。回头照去，大堤内的河滩上是当地农民开出的东一片、西一片的菜地，用铁丝网、长木棍东倒西歪地围着。这种用污染了的河水浇灌出的蔬菜，种植者自己是不吃的，都卖给了市民。

田作雨带我们走到桥孔下，用电筒仔细照了照桥栏、桥拱、河滩，又如此反复地照了几次，最后肯定地说："书，就是从这儿掉下去的，远不了。来，找找看。"

田作雨本是高度近视，此刻腰更弯得说不清是半蹲还是半跪了，简直像狗扒食一般地在卵石间和草丛里摸来摸去。我上前用强力电筒照他一下，问："别光让我找，你得说清那宝贝书是个什么样子，书名是什么，要不然一会儿我捡到一册小学生作业本，你不白高兴了么？"

"十六开，有两寸多厚。"见我又要追问，他不耐烦地加上一句，"哎呀！先去找好了，回头自然都会告诉你的。"说罢，又弯腰找去了。丁如藻此刻也十分专心，一棵草一棵草的动手，用强力电筒仔细照来照去。

看到米柯大夫在一边挺立的身影，我走过去进一步追问到底是怎么回事。米柯大夫不是很高兴的样子，他说："你们的性子也太急了，竟敢拉着他去做什么催眠气功。你们以为我真的无能为力了吗？我继续施催眠术，也是一样能把他的记忆彻底恢复的，可是，我不想做下去了。"显然，米柯大夫对与车祸无关的"那事件"的刺激是感同身受的。看到今天晚上田作雨一系列丧魂失魄的表演，我明白米柯大夫没有进一步把病人唤醒，是十分必要的。我不禁为自己的鲁莽涌上一股悔恨。

"瞧，问题出来了！刚才他来揿我家的门铃，说要立刻向我揭示一项重大的秘密，关系到他的前途和命运。"见我听到这里笑了一下，米柯大夫正色道，"通过对他多次治疗，凭我的经验，他的

头脑很正常，也就是说，他没有什么精神问题，不然我怎么会陪他来这里呢？等一会儿我们再听听是什么事在刺激着他吧。"

"是这样！"我省悟地点点头，叮嘱米柯大夫在一块大圆石上坐好。一个花白头发的医学权威半夜冒着风寒来到河边陪田作雨"发疯"，让我十分感动。但真是什么大事吗？我还是怀疑。

一个多小时过去了，经过田作雨丁如藻我们三人地毯式的轰炸，如篦如剃的搜寻，下游一百米，上游几十米内的河滩，连草根和石头都翻了个遍，结果依然踪影全无。我和田作雨疲惫不堪地回到在坝基下走来走去的米柯大夫身边时，见丁如藻早已经找不动了，坐在那块大圆石上歇气，一双泥泞的高跟鞋和长袜丢在一边，刚被水浸泡过的一双脚和小腿在强力电筒的照射下白得耀眼。我抬头望望北天的星空，北斗星的转柄差不多已经转了半圈，向东北的一角升起，已是晨光快要出现的时分了！

这时，远远有一个光点，从引桥走上桥头，又从桥头的水泥阶上飘忽而下，鬼火似的向我们走来。再近些，才看出是两个人影，光点是其中一人手里握着的电筒，那电筒正好把我们四人罩进它的光圈里。

我也不客气地举起强力电筒回照，那两人立刻如临大敌似的停住了脚步，其中一人高喊："喂，我们是治安联防队的，你们是干什么的？"

其实不用他们自报家门，我就已知他们的身份了，这两人的左胳膊上都带着个红箍，在我强力电筒的照射下很惹人注目。"把手电收起来，你们是干什么的？"那人继续高喊。

"我们在找一样东西！"我也喊。

"找东西？找什么东西？"那人又高声问，从声音可听出，警觉性已经提高了一个数量级。

田作雨向射来的灯光挥了一下手说："是一本书，一份很重要

的文件，白天掉到桥下去了，我们正在找！"

听了这话，两个人才慢慢走近。我看清，前边喊话的是个二十多岁的小伙子，后面是一位六十开外的老头。老头走上前来接过小伙子手中的电筒照了照我们，有几分严厉地问："你们好像在藏什么东西，你们是贩卖海洛因的吧？"

本来我自己正蒙在鼓里，一听此话，很是恼火，说："你这老头，不要诬赖好人，你看我们哪个像贩卖海洛因的？"老头也口气很硬地说："把你们的证件拿出来！"正在这时，他忽然看到了在一边灯火阑珊处的米柯大夫。他马上问："咦？你是不是省第一医院的米大夫？"

"是。"米柯大夫点点头。

"你不认识我啦，我老婆的病，就是你看好的呀！"这老头倒过手电筒来照照自己的脸，"我是这个片居民组管治安的，人们都叫我'陈瞎子'。"

这老头的眼睛确实不大，细眯着，像总打瞌睡一般。我打趣地用灯晃了一下他，说："看来你并不瞎，眼睛蛮好使嘛，这会儿你还搜我们藏的海洛因吗？"

"当然不，当然不，"看来米柯大夫对陈瞎子的恩惠不浅，一下子就解除了陈瞎子对我们的怀疑，他笑着说，"我们是在值班巡逻，最近科学岛上正在安装活的计算机，怕夜里有人破坏，市里让我们这几个居民组都派人打更巡逻。刚才，这个人——"他指了指田作雨，"太瘦了，我是说句笑话，说他是贩卖海洛因的。米大夫，你们找的是什么重要书，不知我们能帮上忙不？"

田作雨急忙跨前两步，向他说："可巧了，真需要你们帮忙呢！你们常在这儿巡逻，消息一定灵通。"说着他又简略地描述了这本书的样子和掉落时间。

"哟！你就是那天在桥上出事的那家伙？好得真快！在桥上车

撞人的事我早就听说了，原来是你。好好好，我一定帮你们打听。"
陈瞎子说。

"老大爷，只要能找回这本书，出多少钱我们都愿意。"丁如藻
强调说。

"对，只要书能找回来，出多少钱我们都愿意。"田作雨马上附
议，想了想，又从兜中掏出许多张百元大钞递过去，"你们先拿着，
要是真找到了，还有更多的报酬。"

陈瞎子不由自主地接过钱，呆了一呆，又连忙递回来说："不
要，不要，我们一定帮你们的忙就是了，找到了……再收你们的
钱。""找不到也没关系，只希望你们真心为我们去找。"田作雨说
着，又把他的手推回去。

陈瞎子咧嘴笑笑："真心找，一定真心找。"说罢把钱攥在手
里。停一停，他不好意思地问："刚才您说出多少钱都愿意，先生
准是个大阔佬罢？"

我说了一串各种公司的董事长的头衔给他听。

"真是人不可貌相，怪不得出手这么大方。我明天早上就挨家
给您问去。"

我们六人走上桥头，两个查夜的摇摇晃晃地沿引桥走去，田
作雨的"奔驰"也准时来到桥头。十分钟后，我们已经坐在田作雨
的客厅里了。这时，时钟已指向凌晨 3 点。

5

米柯大夫是第一次来田作雨家，对这个鸟叫猫鸣、鼠跳鱼游的环境似乎很觉新奇。

入座后，我们都静静而且急切地等着田作雨讲"那事件"，因此谁也不开口。

看门人老等为我们准备好茶水饮料后，田作雨挥挥手让他退出。随后田作雨自己坐在靠门旁的一张单人沙发上，把瘦瘦的身子都埋了进去。他满脸严肃，狠狠地吸了一口香烟，又把它们全吐出来，仿佛要吐出压在心中的郁闷似的，烟雾在不动的空气中徐徐上升。连吸了半支烟之后，他才开口道："首先，你们三人要发誓，绝对保守秘密，不把这件事告诉任何人。"

"本来我什么都不知道了，那辆小汽车把我撞昏之后，醒来我连自己是谁都不知道了。可是，经过米柯大夫的催眠，气功大师的发功，我又什么都知道了，"他闭眼仰头想了一会儿，才又说，"……也许你们想，一本书，有什么了不起的，最糟糕能发生什么事？但是，的的确确，这是一本我从来也没有见过，你们谁也没有见过的书。想来想去，我必须承认，它是一本'天书'。我说出来可以，但你们一、不能外传，二、一定要相信我说的话是真的……"

"天书？该不会是像《水浒》中的宋江拿到的那样，是九天玄女在还道村授给你的吧？"听到田作雨一遍一遍的嘱咐，我忍不住带着嘲弄的口吻说。因为知道了"那事件"不过是一本书的事儿，我觉得田作雨是在小题大作。说着，我身子向后一靠，他家古色古香的名贵沙发不知有没有一百年了，一动，屁股底下的钢丝就一阵乱响。

"北极山，都什么时候了，你怎么还这么轻佻？"田作雨不满地瞟我一眼，高声说。

"这书是什么名字？谁写的？"米柯大夫问。

田作雨又燃起一支香烟，"这书，是我捡来的。出车祸那天上午，我去见一个朋友，回来时，故意没坐车，想抄近路散一会儿步。走到府灵街时，正巧造纸厂的后大门开着，我就走了进去。因为穿过厂院从前门出去，能少走很多路，哪知厂区后院在搞建筑，走来走去，我就转了向。走一会儿，闻到一股发霉腐烂的怪味，转过一堵墙，眼前一片开阔，原来是个大垃圾场，不过我仔细一看，哪里是垃圾，堆的全是旧书、废纸……你们知道，我一直在收藏旧书，这时我想，也许凑巧能捡几本有价值的古旧书呢！我便去书堆里翻了翻。谁知，就在书堆里，我无意发现了它……"

田作雨此言不虚，因为这座造纸厂恰好我三天前还去过——为调查废水污染河流的事。我也看到了那座庞大的、果真像垃圾场一般的旧书场。它有半个足球场那么大，收购来的旧书、破本、烂画报、废报纸等东西凌乱堆放着，像山峦起伏。由于日晒雨淋的缘故，很远就可闻到一股霉臭味。如果一个买不起书的穷书生来这里寻几本自己喜欢的书带走，或以废纸的价钱买走，我想那是不足为奇的。而田作雨这样身份的人来这种地界寻书，像乞丐捡破烂一般，未免太掉价，至少，米柯大夫和丁如藻会这样想。

不过，我却觉得很正常，前边说过，不久前他还花了好大的价钱买进了几千册线装书呢，几乎亏了血本。他对古旧书又有这样大的癖好，扎在造纸厂的废书堆里去翻捡一番，以期发现点什么孤本珍本，也实在不是多么意外的事。

下面就是田作雨叙述的他在造纸厂的废书场中的情形：

他深一脚、浅一脚地在书堆上走着，不时停下脚步弯腰翻弄一下脚下的１日书。有的书已经肮脏不堪，惨不忍睹了，也有的书十分新，好像刚从印刷厂运出还没去掉包装就来到了这里，还有不少是印刷厂装订书时裁下来的白纸边，在微风中像小草一般地

拂动着。有一片地方全是旧画报，电影明星、美女躺了满地，个个人老珠黄，另一处则几乎全是中小学生的复习辅导书，属于一次性消费品。如今信息爆炸，我们一进书店或走近书摊，见到的几乎都是语言垃圾，更何况眼前这个真正的语言垃圾场了，因此这虽然是个书山，有路勤也不是径，因为有价值的书极少。田作雨在找到几本他自认为有点收藏价值的上世纪的书之后，正要扫兴地离开这味道不正的地方时，忽然发现一本厚厚的书从乱书堆中露出一角。

因为田作雨更感兴趣的是古旧书籍，而这本书比砖头还厚，像硬皮撕掉的精装本，所以他只对这书踢了一脚，以为走过去也就算了。

偏偏这一脚，把这本书全踢了出来，它滚落到田作雨的眼前，书皮很脏，书脊是用麻绳装订的，如同线装书，于是他弯腰把它拾起来。

这是一本十六开的大部头，两寸多厚，托在手里可想而知是沉甸甸的，颇如一大部《辞海》或一种大刊物一年合订本的规模，最上面的一页黑黑的，不知是什么质料的纸，第二页上凸印着一幅弯弯曲曲的图形。

田作雨随手翻了翻这书，纸质极好，全是密密麻麻的蝇头小字，不知是激光照排还是打印机直接打出的，总之印得很精美。但装订得很粗糙，锥子穿孔，麻绳引线，歪歪扭扭，分明是外行人手工装订。严格地说，这不能叫书。他翻到一页，扫了几眼，内容好像记载的是一个人的生活琐事，他读了几段，发现非常平淡无奇，如同街摊出售的一些无聊小说那样，田作雨这层次的人自然是无法将其卒读的，于是他不想再读下去，便翻了一下纸页，准备顺手把这本砖头般的"书"扔回废书堆中。

就在这时，他的目光无意中向新翻到的一面一瞥，突然有三个字跳入了他的眼帘。

就是这瞬间无意的一瞥，使他从此以后的人生，一切的一切，彻底改变。

这三个字是"田作雨"。

"书里怎么会有我的名字？"他感到微微一震，又想，一定是同名同姓的巧合。当然，即使就是他的名字印到书里，也没有什么大惊小怪的，他毕竟是挂着全国政协委员的头衔，上过多次报纸、电视的人，现在他已经收藏了几本书，书中有介绍他和他的企业的文章。同名的巧合也罢，真是写他的也罢，人对同自己有关的事总是兴趣最浓的，于是他就势细读下去。

原来书中写的是一个也叫"田作雨"的人的日常生活，写得松散而平直。这一段写"田作雨"年轻时学游泳的一段经历，读了一页后，他感到迷惑了，这段事怎么这样的似曾相识，连场景也非常眼熟，仿佛就是自己的一段往事？再读下去，在字里行间又找到几个熟悉的人名、地名时，他才终于恍然大悟，原来书中写的"田作雨"不是别人，正是他自己。

田作雨的记忆力本是比较出色的，加之这段往事大约有些不同寻常，因此他的印象很深。读了书中的几页，他顿感自己仿佛又回到了过去的年月，就像我们在重看一部早年看过的电影，不但记忆中的场景一一出现，而且很多一时遗忘的情节也都再现了出来，激活了原先的记忆。

按说，田作雨以其知名度和雄厚的资本，有人为他树碑立传，并不是不可能的事，问题是，就他所知，并没有人为他写过长篇传记，更没人打探或采访过他青少年时代的琐事，包括我这样的老朋友都没动过这类念头。

而且，尤其令他惊奇的是，即使有人为他撰写传记，怎么会把事情写得这么详尽、琐屑、真切，远比他本人记住的还要多得多？还有，这传记的文笔、口气十分朴实、板滞，像是现场实况的纪录，不像"回忆录"，比如随便翻到一页，有一段是这样写的：

晴天，太阳挂在高空，有微风，因此人们的衣襟都被吹起，田作雨在一条街上走，街不宽，左侧是昨夜下雨存的积水，对面开来一辆汽车，走近可以看出是东风牌的，汽车从积水中驶过，溅起泥水，他忙向一边躲，同时嘴里骂了一句。一个人骑自行车从他身边擦过，这个人身穿蓝色上衣，黑裤子，戴着草帽，只看到背影……

孤立地看这一段话，田作雨已经根本没法回忆起这是哪次的经历了，田作雨年轻时不骑车不坐车，当然只能走路了。虽然这段话前标着年、月、日、时、分，他还是毫无印象，因为这样的经历实在太平常了。读下去，几乎页页如此，内容平淡枯燥，细致入微，超过了任何自然主义小说家的描写。

他惊诧万分，竟坐在怪味刺鼻的书山凹里，忍着已近中午的太阳的炙烤，入神地读了下去。

这书既无前言、目录，也无章节，每一段之前都注上了年、月、日、时、分，甚至秒，像日记但又不完整，有时相邻两段之间相隔达几个月。而真正记载的只是几小时乃至几分几秒的片断，零零碎碎，不是日记，也不是通常意义上的传记。但绝大多数事儿，他能辨认出确实是自己的经历，过去的日子能留下这么多精确的记录，这是他没有想到的。

读着读着，忽然有这样一段，其内容使他目瞪口呆，几乎要晕倒（田作雨说到这里时，用无光的眼神看了看我们三人，将第十支烟的烟蒂掐灭在烟灰缸里，又慢慢点起第十一支）。如果其他

内容可以由别人捉刀代笔的话，这件事可是他心中的秘密，任何人都不可能知道，但也在书中被原原本本地写出来了（当我刨根问底地询问那是什么事时，他不好意思地苦笑一下，摇摇头）。

他说，当时，他感到浑身的毛发都立了起来，一股冷气从脚跟上升，又蔓延到全身，浑身麻木，四肢冰凉。秘密被曝光的羞耻感和惊愕感交织在心头，半天，他才定了定神，伸手抹了抹额头，满手湿淋淋的冷汗。

冥冥中是谁在监视着我的行动？他想，同时抬头看了看天，天空瓦蓝瓦蓝的，澄澈如洗，不像有什么东西隐藏在其中。也许这时正有无数的间谍卫星穿梭般地在这蓝色的天幕后面飞过，可是即使它们拥有最先进的遥感和窃听技术，它们会来监视一个叫田作雨的小老板吗？而且对他了解得比他自己都更彻底，更清楚？不是全智全能的上帝，谁能如此明察秋毫地洞彻他的一生，甚至他心底最大的隐秘？

他慢慢地合上书，像看一件外星怪物一样打量着这本书的封面、封底、天头、地脚、书脊、装订线……一切都与其他的书没什么两样，手工装订、精致的打印更证明它是人间的产物。田作雨略闭双目，努力使自己镇定下来。一两分钟后，他突然想起了什么，睁开眼睛，打开书。原来，他想看看这部书最后写的是什么，因为很多书都有后记，如果这部书也有，那么他一定能从后记中找到一些这部书来源的线索，即使没有后记，他也可以从最后一项记载的年月日知道，这部书是写于某年某月某日之前了。

田作雨急速地、哗啦哗啦地向后翻着书页，到了倒数第二页，他定睛把这一页的蝇头小字读下去，却突然像被人施了定身法一样捧着书怔住了！

原来这一页记载的不是别的，正是该年该月该日，田作雨坐

在造纸厂的旧书堆上在读着一本神奇的大书的事！

书上打印的这段话，前半部分与我刚才叙述的相仿，只是更具体一些。从田作雨走进造纸厂的后门写起，记载了他发现旧书场，在其中找书，找到了一部大书并阅读起来的全过程。最令人不解、最令人迷惑、最令人困扰的是，书中并不是简单地记载他读到这部书为止，而是进一步写他读到的内容，直至目前读到这一页的内容，然后内容套内容，深入地写下去，所以这篇记载的后半部分大意是这样写的：

……田作雨忽然在闭目思考中睁开双眼，为了看看这部传记到底结束在哪一天，他急速地打开书，把书翻到最后，聚精会神地读下去，这一段的内容是：

某年某月某日上午，田作雨会见一个朋友，回家时，抄近路穿过造纸厂的后门，不想走错了方向，来到了废旧书场，他好奇地走近了堆积如山的书堆去寻找自己需要的书，无意中他发现了一本厚厚的书，便捡起来，翻开读了一段后，发现书中写的都是田作雨自己的经历，他便顺势读下去，发现其中连他的隐私都写出了，惊讶万分，闭目思索片刻，连忙把书翻到最后，想看这部书的结局，于是读到了这一段：

某年某月，田作雨回家时，他穿过造纸厂，走到了一处废旧书场，他在堆积如山的书堆中去寻找书，无意中发现一本厚厚的书，其中所写都是他自己的经历，他十分惊讶，把书翻到最后，是这样的一段：

他在造纸厂的废书堆里找到一本大书，读着读着，都是他自己的经历，读到最后，上面写着：

他在造纸厂找到一本书，书中最后是这样写的：

他在读一本书，书上说：

他读书，书说：＊＊＊＊＊＊＊＊＊＊＊＊＊＊＊＊＊

记述越来越短，最后在短到不成话的时候突然结束，用星号补满了一行。田作雨呆呆地望着这串星号，僵化的目光无法从书面上移开。很明显，田作雨的这场经历在这本书中被记载成了一个不断重复、缩小的嵌套故事，田作雨读时，就觉得自己的思想进入了一个不可解的怪圈，挣扎着滑向一个漩涡的中心。

是谁在和他开这样恶狠狠的玩笑？他相信自己是在一场噩梦中，他突然站起身，张皇地望着四周，做了一个大幅度的扭身和跳跃的动作，仿佛要设法从这场噩梦中醒来。他掐掐自己的肉，是疼的，一上午做的事历历在目，身边还是那座怪味刺鼻、横七竖八的躺满废旧书本的场子，书山的后面露出厂房深灰色的屋顶，高耸的烟囱，和伸向远方的电力线，这是真真切切的现实。他低头又在身上摸了摸，当他彻底肯定这不是梦，他怎么也不能从这场噩梦中醒来，回到原来幸福的世界中去的时候，终于实在无法抑制因恐惧撞击心头导致的惊悸，手脚一软瘫在地上。

这哪里是传记，书中写的分明是他刚才那一刻发生的事。他读到最后一段，把书合上之前的那段事。就写书人而言，他在写到这里的时候，事情肯定还没有发生，那么也就是说，作者是在十分精确地预测未来！

这一瞬间，田作雨从小在正统教育中建立起来的因果观和逻辑观念一下子全部崩溃了。人竟能精确地预测未来，这是他没有想到的，如果真是这样，人类的历史就要重新改写了。

何止是他，听了田作雨的这些叙述，此刻我都感觉头晕目眩。丁如藻轮流盯着我们几个人的脸，红唇微翘，一句话也说不出来。我忍不住陡然站起身，上前抓住田作雨的双肩，问："你说的全都是真的？"

田作雨仰起头，摘下眼镜，望着我说："当然。你怎么现在还怀疑我？"

"书呢？"我大声说。

"所以，刚才我才带你们到桥下去找。"

我气得半天说不出话来。

米柯大夫慢慢站起来，走到窗前，用力打开窗帘，窗外已是晨光熹微。他低声说："你真的可以肯定，没有看错，或者……不是幻觉？"

"您也不信任我？绝对没假，绝对！"

屋里的空气像铅一样的沉重，停了一会，米柯大夫转身问田作雨："刚才你说，你在读书上最后的一节，也就是你在造纸厂寻书那一段时，内容好像重复了几次？"

"不是重复，是故事里说故事，一个套一个，不，不知要把人引向哪里。"田作雨解释说。

米柯大夫站起身，拍了拍自己光秃秃的前额，思忖片刻，说："一个事物在判断和描述反身时，是会出现这种反身映射的，见诸文字，就形成了'连环套'式的记录，一路套下去，按说应该是无穷无尽的，但实际上，它总是向某个时间点逼近，所以它的篇幅是收敛的，一段比一段简短，最后短到不成句子，在你惊讶至极合上书那一刻，记载也就结束了。"

这时，我想起了过去大人哄小孩时经常讲的故事：从前有座山，山里有个庙，庙里住着俩老道，大老道给小老道讲故事呢，讲的是，从前有座山，山里有个庙，庙里住着俩老道，大老道给小老道讲故事呢，讲的是，从前有座山……

所不同的是，田作雨读到的那段文字内容是逐渐递减，很快终止于某一时刻，而这首歌谣不增不减，永续下去，成了一种文

字游戏。

只是，我们四人谁也没有想到这种无穷递减的、自返怪圈式的嵌套信息会导致多么可怕的后果，如果我们事先知道的话，很多随之而来的、令我们十分后悔的事就不会发生了。

我们三人正各自沉浸在自己的惊讶或遐思中时，田作雨又说："我的故事还没有说完，后面还有呢。你们听了千万要挺住。"见我们都挺直了身子，他继续说："过了片刻——当然还是在书堆里，我又把书打开，重翻到最后一页，我发现最后一页还有两段记载。这两段记载只有几行字，你们猜，写的是什么？"

我望了望靠在窗台凝神倾听的米柯大夫，他也不做声。显然这是无法猜的，有了前面的预言，后面就没有不可能的事了。看我们在静听，田作雨接下去说：

"第一段写的是，某年某月某日，田作雨和丁如藻在紫霄宾馆举行隆重的结婚典礼。"

真有这种事？听了这话，没等我抬眼向丁如藻的方向望，那方向早传来一串尖尖的笑声，只见丁如藻兴奋得满脸通红，用手指着田作雨，上气不接下气地说："我说昨晚上在环山宾馆，你怎么说那话呢！原来书上写着……结……结婚，怪不得呢，这几天你对我……哈哈哈……"

我和米柯大夫也相对而笑，丁如藻的笑声冲淡了屋里的紧张空气，我心中自然为老朋友高兴，但我们两人的笑中，苦笑的成分多一些。

在这样的气氛中，田作雨却依然是满脸严肃，他接着说："丁子，别高兴得太早了，我看了下一条记载，就吃不准该不该向你求婚了！"

丁如藻的笑声戛然而止，脸色顿时也变得很难看，半天才说：

"写的……是什么?"

田作雨迟迟不说。我实在耐不住了,用茶杯重重敲了一下茶几:"田作雨,好汉做事好汉当,有天大的事……天塌下来还有地接着嘛!"我的脑筋也被这一串怪事弄得几乎全乱了,只想快些知道答案,所以拼命催他快说。

终于,他说了:

"上面写的是,田作雨乘飞机,在某城市机场着陆时,因飞机失事而死。"

"啊——"又是丁如藻吃惊地叫了一声,"胡说,这是胡说,不可能!不可能!"只见她瞪大饱含绝望的双眼,眼泪几乎要流下来。

　　我听到田作雨的这句话，也猛然一怔，但随即又有一种上当的感觉，事情太出格，反让人见怪不怪，不去信它了。如果不是丁如藻惊恐的反应感染了大家，我几乎要哑然失笑了。我把目光转向米柯大夫，看他怎么说。

　　天已大亮，米柯大夫慢慢走过去关掉客厅的灯，回头看着脸上惊恐万状的丁如藻、满面愁容的田作雨以及半信半疑表情怪怪的我，问道："写明什么时间了吗？"

　　"有，"田作雨说出了年、月、日、时、分、秒，那日子离现在还有一年半左右，他也重复了一遍那座城市的名称，那是北方一座新兴的城市。

　　我苦笑着摇摇头："这怎么可能，纯粹是开玩笑，一年后的事，谁能说得准？鬼话！"

　　"既然前边所写都是真实的，那我就没有理由怀疑这两句话的真实性。结婚那一条预言，有没有实现的可能，你们现在也都看到了，"田作雨勉强咧嘴笑笑，又惨然说，"老实说，当我读到最后那句话时，完全垮了。"

　　我无意瞥了一眼米柯大夫，发现他的表情严肃而悲壮。忽然有个想法跳入我的脑际：如果这传记写的是我，把我过去、现在的事写得细致入微，读到最后这一条，我能无动于衷吗？能认为那预言只是算命瞎子的信口开河吗？我明白了田作雨接下来为什么会发生车祸了，在那种精神恍惚的状态下横穿马路，换上谁，也难保不撞在汽车上的！

　　这时，我才恍然大悟，昨天夜里，田作雨的那场梦，在岩层前挖掘着，直到出来怪物，自己落入黑洞的梦，原来就是这次经历的改装。

　　想当初，因与霍明高博士的一席话，我主要为了追究到底是

谁的责任，才竭力主张并设法恢复田作雨的记忆的，"那事件"我并未把它当成什么大不了的事。可现在看来，将车祸责任归之于霍明高博士的可能性，越来越小了，而且由于"那事件"的显露，也显出肇事责任问题，根本是无关重要的了！

田作雨又接下去说："书场里不能久留，我怕被人撞见认出我，就夹着这部大书又从后门溜出去。也不知是走向哪里，像踩在棉花上一样，一脚低，一脚高，只是机械地向前走。这是一部'天书'，我断定这是一部天书，一定是哪一位先知有意无意地写出了我的一些人生片断，又打印装订成册投放人间的。可恨的是，他为什么要预言我的死呢？

"我现在才知道，世界上没有比预言出人生的未来更可怕的事了，尤其是知道了自己死的那一天。当然，人总是要死的，可是人们之所以都在坦然地生活，是因为谁也不能确切地知道自己将死在哪一天，那一天可能是明天，也可能是半个世纪之后。人们就因为这个永远不可知的日子，才觉得人生有希望，才快快乐乐地一天天活下去。

"可是我，却明明白白地知道了自己的死期。也就是说，到了那天，在那座城市上空，我将随着失事的飞机一起摔下去，摔得粉碎，人生的一切努力，获得的地位、财富，都将在那一天变成一场空，你们说，我这么活下去还有什么意义？"

田作雨在说这一番话的时候，脸上的肌肉在簌簌抖动着，眼中放射着恐怖之极的青光，手指也在痉挛，青筋虬曲。

他忽地站起来，大声说："我偏不相信那倒霉书上的什么预言，我马上就让它的预言破产。不用等上飞机去死，我现在就去死，看死得成死不成！"说罢他疾步来到书桌前，拉开抽屉取出一把匕首，对准自己的胸膛就扎了下去！

他疯了！我的动作比他更敏捷，一步冲到他身边，把他的双手死死握住，夺过匕首。

我瞧瞧手中的匕首。这匕首我见过多次，它是田作雨的传家宝，刀刃寒光闪闪，毫无锈迹。我用手试了试，刀刃十分锋利。如果田作雨刚才真挥刀扎下去的话，刀尖可以轻而易举地刺穿他的几层衣服和皮肤肌肉而到达胸膛深部的！

匕首的柄很特殊，整个柄黄澄澄、沉甸甸的，一望便知是用黄金雕镂而成。柄上雕的是一条龙，挥舞着巨爪，在云中腾飞。龙身绕柄一圈后，与我们常看到的龙不同，这条龙大张着嘴巴咬住了自己的尾巴，整个龙的造型仿佛是它在为某种困境而进行着苦苦的挣扎，龙的眼睛部位镶嵌的是一粒红的令人心醉的红宝石，其价值一定十分惊人。整个匕首可以说既精美，又名贵，无愧于传家宝的称号。

田作雨也挣开吓得脸色发白的丁如藻的手，双手捂着脸号啕大哭起来，一边哭一边说："我懂了，我现在想死，是无论如何也死不成的！当时我在西虹桥上已经死过一次了！……看来一切都是真的，一切都是真的！"

这时我才终于相信，不但田作雨所说的是真的，而且霍明高博士所说的车祸经过也都是真的，那次车祸真是一场未遂的，或自行终止的自杀！

在我们的劝慰下，田作雨渐渐平静下来，合上了眼睛。丁如藻以为他睡着了，正给他盖一件衣服时，他却睁大了眼睛，说："你，你们去睡吧，我睡不着，根本睡不着！"

米柯大夫提议，派人送来一支镇静剂，让田作雨先镇静下来，好好休息。田作雨无可奈何地点点头。米柯大夫马上打电话，叫一位在医院值早班的小护士送来一支镇静剂，丁如藻为田作雨作

了注射后不久，田作雨就在自己的卧室里酣酣睡去。

天已大亮，米柯大夫要告辞了，他临走前我不安地问他："要不要对田作雨施行 24 小时监护，否则他独自一人时再次自杀怎么办？那么他一定会成功的。"

"这个——"米柯大夫想了想说，"我想，小丁不是在护理他么，还是让她来继续护理吧。有她在，老田是不会再自杀的。他们将来还要结婚呢。"

"那一定要叮嘱好……我不能走，他若突然像刚才那样，丁如藻是制服不了他的，我得留下。"我说。天书我可以不信，但我心里实在为老朋友现在的疯狂担心。

米柯大夫说："像他这样的聪明人，是不会再这样干的。如果他自己不明不白地死在家里，又能证明什么呢？即使证明了那本书的预言纯属无稽之谈，对他来说也已失去了意义。他真正想做的肯定是：不如活到所谓'飞机失事'那一天，如果'天书'是荒诞无稽的，他用后来的'活'证明岂不比用现在的'死'来证明更好吗？我们不用细问就知道，他当天在桥上已经试着自杀一次了，中途又后悔，才横着躲开，撞在水泥栏杆或汽车上的。"

我默默地点了点头，承认他分析得很正确。

"将来，我们倒要帮他做好防范，从今以后，不要让他再乘飞机旅行，尤其是去那座城市。"米柯大夫说。

"对!"我高兴地说，顿时觉得很有希望，"人的命运在自己的手里，知道了未来并不是什么坏事，知道了，就可以更好地去预防。"

"我也希望，世界上没有命中注定的东西。"米柯大夫说，这时我们已到大门口，他与我用力地握了握手。

我嘱咐了看门人老等几句后，也精疲力尽地回到了自己的家。

躺在床上，我把整个事情的原委大致梳理了一下：

有这样一部著作，因其来路不明，内容奇特，不妨称之为"天书"。这部天书记载的是现实中存在的一个人——田作雨的一生经历，很可能是从他的出生写起，一直写到死为止，但不是全部，只是很少的一些片段而已。田作雨本人看到了这部书，辨认出了他过去日常生活的很多细节，甚至书中有他发现和阅读这部书并惊讶万分的经过。

而且，田作雨最终死亡的原因和日期，书上也有明确而简单的记载。但是死亡是将来的事，因此不能称为"记载"，而应说是"预测"。他与丁如藻举行了婚礼，这也是预测。田作雨发现和阅读这部书的经过，显然也是在这部书印成之后发生的，也应算作预测，而且事实证明，这个预测是极其准确的。那么，也不能否认书中最后预测的田作雨死亡一事的准确性。田作雨当时就意识到了这一点，结果精神崩溃导致自杀未果，造成严重脑震荡并一度失去记忆。

如果这部天书还在，我可以动用一切手段追查它的来源，或许事情会真相大白，甚至有更惊人的发现。遗憾的是，随着这场车祸，天书竟失落不存，很可能是落入河流被泡成纸浆了。目前所知的线索，一是这部天书可能是电脑打印、人工装订的，二是它来自造纸厂的废书堆。怎么顺藤摸瓜地去调查呢？……想着想着，不觉沉沉睡去。

一觉醒来，已是下午。拉开窗帘，偏西的太阳光明晃晃地照了进来。听说太阳光是治疗软骨病的良药，我想田作雨醒来后沐浴在新一天的阳光里，或许不至于像夜间那样六神无主了。我急忙赶到小红楼，见他正和丁如藻在一起，气色还算不错。

把丁如藻劝留在家里，田作雨和我连忙赶到了造纸厂，在那

堆积如山、绵延几十米的旧书堆中翻来翻去，一直找到太阳落山。田作雨希望奇迹再次出现，找到第二本，以真正证明那天发生的一切不是梦。

不过，我对翻找天书的事颇有隐忧。试想：如果这第二本天书是我的"传记"，事情该有多么糟糕！

一无所获后，我们又找到了厂长、废书场的管理员，在不泄漏真相的前提下，请他们提供线索。可他们都茫然，因为废旧书报的来源渠道太多了，有直接送来的，有收购站送来的，还有不少是沿街收购的小贩送来的，谁知其中的一本书是从哪儿来的呢？除非在书中能找到答案，可是这书偏偏又丢失了。

回去后，田作雨决定出重金悬赏。他草拟了几份寻书启事，印好后派人贴在西虹桥附近的大街小巷，并登报和在广播电台、电视台播出。为一本书如此兴师动众，这在图书史上恐怕也是空前绝后的。

第二天，寻书启事见报了，广播电台、电视台也相继播出，那悬赏金额十分吓人。

6

"寻书启事"见报后不久，书没有寻来，却先引来了霍明高博士。

当他在田作雨家的门前迈着自信的步伐推门直人时，我对这个不速之客的到来有点吃惊。

"你怎么找到这儿的?"我问。虽已知道他并非逃避责任的肇事者，可我仍对他没什么好感。

"报纸上广告一登，大老板田作雨的贵宅还不好找吗?"说罢霍明高博士随便找个座位坐下，又对田作雨说:

"田老板出院了是件大喜事，我当然要来贺喜，你的病好了也是我的福气，要不然交警队那儿过不了关哪，这也总有人拿我当祸首。所以我来约田老板，我们啥时去交警队把情况说说清楚啊?"说到这里，霍明高博士故意轻飘飘地看我一眼。

田作雨几天来的日子很不好过，尤其是夜里更难熬，用了很多镇静药，结果使白天的精神也很委顿。这天下午，丁如藻刚刚离开，我正与田作雨闲聊，霍明高博士就这样闯了进来。

听我们讲话，田作雨不知来者是何人，经我介绍后田作雨才木然点头"噢——"的一声，声音还未结束，霍明高博士就盯着问:

"田老板，想必当初是怎么出车祸的，你已经告诉北极山先生了。现在，当着您这位法律顾问的面，你再向我说说清楚，当时到底是我撞了你，还是你自己跳到桥中央，又为了躲车才撞到桥栏柱子上的？"

田作雨对这样单刀直入、咄咄逼人的问话似乎半天才有反应，他慵懒地抬一下眼皮，停顿了一会儿才说："是我自己。"

霍明高博士马上释然地笑了，望着我："看我撒谎没撒谎？想必田老板向你说的，比我能提供给你的更多、更详细，甚至连他为什么……要这样做，你都清楚了。当然，除了事故的责任要搞清外，其他的事，我还是愿意尽最大的努力来帮你们的忙的。"

"没有什么要你帮忙的，关于事故责任，我早已通知交警队，不再追究你的责任了。好，霍博士还有别的事吗？没有的话，我们太忙，就送客了。"

虽然他没有了多少责任，可是见他那急于为自己开脱的态度，我仍反感透顶，所以这样说。

霍明高博士听了这些话，脸上有些挂不住，但马上眉毛一挑，像悟出了什么似的，说："你们有什么重要事这么忙？……其实……我知道，出车祸时好像还有一本书掉到桥下去了，是什么书？田老板为什么要这么不惜代价地收回它？"

这人真让人头痛！我故意轻松地说："这是田先生个人的事，请你不要过问，除非是你拾到了。要是那样的话，你把书拿来，酬金，田先生会照付的。"

我的话使霍明高博士的脸色微微发红，他用右手食指和中指打个榧子："我如果真拾到了，也不会向你们要钱的。奇怪，当时我怎么没留神这本书？事情出在我车前，我能坐视不问吗？我想，我是能帮你们的，要不怎敢冒昧来访呢！"

原来这才是他的本意！为了不泄漏机密，我考虑着驱赶他的

办法。这时，他呷了两口茶，若有所思地在屋里闲踱几步，逗几下笼中的百灵鸟和荷兰鼠，当他把目光落在写字台一只半开的抽屉中时，突然停住脚步，凝神细望，而后惊呼一声，高声问："这是谁的！"

我正待奔过去察看，霍明高博士已从抽屉里拿出田作雨那把镂金镶玉的匕首，见他少见多怪的咋呼劲，我也高声说："有什么稀奇的，那是田作雨的传家宝。"

"好精致！"他啧啧称奇，赞叹不已，并用手握着刀尖，把刀柄在眼前转动了几个来回，红宝石在透过玻璃窗的阳光下闪着眩目的光芒，"这条龙我见过，瞧，它张嘴咬着自己的尾巴……"

"博士见过龙，真稀奇。"我讽刺道。

"我是说，我见过的也是这样一条龙的图案，头咬着尾巴，给人印象太深刻了……在哪儿看到的呢？……"霍明高博士说道，把目光转向田作雨，但田作雨对他的话明显表示冷淡。

桌上的传呼器里老等通告又有人来访。过一会有人敲门，同时门又轻轻地被推开一道缝，一个人头小心地探进来，这是一张老人的脸，布满皱纹并且呈现着日晒的古铜色。一副孩子般怯生生的表情，说道："我找丢了书的田作雨。"

我一步从椅子上跃起来，冲向门口，打开门把老头让了进来，霍明高博士也"当啷"一声把匕首扔在桌子上，瞪眼打量着来人。

老头穿着破旧，局促不安，一望而知这是一个日子穷寒的孤寡老人，连他何以为生我马上都猜到了：只有他才最有机会拣到那本"天书"。

我让老头坐下，霍明高博士则问："嗨！是你拣到那本书了吗？"

老头没有坐，看着霍明高博士点点头，脸上是一片犹疑的神色，与博士那喜不自胜、又急于想知道真相的表情恰成鲜明对照。

"你们，到底谁是田作雨？"

"我是。"田作雨坐在最远处，仿佛他对这件事最漠不关心，但我能听出，他平静的声音中有一种掩盖不住的不安。当然，我的不安早已溢于言表，我尽量克制自己，似乎都能听到自己的怦怦心跳声。

"哦，"老头看了看田作雨，朝他走了几步，伸手欲去怀中掏东西，又止住，说："你们，说话可算数？电线杆子上贴的告示，我都看到了……"

"算数算数，绝对算数，你拣到了书？快拿来，一分钱也不会少给你的。"

我说着，心里急得真恨不得上前将老头身上的破青衫扒下，

把那本书夺到手。

"我是个捡破烂的，那天，我是在桥下拣了一本大书，就是，不知道是不是你们说的那本，还……还有，不过……"

"不过什么？"我紧问。

"就是，让我，扔炉膛里烧了。"

我周身奔流的血液一下子好像凝固了一般，失望像一块巨石，朝我劈面打来，我盯着那张脸，真想上前一下子把这木棍似的干脖颈掐断。僵了好一阵，我才重重地一屁股坐在沙发上，身下的旧弹簧格嘣嘣地响了半天。

"真混！你知道你烧的是多少钱吗？"霍明高博士也恨恨地向老头说，"一张纸也没剩下？你在什么地方拣到的，你说说这书什么样儿？"

我也很快从极度失望中缓过神来，忽然又抱着一线希望，但愿老头拣到烧毁的并不是那本书。

老头这时倒显得很轻松，也许他本来就没抱什么希望吧，开始絮絮不休地讲他拣到书的经过，时间、地点都与车祸相吻合，而且据他描述，那本书与田作雨找到的天书一模一样。老头又说，他在河滩岗子上种了几畦菜，就住在堤外的一间破茅屋里，常去河边拣些破烂什么的。那本书他搁在家里也不知有什么用，便扔在炉膛里烧掉了。又说，他一生财运不济，哪里知道一本书还会这么值钱，不然，宁可烧房子也不能烧书啊，说完后，他又有些不相信，怀疑我们是在互相打赌或开玩笑……

"算了算了，"我打断老头的啰嗦，"既然烧了，就烧了，你有没有财运是小事，这书可是我们多少钱也买不来的。喂，你烧剩的纸灰还有没有？"我想，如果烧剩下的纸灰能完好地按原样保存的话，那么用现代的技术，复原整本书应该是不成问题的。

"对！只要有，我想田老板也会出大价钱买的。"霍明高博士也

忙说。

这时老头的脸上有点喜色，但同时又摇了摇头："纸灰哪里还剩得下，早顺烟囱飞走了。就是还有几张纸没烧，那天垫窗台，我顺手从那书上扯了几张，你们瞧瞧，还有用没有？"说着他把手伸进自己的怀里。

我顿时大喜过望，没等老头的手完全从怀里拿出，就抢似的一把抓过老头手中的纸片，打开来看。

这就是那神迹一般的"天书"么？只不过是三张油腻腻的、脏兮兮的打印纸，既不像出土文物，也比不了绝版孤本。纸质稍硬，第一张没有字，简直脏得一塌糊涂，满是风吹日晒雨淋油渍的痕迹，"天书"在废旧书场躺着时，这页肯定在最外，不是封面就是撕掉封面后的扉页。第二页，虽然也被水浸油渍，但是能看清上面有些弯弯曲曲的花纹，猛看像阿拉伯文一样，又仿佛一幅智力测验的图画，或者说像一幅绘图用的云形规。第三页又是空白。

这算什么东西？一个字都没有！我皱着眉头看了一会儿，正面反面都端详个够，还是看不出所以然。老头紧盯着我，像小学生考试后等着老师公布成绩那样，一副既急切又揪心的样子。

田作雨慢慢蹿近，把纸片从我手中接过，默不作声的一张张看了看，点点头，转身走回他的卧室。时候不大，他出来时手里握着不薄的一叠百元大钞，捻了几下，递给老头。

老头一下子眼睛瞪得溜圆，好像我们在向他开一个残酷的玩笑："这，这是给我的？"

看他不敢接，我上前一把将钱拿过来往老头手里塞："拿着，这的确是田先生给你的酬劳，你再不用捡破烂了，回去做个小买卖吧！"

老头把双手在青衫上反复地擦了擦，颤巍巍地接了钱："我说夜里怎么梦见棺材上了房顶呢，原来是今天要遇上大贵人，遇上

了贵人，又有财运，这下可好了，干什么的钱都够了。上午居委会的陈瞎子要出五块钱买这几张纸，我说什么也没让给他。后来他涨到五十，我差点儿给他，哎呀，真玄。"老头掏出一块脏糊糊的手帕，把钱极其妥帖地包好放在怀里原来放三张纸的地方，又在外面按了几按，连说了不知多少个谢字，向我们三人每人鞠了三个躬，才匆匆地转身走了出去。

从老头掏出纸片到接钱出门的全过程，霍明高博士一直在张大了嘴巴看，而且嘴巴越张越大，等老头向他鞠躬告别时，他竟也机械地向老头回鞠了几个躬。现在，他又拿起三张纸片左看右看，问我们："这是什么珍贵文物，你们到底要干什么？"

我站在一边，望着老头走后没关严的门缝，心中空落落的，顾不上向霍明高博士解释，也不能向他解释。田作雨又把这几张纸片一张张端详片刻，仿佛在做着一项痛苦的决定，最后如释重负地摇了摇头，把纸片扔在桌子上，正好盖住了霍明高博士刚才扔在那儿的匕首。

"结束了，该结束了，"田作雨沙哑地说，"就算是一场噩梦吧！不管它是真还是假，什么凭据也找不到啦。就是找回了整本天书，又有什么？生死有命，既然不能改变，去探究它，更是徒增烦恼。我知道了我在哪一天死，就算这个预测是奇迹，我呢？也不过是这场试验中的试验品。天书烧了，烧光了，是一个挺好的结局，一切都死无对证，我说的话只不过是一个疯子的胡言乱语。"

"天书？那是什么？是天书？……你们让我急死了，你们到底在说些什么？"霍明高博士急得摊开两手，追问着我们。

"这几天，我一直在想，这件事如果弄清楚了，也许就是打开了潘多拉的盒子，不但对我，对别人也将是一场灾祸。"田作雨不理会他，继续向我说。

"是啊，可能我们每个人都有这样的一只潘多拉盒子。"我长

叹一声，满怀忧虑地说。

"潘多拉盒子"出自希腊神话，天神宙斯为了抵消普罗米修斯盗去的火给人类的恩惠，要给人类送去许多灾难，这些灾难装在一个盒子里，由一个叫潘多拉的女人带到下界。潘多拉与普罗米修斯的弟弟结了婚。这位弟弟忘记了哥哥的警告，擅自打开了盒子，于是各种灾难都飞向人间，潘多拉发觉，急忙把盒子盖住，结果只在盒子里留下了一个灾难："预知"。

预知是灾难吗？过去我每读到这个故事，都觉得这个说法太荒唐。但是这几天田作雨的经历，使我相信了，预知确实是一场灾难。试想，我们每个人在生活中不都是把自己的前景设想得那么美妙，而实际上我们渴望的事中又有哪几件是全遂心愿的？如果知道了人生不如意事常八九，我们的努力得不到应有的报偿，努力又有什么意义？田作雨就因为知道了自己的死期，结果失去了一切生活的乐趣。在人间，幸亏潘多拉的盒子里留住了"预知"，才使人类忍受着各种灾难和痛苦，满怀希望地活下去，盼望时来运转的机会，以开始新的生活。即使那一刻永远不会到来，毕竟，人们还有个精神支柱，可以天天盼望奇迹出现。

"潘多拉的盒子？什么是潘多拉的盒子？"霍明高博士听我们说这个词，很是好奇，拿着手中的纸片左瞧右看，然后又丢在桌子上。

田作雨打了个哈欠，算是回答。

"可惜你这么高的学历，却不学无术，连潘多拉的盒子都不懂。"我故意刺他一句，此人好激动，我心想，激他一激，气走他也就算啦，免得泄漏天机。

"谁不懂？我是想知道你们指的是什么！"看得出来，霍明高博士是在竭力抑制自己不发火，"不要这样拒人于千里之外，我是研究员，可以帮你们研究研究嘛。"

"你，你快研究你的活子计算机去吧，"我笑着说，"虽然你是博士，是专家，也不一定什么事都能插手。"

"书都烧了，还研究个什么，"田作雨走到书桌前，看着桌面，"以后，谁也别再提这事，让这几张没用的纸和我的烦恼一起见鬼去吧……"说着他一把抓过桌子上的纸，纸一离桌，盖在下面的匕首柄立刻在斜阳下发出金灿灿的光芒。

我一步跳起来，但霍明高博士的动作比我还快，比田作雨更快，田作雨正想把纸片揉掉或撕掉时，霍明高博士早已一个箭步窜过去，把纸片夺到手。这时，一桩怪事发生了，霍明高博士的手突然停在半空，双眼发直，喉咙里也发出一阵怪声！

我走近他的身边，他仍然呆呆地站在桌前，双手捧着纸片，盯着纸片上弯弯曲曲阿拉伯文般的图案，他的眼光擦过纸片的边缘，正好落在书桌上那把金碧辉煌、雕镂精美的匕首柄上，也就是说，匕首柄与纸片上的图案，同在他的视野中。

等了片刻，我拍拍霍明高博士的肩膀，不料他毫无反应，我只好用手挡住了他的视线，向他大喝一声，他才猛然从呆望中惊醒。

我向他喊："你到底看到什么了？"

霍明高博士十分小心地、慢慢地从桌上撮起那把匕首，就像一个没经验的买主突然发现了一件他渴望已久的古董那样，满脸兴奋和惊讶。接着，他又拾起纸片，将纸片上的图案和匕首柄举在我的眼前："你们看。"

我和田作雨定睛细看了一会儿，并没有看出什么名堂，一个是雕着栩栩如生、富含魅力的龙形图案的黄金匕首柄，一个是鬼画符一般的曲曲弯弯、断断续续的怪图，两者简直是风马牛不相及——至少我是这样想的。

"还没有发现么？哈哈，多亏我来了。仔细瞧，两幅图案多么

相似！"博士说，同时转动着刀身，以使我们能看到绕刀柄一周的龙身。

我把匕首和纸片放在桌子上仔细对比，智力测验常有在两幅几乎完全一样的图中找若干不同部分的测试项目，有时很不好搜寻。而现在是在不一样的图中找出相同部分来，按理说找相同应该是很容易了，不料看来是同样的难，纸上的怪图就算是一幅抽象派的作品罢，我却怎么也想像不出它是一条龙。

霍明高博士见我们还是找不到头绪，便得意洋洋地用手指着刀柄龙形雕纹中的一些沟槽："真笨，你们看，这里，这里，这里……"又指向纸上的线条，"这里，这里，这里……"

他一指点，我马上明白了，心中暗暗表扬自己的领悟力。原来相似之处不在龙纹实线上，而是藏在背景里。全面地比较一下，

我发现，匕首柄龙形雕纹中的沟槽，基本与天书上的怪符曲线相吻合，而且吻合的相关程度是那么高，以至我马上断定这绝不是巧合！

"到底在哪里？"田作雨看了好一会儿，仍是懵懵然，虽然这匕首是他自己的。这才叫"熟知非真知"。田作雨读中学时，美术和几何就非常差，尤其是立体几何的复杂图形，看第一眼还能看出是什么结构，第二眼以后，就怎么看怎么都是一团乱麻了。他方位感也差，现在上街还时常转向，怪不得他老爹不许他学自行车呢！那天穿过造纸厂要不是转了向，也不至于走进废书堆去，结果引出了这么多麻烦事。我只好详细地、一点一点地向他解释两幅图案到底相同在哪里。

而我，过去见过这匕首不下十回，每次看到的只是那条口咬尾巴、苦苦挣扎的龙，从来没留意过其中的凹槽，更没想像过把这些凹槽单独描绘出来会是什么样子，而这次一经发现，注意力却再也移不开了，怎么看也是那"天书奇符"，龙形反而退到次要位置，成了背景了。

从这个发现，我不得不佩服霍明高博士敏锐的观察力，虽然我讨厌他那得意洋洋、好为人师的态度。

这个发现使霍明高博士十分兴奋，口眼眉毛在说话时都一跳一跳的：

"二位先生，毕竟我也是这场车祸的参与者，就算是我撞了田老板罢，我知道这本书中一定有重大秘密，现在你们是瞒也瞒不了我的。田先生这宝贝匕首上的龙，我见第一眼就觉得眼熟，我见过这个图案，真的见过。田先生，你这匕首是哪儿来的？"

这位霍明高博士看来好奇心极强，这件事算让他盯住不放了。田作雨回答："我只知道是我爹传给我的。"

"……我提议，咱们合作一次怎么样？我先仔细研究两个图形

的联系，可你们得说清匕首和怪图的来历呀！干吗非对我保密不可？我发现了这样的线索还不够重要？我用我的知识和高科技手段，能帮你们的大忙呀！"

他口口声声要帮我们的忙，按说他已经帮了我们一个不小的忙了：发现了匕首龙纹和"天书奇符"的联系，并自称在别处也见过那幅龙纹图案。显然，在迷失的路径中他又为我们寻出一条曲径通幽的小路，使田作雨不得不又要跟着探究下去，看来此事真是瞒也瞒不住他的了。这样想着时，我向田作雨望去，他正是满脸愁容、无所适从的样子。

"让我们合作一次吧，田老板、北极山先生！一人不及二人智，三人肚里唱台戏，一个好汉还要三个帮呢，难道你们还信不过我的为人和才智？"

我沉吟了片刻，从田作雨的表情上可看出，他的心也有些活动。霍明高博士这样的人物，才智是不容怀疑的，但其为人，我总觉要打些折扣，我说："不行，我们已经发誓，不再向任何人透漏半分。"

"可是，只要你们把你们知道的原原本本地告诉我，也许我很快就能发现很多新东西呢！我可以做最后一个发誓的，我绝不向任何人透漏一点，我以良心保证决不做一件对不住你们的事。"

怎么办？霍明高博士的心诚也罢，心不诚也罢，反正我们已经山穷水尽了，干脆交给他，让他搞搞看也好。这时，田作雨也向我点点头，我这才向霍明高博士说："我们可以向你讲清这件事的前前后后，不过你必须发誓，不能向任何人透漏，要知道，连我家人都不知道这事。你答应吗？"

霍明高博士高兴得喜形于色："我保证，我一定保证！"

看我们仍然半天不说话，他着急地说："那天书，你们为什么叫它'天书'？还有那匕首的来历，北极山先生，刚才你说，这匕

首是田先生的传家宝，那么它最早是从哪儿来的？"

这个问题我回答不出。我和田作雨虽然是老朋友，但我至今也不知道这匕首的来历，也不曾问过他，因为一提到"传家宝"，似乎都要追溯到遥远的过去，故事也会在世代的口耳相传中变得模糊不清，所以我一直认为探究这东西应该是古董专家的事儿。

不料这问题田作雨也回答不出："我只记得小时候就看见父亲有这把匕首，他告诉我这是传家宝，要好好保存，别的我什么也不知道。"

"那么天书呢？"霍明高博士问。

"北极山，你向博士讲讲吧，我头疼，要回卧室休息了。"说罢，田作雨站起身，趿拉着拖鞋走进内室。

这件折磨人的事儿本来要断线了，却突然又有了新的发现，人类的探索欲望就是这样强烈，明知可怕、恐怖，却还是要探究。我向霍明高博士把田作雨从发现到丢失天书的过程简略地叙述一遍。

在我的叙述过程中，霍明高博士从兴奋到惊讶，从惊讶到激动，我的话音刚落，他就一拍桌子："天书，好一个天书，这个课题太重要了，我将放下手中的一切工作来对付它。如果我们查清了天书的产生，那么前景就太美好了！这说明，我们能预测未来！更进一步，如果我们能制作天书，这一定是震惊世界的奇迹，也许整个人类的文明都要从此转向了！……啊！前景太美好了！"

过了一会儿，他又兴犹未尽地补充说："这个课题我将命名它为'TS之谜'，TS就是'天书'两字的拼音缩写。第一步，我就从这几张纸和匕首的花纹开始，先研究奇符的来历和意义……"

"博士，别忘了潘多拉盒子的说法。"我说。

"不相干，潘多拉盒子最后关住的是'希望'，不是你们说的什么'预知'。我只相信科学，不信那一套。我要马上回去遍览群籍，

查清这图案的来龙去脉，看它是哪一种文字，或是哪族的图腾。还有那匕首的龙纹，我到底在哪儿见过，也要查个水落石出。这两件宝贝我就要带走了……"

我拦住他道："既然图案一样，匕首又何必带走呢？你需要的图案，天书已经有了，如果实在需要，我可以把匕首照几张相给你带去。"

"完全是没有知识的话，"霍明高博士说，"也许我能从匕首柄中的花纹发现更多的线索呢！一张照片，一个图形怎能比得上实物？"

"这怎么是没知识的话呢？你是计算机专家，你输入计算机的不都是某个东西的信息么？什么时候输入过实物？"

霍明高博士生气地说："我不跟你抬杠，你叫一下田先生，他绝不会像你这样啰嗦。"

"不用叫，我都听到了。博士，你拿去吧。"卧室门口响起了有气无力的说话声，是田作雨睡眼惺忪地走了出来，"北极山是好心，他以为我的传家宝是不向外借的。事到如今，博士如果真能把它搞个水落石山，作雨花多大代价也不在乎，到时候甘愿奉送同样多的金子作为酬劳——因为这是传家宝，不便送人，要不然博士留下玩都无妨。"

霍明高博士把纸片和匕首一起装入衣袋，看了我一眼说："还是有钱人爽快。"

7

正应了"时来逢好友，运去遇佳人"这句话了。田作雨可谓时运不济，撞上一本预言他命运的天书，又出了车祸，正心力交瘁之时，身边出现了丁如藻。在丁如藻的陪伴和护理下，他的精神状态渐渐好转，想到半年后就将和丁如藻举行婚礼，这使田作雨在绝望中有了不少安慰。即使是"穿着孝服拜天地，悲喜交加"，也比胆战心惊消极地等待"那一天"到来好得多。天书中最后两个祸福并存的预言，最终将相互抵消，也许人生就是这样的。

一连十几天的等待。这天下午，我一人钓鱼回来，正坐在桌前，望着窗外突兀的蜀山，脑子里念念不忘的是"天书"和"奇符"，并联翩不断地冒出一些奇怪想法。这时，有人敲门，开门后，进来的是一位金发碧眼的女郎。

我一边让座，一边打量着这位不速之客，心想自己何时结交的这位国际友人。她皮肤微黑，仿佛刚从海滨度假回来，享受了至少一个星期的海水和骄阳。深色的皮肤映衬着端正的五官，活脱脱一朵黑牡丹。金黄色的头发瀑布般地泻到腰际，围着她苗条的身躯。

听我问她找谁时，她微微一笑，友好地伸出手来，用十分生

硬的汉语说："我想你一定是北极山先生，霍老板让我来找你的。"

霍老板？我一边和她握手，一边想曾在哪里见过一个姓霍的老板。

"霍老板就是霍明高博士呀！"这回她又诙谐地一笑，露出一口洁白整齐的牙齿，"我们所里都把导师叫老板。我是他的博士生，安东妮·雅丽珊德拉，中国名字叫周雅丽，大家都叫我雅丽小姐。"

听她自我介绍，我才恍然大悟，霍明高的称呼是博士，而实际上他早就是博士生导师了，记得好像他说过，他带的博士生中有外国留学生，我连忙请她入座。

但雅丽小姐仍站在屋子中间，说："北极山先生，霍老板让我来接你的，你没其他急事，就走吧，车没熄火，在楼下锁都没锁呢！"

听了这话，我心中骤然一动，不禁问："干什么？"

原本那"天书""奇符"以及霍明高博士命名的"TS 之谜课题"只有米柯大夫、霍明高博士、田作雨、丁如藻和我五个人知道，对别人是严格保密的，谁来问那"寻书启事"，或拿本什么书来冒认，都被我们用编好的理由搪塞过去。按说霍明高博士也不会让一个外籍学生知道这么重要的科研秘密的，所以我装作不懂地试探一句。

我的不安表情虽然只是极短暂的，雅丽小姐还是捕捉到了。她摘下了小巧的金丝眼镜，使劲眨动一下眼睫毛，然后粲然一笑——我之所以说是"粲然一笑"，是由于她取下眼镜后，显得更美了，因为她面部最美的部分是她那双大眼睛，朦朦胧胧的湖蓝色在微陷的眼窝里荡漾，使整个脸庞流动着迷人的光彩。

从她的一眨眼、一笑我就明白了：霍明高这家伙一定是违反了自己的诺言，把这项重大的秘密告诉了她。想到这里，我心中

很是愤怒。

果然，雅丽小姐说："告诉你，老板有了新发现，很惊人，他破译了天书奇符，一连十多天，他都在机房里，连吃饭都是我来送，你看，连请你去的任务都交给我了。"

那一刻，我脸上的表情大概也可以用"悲喜交加"来形容了，我不由得说："这个霍明高怎么能这样？……"

"北极山先生，"雅丽小姐像有准备似的打断我的话，"要知道，我是霍老板最得意的弟子，也是他最亲密的助手，他的工作是离不开我的，事实上，我是他的未婚妻。"

她说这些话时，脸上流露着顽皮。我压下恼怒，问："他破译了天书奇符，那奇符到底是什么文字？"

"老板说，去了你就知道了。"雅丽小姐重新戴上眼镜，向门口走去，边走边说，"下一步，老板准备复制天书呢。"

乘那辆银灰色"雷诺"轿车，不大功夫，我们就到了科学岛。

这是城市西郊的一个静谧处，三面被一座大水库的一角环绕着，形成伸向水域的一个半岛，面积约有三百公顷。半岛的南面、东面和西面是白茫茫的湖水，北面是一座在平原突几而起的山头，过去称独山，后来文人雅士给去掉了繁体字"獨"的犬旁，称蜀山

了。从半岛向南远望，是烟波浩淼的湖水，极目对岸，浅滩低渚、青青芦苇隐约可辨，像风景画一般。半岛上绿树成荫，空气异常清新凉爽，各式各样的建筑从树冠上方露出它们或尖或平、或白或红的顶部，远看有人会以为这是富人阶层的别墅群，其实不然，这里坐落的是国家科学院的一个最大的分院，许多国家一流，甚至世界一流的科研机构都设在这里。譬如这里安置着世界最先进的巨型超级计算机系统、研究高能物理庞大的粒子回旋加速器、正负电子对撞机等。当地人都习惯笼统地称这个地方为"科学岛"。

汽车穿过笔直的林阴大道，停在一幢式样别致、屋顶尖尖的三层洋楼面前。楼的正面塑着三个大字"涛声楼"，向南透过掩映的树丛，可以看到波光粼粼的水库。我想，夜里站在楼窗前，一定可以隐隐听到湖水轻轻拍打岸边的涛声，所以才有了这个名字。

"这是我们的计算机房，"雅丽小姐引我下车时说。进正门时，果然门侧挂着一个小小的牌子，上写"超级计算中心第五机房"的字样。

雅丽小姐热情地告诉我，这栋楼内部有完备的减震、隔湿、隔音和恒温设施，目前霍明高博士正以研究其他课题为名在使用这里的"银河 10 号"超大型计算机。我们走上旋转上升的楼梯，穿过摆放着藤椅、茶座、鲜花的温室式阳台，走完铺着红地毯的走廊，再穿过一道严密的铝合金拉门，换过工作鞋，罩上白大褂之后，来到一间不大的工作室。

霍明高博士正伏在一台很大的显示器前操作，见到我之后，他从皮转椅上一步就跳起来和我握手，以至使那转椅整整反转了两圈。他满脸疲惫不堪，胡子长长的，看来从接过这个课题起就没刮过，一副艺术家的不拘小节风度。工作室内有个套间，从开着的门可以看到里面有一张行军床，床上凌乱地摆着被褥、枕头、饭盒等，与清洁、肃穆的机房气氛十分不协调。

"好，你听我讲，我发现了什么，雅丽小姐不是外人，没有她，我的工作无法进行，想必你能谅解。先让我们来共同分享成功的喜悦吧！"

不等我说什么，他已拉着我坐在屏幕前，并扭头向雅丽小姐挥了一下手，雅丽小姐急忙撤动了她身边控制台的一个开关，霍明高博士则站在我身边飞快地按下键盘上的几个按键，几秒钟后，荧光屏上出现了那"天书奇符"的全形。

霍明高博士紧盯着屏幕说："这玩艺绝不是无规则、无意义的花纹，也不是龙纹图案可有可无的背景，恰恰相反，龙纹图案是因它而凑成的，是它的背景，这确确实实是一种文字。我在因特网上花费了好几天，检索了储存在各国大图书馆的世界所有民族的文字，包括已消亡民族的文字，以及世界上古今所有民族、部落、氏族的图腾，结果没有发现类似的符号。最后我推测，这奇符的含义和来源都是非常玄妙的，它似乎是一种密码，但又不是我们通常意义上的密码，而是一种'符号原胚'。"

见我不解的神色，霍明高博士停顿了一下继续说："它，很可能来自外星智慧生命，因为它的构成方式太奇妙了，几乎超出了我们人类现代文明所能理解的程度！"

"外星人？"我惊讶地叫了一声，"他们来自哪个星球？"

"这我哪里知道。我给你讲，我现在所能做到的只是破译出这个奇符的含义，说真的，要是没有'银河10号'，是任何人也破译不了它的……"

"博士，你说过你曾在哪儿见过这龙形图案，查到了吗？"我问。

"没有，没有查……没有查到。"

霍明高博士说得很不连贯，借旁边一台没开启的电脑屏幕的反光，我注意到他在说这句话时，偷偷地斜了我一眼。我奇怪地

问："博士，你在因特网上把全世界的文字图腾都能查一遍，怎么反而连见过的东西都找不到？"

"因为因特网上没有！"他理直气壮地说，"没有的东西我怎么能查到？"

"你毕竟见过！究竟在哪儿见过，因特网上没有，你大脑里应该有啊！"我提醒他。

"我忘了，这不是一直在想嘛！"霍明高博士此刻的声音又有些激动了，好像我低估了他的能力似的。

"这件事如果搞不清，你的成果岂不是无源无水、无本之木？还是把它的来源搞清楚才好。"我继续提醒他。

他不耐烦地说："你知道我白天黑夜的该有多忙？你们这些人根本不知道我们搞科研的有多么辛苦，我每天都失眠、健忘……"

一看他这样，我就觉得好笑，忍不住说："真的想不起来吗？我倒有个好办法：你可以找米柯大夫做做催眠……"

"屁话！"他马上说，"你把我当成什么人了？"

"你说话怎么总是大粪味儿？与你的身份太不相称了！"我说着已从皮转椅上跳了起来。

雅丽小姐见我们要吵起来，急忙一步站在我们中间，面对着霍明高博士，本来就不熟练的汉语说得更生硬了："阿明，你怎么又说脏话，北极山，是你请来的客，客人，本来你们在探讨学术问题嘛……"她又转身向我，抱歉地笑着说："我们老板的脾气不好，你千万不要理他……不是，我是说不要理他的脾气，其实他，人很好，很好……"

"好，我不理他。"我气呼呼地说。说实在的，若不是为了天书奇符这样一个重大秘密，我早就摔门而去了。

沉默了一会儿，霍明高博士敲了几下键盘，瞅着屏幕说："那龙形可能是我在西南旅行时，在某个少数民族的工艺品上见到的，

可容我慢慢查访嘛！现在请您先看奇符的含义。"

我盯着屏幕上那一直固定不动的奇符，说："这么简单的图案，破译出来也不过是几个字，我估计很可能是《田作雨传》或《田作雨的一生》之类的书名。……"后面我想说：与失落的整本书相比，实在是九牛一毛，算不得什么大成就。怕他听了又激动起来，影响正事，才把这句话咽了下去。

"真没见识，你好好看看再说话。"霍明高博士说着，又按动几个按键，屏幕上的奇符消失了，随即飞快地打出一行数学公式，这公式很简单，有 x、y 两种字母，还有乘方、根号、分数线、带着许多位小数的系数等，学过中学数学的人都能看得懂。在普通的计算器里，利用这个公式，我们随便给出一个 x 值就能立刻求出一个 y 值，或随便给出一个 y 值，就能求出一个 x 值。

见我不解的样子，霍明高博士拾起一只激光笔，指着屏幕说："天书奇符所表示的是一种特殊的数学语言，译成我们现在通用的，就是这个函数表达式。"

我忍不住哑然失笑："太离谱了，这就是高度智慧的外星人的杰作？这伙外星人会如此无聊，把一个咱们初中生都看得懂的数学表达式当作了不起的成就，还敝帚自珍地用密码写出来，送到地球炫耀？依我看，你的计算机是不是感染了病毒，把其他杂七杂八的东西也掺到你的软件中，才弄出了这样的结果？"

我的话使霍明高博士很不高兴："纯粹是外行！我这是'银河10号'，超大型机，不是你家的个人电脑！它有特殊的装置、特殊的控制办法，是绝对不会染上病毒的。而且，这公式也根本不是让你求什么 x、y，你看到奇符下面有几个小符号了吗？那就是这条公式的使用说明。"

屏幕上又返回到奇符，果然下面有弯弯曲曲，似断实连的东西，像是奇符正文的补充。霍明高博士说："这行注释告诉我们，

我们可以用一种极为独特的方式，通过这个公式来运算，可求出大量的、实际上是无限的信息。也许这些信息就是那本天书的内容。它囊括了田作雨的一生。"

一条公式能求出无限的信息！囊括人的一生？我简直以为是我听错了。任何一个中学生都知道，这类式子的几何意义，顶多是坐标平面上一条弯弯的线，怎么能和洋洋几十万字、上百万字的书，与无限复杂多样、变化无穷的人的一生同日而语呢？一只蚂蚁、一粒草履虫的一生也不会简单得像一条曲线！

见我沉吟不语，霍明高博士得意地说："现在我可以向你解释我为什么称这个奇符为'符号原胚'了。一组记录事实的信息一定是由大量的符号组成，形成一个符号世界，这个符号世界与真实世界同构。真实的世界是哪里来的？来自于事物的'原胚'，比如宇宙是由一个'原始原子'大爆炸产生的，人则是从一粒受精卵开始发育生成的，那么记录宇宙演化的符号世界有没有呢？应该有。记录人一生活动的符号集合有没有呢？都应该有。那么它们由什么产生呢？由各自的'符号原胚'产生。所以，我认为，眼前这个奇符，就是记录田作雨一生的那些信息的'符号原胚'！"

"那怎么计算呢？"我有些不解地问。

霍明高博士又操作了几下，屏幕上以很快的速度打出和闪过一排排的字符，"你肯定不懂，虽然你在中学和大学都学过数学，但从现在起你要抛弃传统的所谓'计算'的概念，因为这条公式使用的是一种新的运算方式：迭代。"

迭代？我似乎不是第一次听到这个词，但却全然忘记了是什么意思，只好不耻下问。

他回答："注释要求的迭代是这样的：在复平面上任选一点，把它的坐标值当作 x 代入这个公式，即可求出一个 y 值，然后……"他又操作几下，屏幕上出现了一些计算式，"然后，再将 y

值当作新的 x 代入原公式,又求出一个新的 y 值,如此反复重叠运算下去。"

见他停顿片刻,我问:"这要反复算多久,是在算什么?"

他说:"每一个点,都这样反复迭代,少则几十万次,多则几千亿次!在迭代到了足够的次数时,我发现,运算结果并不是杂乱无章、随意分布的,而是 x 和 y 值越来越接近,并向某个数或某个方向逼近,而且这数或方向只有三种情况:0、1、无穷大,也就是说,复平面上任一点,按公式经过无数次迭代运算之后,都可以归结为趋向于 0、1、无穷大三种情况的其中一种。我还发现,某一点迭代后趋向 0 时,可规定这点为红色;趋向 1,为绿色;趋向无穷大,则是蓝色。这样,平面上每个点都被进行迭代运算之后,整个平面也就成了一幅由三原色组成的五彩斑斓的画面了。另外,不同的点,迭代时趋向某颜色的速度不同,最快的,迭代运算几十万次就可确定颜色,慢的要几千亿次甚至几万亿次。根据趋向的快慢,我又可以确定这点的'灰度',即颜色的深浅度。我已经把平面上某一区域的点全部运算了,得到的是一幅层次丰富、花样无穷的怪图……"

"阿明,你要说得通俗些,北极山先生在皱眉头了。"雅丽小姐硬着舌头提醒霍明高博士。

"好,我说得通俗些。我把平面上所有的点都算了之后,我想我将得到一幅图,这幅图要多复杂有多复杂,其中充满弯弯曲曲,颜色不一,深浅有别,无限细微,绝不重复的花样。而若干幅这样的图拼在一起,一定就是那本'天书'。"

"这一切,是你已经做到了,还是你的推测?"我问。

"我已经破译了天书奇符,我凭直觉相信,用这个方法,我可以复原整个天书。"

"光凭直觉?"我问。雅丽小姐插言:"对,在科学上很多伟大

的发现都是凭直觉的。中国有句有意思的话，叫'丁是丁，卯是卯'，我们可不这样看。"

"是的，下一步，"霍明高博士回身坐在他的皮转椅上，眉毛向上扬了扬，"如果这个推测被证明是正确的，只要进行反复的、大规模的迭代运算，就可以算出奇符所代表的事物的过去、现在和未来。当然，我们发现的这个奇符代表的是田作雨，算出的天书当然就是田作雨的一生了。"

"你觉得有点玄是吗？"看我在轻轻摇头，他又说，"其实很可能，这公式就代表着人的遗传密码，人的遗传密码你懂吧？通过一组遗传密码可以塑造出一个活生生的人，一个可以生存几十年的自我。一粒受精卵能长成十吨重的大象，大象原来藏在哪儿？卵的 DNA 螺旋结构里。同样，在与之同构的形态发生场里，一个相应的'符号原胚'也可以展开为一整套完整的记载！这'形态发生场'就是我的计算机程序！所以，即使一本天书是无字的，只要第一页有个符号原胚，整本天书就可以复制！"

一边听，我一边拼命抓住他话中的含义，意思我都懂，可总觉得飘飘渺渺，与现实中我们的经验相差太远，就像我们在抓一条滑溜溜向前钻的鳗鱼，两手交错上前想抓住鳗鱼的头，可最后握在手中的还是它的尾巴。

"哈哈！"霍明高博士以为我听不懂，轻蔑地一笑，"怪不得当年唐僧师徒四人去西天取经非要取带字的呢，给他们无字真经，他们肉眼凡胎的也看不懂……"

"不要低估别人的理解力！"我忿忿地说，"我正在思考，难道每个人都有他的公式？这样一个简单的公式就决定了他的一切，一生中的一切？"

"一点不假，而且我推测，每个人的公式都是相同的，所不同的仅仅是公式中系数或参数的微小变动，正如人染色体中 DNA 结

构的微小变化一样。"霍明高博士说。

"难道人和人的区别就是这样的小，小到只由一个统一的数学公式中的一个参数的微小变化来决定，这可能吗？"我问。

雅丽小姐说："可能，而且人和人的血缘关系越近，公式中参数的差别也就越小。"

"所以运算的结果中相交或相连的成分也就越多，"霍明高博士补充说，"你以为人是什么？世界上所有的人据说都是二十万年前非洲东部一位女性的后代，人和人之间有千丝万缕的联系，因此它们有高度的统一性。至于区别，人的自我并不是什么神奇的东西，只不过是确定的时间和空间的外在标志而已，给出一个时间段和一个空间体，就可以确定一个自我。

"好，还是讲我手头的工作吧。现在要做的是，通过反复迭代运算，绘出那变化无穷、层次无限的色点图形来……只是，计算过程太繁复了，每一个点都要进行几十万次到几千亿次的计算，幸亏有了高速的计算机，如果用手算，一个人耗尽一生也算不出几个点的颜色，而我要算的点数，从理论上说，是无穷的！"

"那不是永远也算不完了？"听了这话，我有些沮丧。

霍明高博士接下去说："有办法，我可以选取一部分片断，并采用足够密集的网格、点阵，来逼近实际情况，就像电视屏幕的扫描，或报纸上粗糙的照片那样，用有限的点子来反映无限复杂的世界。"

我点点头："那么，你已经运算到什么程度了呢？"

霍明高博士摇摇头道："即使是这样，计算量也太大、太大了，我使用的这台超大型'银河10号'机足足运算了十一天，也只算出了很小的几个区域，你看，"他指了指荧光屏，屏上显示着几个花花绿绿的小片，仿佛大片水域中的小岛。"要想得到密集成形的图样，就需要用那台世界第一流的人-机一体'京垓—奥尔特'巨

型超级活子计算机了。"

我没有理解这两台计算机的区别，在我看来，再新颖的计算机，运算速度比过去提高十到一百倍就不错了，何况在外行人看来，所有的大型计算机的运算速度都是天文数字。看我不在乎的样子，霍明高博士说：

"你虽然是科技记者，怕也不知道科学院巨型超级计算机研究所与几十家科研单位、全国二十四所理工大学共同研制的这台新型计算机，我一直在领导其中活子部分的研制开发工作。它早就运行了，但由于它的设计特点，需要运行近一年，解决了早期失效的问题，调试正常后才能正式使用，向外报道。这是世界第一台'活子计算机'，含有大量活子元件，几乎是在分子的振动频率下工作，全机每秒钟的运算速度你猜是多少？一万亿亿次！在进行人-机一体操作时，运算速度还可以提高一两个数量级。比起传统的固体电路，活子元件的使用是一次质的飞跃。等这台京垓—奥尔特超级活子计算机正式使用时，我马上就转移到那儿去运算，瞧，这台机子就装在北辰楼里。"霍明高博士向北窗外一指，蜀山山麓有一座拔地而起的现代化建筑，在晚霭中充满神秘和庄重。

"很好，什么时候去算？"我问。

"我马上就提出申请，当然了，要等个把月计算机正式开机后才行。我们研究中心主任费建当初曾使用过多次……"他说到这里，忽然一顿，脸上掠过一丝不自然，但马上恢复了常态，"……我到时先使用是没问题的，我是研究中心副主任。"

他要掩饰什么？我立刻想到了一种可能，严肃地说："你绝不能把这个课题的内容捅出去！让雅丽小姐知道就罢了，不能再让任何人知道！"

听我说这话，霍明高博士反倒坦然地笑了："不会的，我只要

用我其他的课题作借口，就能顺利通过。不过那些课题不很重要，这样去申请恐怕要排在后面。"他又解释说，"费建教授曾在试机阶段使用了很长一段时间京垓—奥尔特超级活子计算机，那时机器运行不太正常，现在是一天比一天正常了。在申请批准前，我先来探讨第二步，我要再破译那五颜六色的'地图'，找出图形与天书的转换关系，当然这项工作也不会是轻松的。"

回去后，我把霍明高博士研究的进展情况告诉了米柯大夫和田作雨。米柯大夫听了很高兴，但也很冷静，我看得出来，这是一种医师式的冷静。他详细询问了每一个细节，又多次打电话与霍

明高博士探讨，表现出一种医师式的专注。田作雨听到天书奇符的研究真有进展时，又开始愁容满面，明显地不想多过问此事。确实，这个课题的研究，对老朋友是有些残酷，天书的复制成功，等于那把达摩克利斯之剑就明明白白地高悬在他头上了！

8

就这样过去了一个多月，转眼已是初冬季节。

这次我见到霍明高博士时，他已经不是前次我见到的那因殚思竭虑的思考而被折磨得疲惫不堪的样子了。现在他像是经过一场充足的休息醒来之后那样，容光焕发，目光炯炯。他亲自开车把米柯大夫、田作雨、丁如藻和我接到科学岛他的家里，要向我们宣布他的新发现了。

我们四人来到他家豪华的客厅，雅丽小姐打扮得像个风度翩翩的家庭主妇，给我们端来茶饮。路上霍明高博士就向我们说，"TS之谜课题"结束之后，我们就要喝他们的喜酒了。

丁如藻第一次见到雅丽小姐，两人手拉着手谈得喋喋不休，全是快结婚的女人的话题。雅丽小姐文静谈谐，丁如藻直率明快，两人很谈得来。从外貌上看，两人虽一白一黑，但各有千秋，不分高低，借用剑桥历史学家费正清的话来说：她们两人中的每一个都比另一个更漂亮。不过话又说回来，如果不是心灵的魅力，一切魅力都不成其为真正的魅力。

田作雨本不想来，但拗不过霍明高博士的邀请，霍明高博士声称这是一项震惊世界、改变人类命运的伟大发现，而田作雨是

人类中上通于天的第一人。这使田作雨不能不暂时忘记自己的些许不幸，参加进这场本来他就是主角的戏中来。

"诸位朋友！"霍明高博士见我们都坐定默不作声地等待谜底的揭晓，便站起身，顾盼自雄地向我们扫了一眼，口角露出得意的微笑，"开始我怎么也没想到，一场车祸会给我带来这么一个了不起的发现！"

这一系列的"故事"确实是由一场"事故"引起的，他强调这一点没错，只是听了这话后，田作雨的脸拉长了。我端起饮料呷了一口，玻璃杯中的液体在落地式台灯的照耀下发出橘红色的光芒。

"谜底终于被我揭开了！"霍明高博士突然提高声音，震得靠窗的一只玻璃鱼缸都发出嗡嗡声，"经过一个多月的潜心探讨和研究，今天，'TS 之谜课题'，也就是'天书奇符'一案，终于真相大白，结论是非常惊人的……"

"我相信，老板能问鼎诺贝尔奖！"雅丽小姐插言道。

"诺贝尔奖太小了！"霍明高博士瞥了一下雅丽小姐，"我的结论是，人类既能考据过去，记录现在，也能预测未来。做到了这一点，我将成为真正的先知！可以和老子、孔子、释迦牟尼、耶稣平起平坐！……当然，在座各位的功劳也是不小的，你们也都将是先知。这'TS 之谜课题'，必将载入人类的史册，我认为，旧时代在我们手里结束了，我们将开创一个新的纪元！"

米柯大夫向前欠了欠身："说具体一点，我喜欢听具体的。"

"我马上就要演示，"霍明高博士斜了米柯大夫一眼，神色中大有"好戏在后头"的意思。随后，拿起桌上一件类似电视遥控器的东西，用力按下其中一个按钮，对面的白墙上立刻出现了一团光芒，光芒逐渐变强，形成一幅很大的画面，原来墙面藏着一个与白墙完全成为一体的超薄屏幕。

随着霍明高博士的操作，屏幕上出现了那古怪的天书奇符，奇符在深蓝色的背景下，显得那么神秘、渺茫、不可捉摸。

"这组符号，我断定是外星人使用的符号，匕首柄上的龙纹图案仅仅是伪装而已，这个符号早就被我破译了，你们看，这是破译的结果。"

屏幕上出现了一组数学表达式，这式子我见过，米柯大夫、田作雨和丁如藻只是听我说起，因此他们都瞪大了眼睛看着，田作雨尤其投入。

"破译出这个式子，仅仅是走出了第一步，还有复杂上亿倍的工作在后头，"霍明高博士又讲了一遍"迭代"的方法和描绘图像的原理。最后说："迭代的道理虽然简单，但运算起来工作量却十分惊人，所以我说它复杂上亿倍。"

"老板的'银河10号'是完不成这个任务的。"雅丽小姐操着生硬的汉语说。

"幸运的是，京垓—奥尔特超级活子计算机可以完成这个任务。我已经向超级计算中心争取到了计算时间，只是这台计算机国防、航天计算安排得满满的，只给我一百二十八小时，而且还是在两个月之后。我不能等了，我已经通过私人关系，安排京垓—奥尔特超级活子计算机的几个操作人员在停机检修时为我加班两个晚上，每晚两个小时。喂，"他转向雅丽小姐，"你要准时去北辰楼开机，他们一定早到了，要严格控制在两个小时后，也就是10点整出结果，我们过一会儿再去。"

雅丽小姐答应一声，走了出去。

霍明高博士喝口茶清了清嗓子，继续说："昨天晚上，我已经在京垓—奥尔特超级活子计算机上算了两个小时，得出了惊人的结果。我完全相信，我能写出那本'天书'，目前所需的只是大量的运算时间。今天晚上10点，我们一起去北辰楼领略那激动人心

的画面。现在，我们先看看昨天的成果，田作雨先生可以验证我算的对不对。"

说着他起身到隔壁的工作室取出一张磁盘，插入窗下的电脑驱动器中，又回到原位揿一下遥控器，慢慢地，白墙屏幕上出现了一幅彩色的画面。

当我看懂了这幅画面的内容时，我顿时惊讶得从椅子上跳了起来！

田作雨虽没跳起来，却也立即站起身来了。他一只手按住椅子的扶手，另一只手抓着胸前的衣襟，喉咙里咯咯直响，面部肌肉十分僵硬，嘴里不知问谁："这……这是谁干的？"

在这同时，也听丁如藻尖声喊："老田，你在干什么？"

不知她喊的是身边的田作雨，还是画面中的田作雨。

因为屏幕上的画面不是别的，正是那天，田作雨在西虹桥上，头撞向桥栏一刹那的定格，这张彩色照片虽然清晰度不很高，但有强烈的立体感，田作雨的面容、身形，水泥桥栏，霍明高博士在车里惊愕的表情，都一清二楚。

首先我想到的是：原来这不幸的场面竟有人在一旁用照相机留下了永恒的记录，如果霍明高博士及早拿出这样的证据，我们刚一见面时的争论也许就不会发生了。

但我立刻又想：这次霍明高博士请我们来并不是要澄清那次事故的责任，因为它与天书奇符相比，早已微不足道。他刚才分明说：这帧照片是由奇符运算得出的。

这只是我的瞬间所想，没等我开口向霍明高博士询问，屏幕上的照片忽然动了起来，那漂亮的雷诺车稍稍向前滑动后，车头跨在人行道上停住，同时田作雨的头跌向桥栏，一块灰色的东西——肯定是那本"天书"，在田作雨手中跳了几下，然后飞了出去，落向桥外，接着田作雨重重地撞向桥栏，跌倒在地，霍明高博士

从汽车中迅速走出来……画面又定在这格上。这一连串的动作像是放了一节电影，可这电影有点像我们看到的早期无声片一样，人的动作一跳一跳的，几乎就如同几张较连贯的照片的闪过。

屏幕上的图像已消失半天，我们四人还在目瞪口呆，面面相觑，都被这惊心动魄的一幕打蒙了。田作雨按着了打火机，点燃一支雪茄，米柯大夫则机械地、一口一口地呷着茶水，丁如藻则仍在目不转睛地盯着早已什么都没有的白墙。

还是我先从当初的震惊中定过神，大声说（尽量使自己的声音不颤抖）："博士，我们都在等着你的解释呢！"

霍明高博士自豪地一笑："看到了吗？一切新发明，在人们不懂其原理时，都会觉得它与魔法无异。刚才诸位看到的，就是从那天书奇符中运算出来的一小段，时间参数我选的是在西虹桥上出事时最关键的十秒钟。这十秒钟的场景，昨天晚上在京垓—奥尔特超级活子计算机上就算了两个小时。而将运算出的花花绿绿的图像转换成真正的画面，也是我的杰作，是我这一个月来研究出的又一项新成果。"

"如果一切顺利，明天，"他忽然提高声音，"我将举办世界级的新闻发布会，宣布我们的这一伟大发现！"

"当然，"霍明高博士扭一下头，手向下一按，"我们还要看看今晚的运算结果，昨天运算选的时间间隔太大，每秒钟只选两幅画面，所以录入磁盘后，放起来不太真实，今天我要选为每秒10幅。昨天算的是几个月前车祸的事，今天呢？今天就算今天的事，今天晚上10点的事，那时刻田作雨在哪儿？他在哪儿，屏幕上就显示哪儿！到时候，计算结果显示的图像与现实同步进行！"

听这话时，田作雨满脸一副不知所措的尴尬相。

"只是有一点，将来计算所需的经费、明天召开大型新闻发布会的经费，还没有着落。我想，田作雨先生财大气粗，不会不帮忙

赞助的。而且我相信，将来我们的回报是无穷的！"

田作雨望着霍明高博士木然地点点头。

这时，米柯大夫慢慢站起身走到霍明高博士面前，神态庄重地握住他的手，低声说："祝贺你，博士，我想冒昧地问一句，能否给我看看你在研究过程中的有关资料？"

霍明高博士说："资料回头再给你看，我现在先把原理告诉你们，时间有限，我要尽量说得简短，别误了我们去看结果。"

停一停，他接着说："原理是这样的：当我把平面上的密集网格点的坐标输入计算机，迭代运算之后，就得到一幅细密无比的彩色图片，选用不同的时间参数，就可以得到一幅幅对应着不同时间的图案。可惜算起来太慢，用京垓—奥尔特超级活子计算机这样的庞然大物，算一幅图也要一分多钟的时间。

"那么这些彩色花纹图案究竟是什么呢？终于我和雅丽小姐发现：原来这是全息图。我们做了大量尝试，最后找到一个极复杂的计算程序，它可将这全息图直接转换成真正的画面。你们知道，激光全息照片是要用相干的激光——又称镭射——来还原的，我这个程序与它异曲同工，故我叫它'镭射程序'。刚才你们看到的照片就是这样得到的。"

霍明高博士越说越兴奋，不由得口沫横飞：

"其实那天书奇符，我已经向北极山先生说过了，我认为，它也是一个全息符号，我称它为'符号原胚'。它反映了田作雨先生的一生。也许在各位看来，一个数学公式就能反映一个人的一生，未免有点天方夜谭，实际上，在两个多世纪以前，这种说法是被科学界普遍接受的。科学巨匠拉普拉斯就认为：他可以得到一个包容一切数理规律的总公式，把宇宙中最大的天体和最小的原子的运动状态都包含在这个公式内。于是给出任意一个时刻，就可从这公式算出宇宙此刻的状态，当然也包括了我们每个人的状态。

由此得出的哲学结论是：无论是过去还是未来的任意时刻，宇宙人生的一切都是确定的。

"可惜这种理论已经被本世纪以来的一系列科学上的新发现所否定了。拉普拉斯因为这种观点，被人嘲笑为'乐观的小丑'。可是真理毕竟有其不可磨灭的一面，在一定范围内，拉普拉斯的这个伟大的论断依然是成立的，只是他的观点过于机械而已。我们的发现将在新时代、新世纪的高度上重建这个理论，在量子力学、耗散结构理论、混沌学的层次上使之复活。这不必大惊小怪，科学史上这样的先例多得是，比如光的微粒说、大陆漂移说都曾经历过从衰落到复活的过程！"

"田作雨先生，"霍明高博士用手点了一下田作雨，"你的一生经历的确是包含在这个公式中的，甚至在你出生前，你一生的一切就已经确定了。这个奇符，是一个'符号原胚'图，是与你的遗传基因染色体同构的符号原胚。在与你的一生的经历同构的形态发生场中，只要输入一个时间信号，就可以从这个形态发生场中提取出这一瞬间你生活的真实画面。

"因此我的见解是：人生只不过是一盘卷起来的录像带，随着时间的流逝，这个带子徐徐放出，便演示出了我们人生的悲欢离合。就如同我们看电影时，看到的好像是一场不知向何处发展的故事，实际上故事中每个细节，都在编导的设计中……"

"那么请问博士，"我忍不住插言道，"人生的编导是谁呢？上帝吗？"

霍明高博士摇了摇头："上帝？你好像在问我北纬91°在哪儿！科学家的上帝就是自然，人生的编导只能归于自然。"

我站起身，向前走了几步，紧逼着问他："你曾说过，奇符是外星人创造的，今天怎么又归于自然了？还有，那部天书到底是由谁写的？是外星人写的，还是自然产生的？"

"哈哈，你没明白我的意思……人生的经历是固定的，是客观存在的，所以人生的编导归于自然。同时我又认为，这个奇符出自外星人之手，外星人怕我们地球人的智慧太低，故用我们的文字直接译出了许多片断，投放到人间，结果就是那本天书……"

"不对，我觉得那天书就是普通电脑打印的，是人间的产品。"田作雨生硬地说。

"即使如此，也是外星人借人类之手。下一步我将调查，那本天书到底是从哪儿来的，现在我们先集中精力解决奇符问题。诸位读过《易经》没有？这部伟大的著作也是从一些简单的符号出发，以深奥的哲理对种种客观事物做出预测的。随着几千年的过去，现在那些符号、文字变得难于理解，有的人把这本书当成骗人的怪论，也有的人只把它看成是古代的占卜总集，当然，也有人认为它是一种神谕。其实易经六十四卦和太极图说到底，也是一种天书奇符，而且它不是针对某一个人，而是放之四海而皆准的，很可能是全宇宙。我认为，《易经》符号原胚与宇宙大爆炸的'原始原子'奇点同构。如果它所代表的公式能被破译的话，那我们得到的将是无数幅宇宙的全息图，整个宇宙过去、现在和未来的图景！到那个时候，世界的过去未来、一切都会在人类的掌握之中。"

米柯大夫打断了霍明高博士的话说："客观存在不等于能预先知道。你这样说，是违反因果规律的。早在 1992 年，英国物理学家史蒂芬·霍金就提出过'时序保护猜想'，认为物理规律禁止某种时间机器、时空隧道的出现，因此，能够倒退到过去或跃进到未来的时空是不稳定的！"

"我很佩服你在理论物理学上的知识，可是别忘了，我说的是求出过去和未来，而不是进入过去或未来。"霍明高博士说。

"但是，求出未来，也是违反因果规律的，既然知道了未来的

灾祸，我们就有可能避开它，而这样就改变了未来，既然未来改变了，你开始预测的，不就与之矛盾了吗？刚才那几幅画面，演示的毕竟是过去的事儿，请演示一下明天的事儿给我瞧瞧！到时候，田作雨偏不那么做，看你有什么办法?!"米柯大夫说。

霍明高博士微微红着脸："今天因时间关系，我只能预测今天的事儿了，下次我将预测未来。我坚信未来是能够预测的，从古到今，预测未来的事儿还少吗？易经八卦、奇门遁甲、麻衣神相、推背图、玉匣记、诺查丹玛斯的预言诗，还有古代的无数先知，这是偶然的吗？

"我还可以再指出一些日常生活中的蛛丝马迹来证明未来的可测性。比如双生子现象：属于同卵双胞胎的两个人不但在行为方式、思考方式上非常相近，而且在智力水平、考试成绩、运动能力、人生经历以至发病时间上都保持着高度的相关性，即使他们相隔很远、永不相见也是同样。因此，可以认为同卵双胞胎的人生经历是同步发生的。问题是：如果未来是不可预测的偶然事件的堆积，那么在双生子那里为什么会同步发生？因为，双生子本就是一个人。虽然在胚胎时期分裂成了两个，但他们仍然各自按事先同样的编导在生活，故产生了同步现象。他们肯定有完全相同的符号原胚。

"所以，我坚定不移地认为，未来并不是可以随意选取的，而是确定的。也许未来是很难预测的，可是既然是确定的，就应该能事先知道。一句话，对未来，人们不能选择，只能接受，或者说，只能惊异！"

他说到这里，故意瞟了一眼田作雨，田作雨低头不语。丁如藻也呆呆地听着，这些高论大概超出了她的理解力之外，故平时活跃的她此刻一句也插不上嘴。米柯大夫和我则默不作声地对视一下，因为我们这时都想到了那"飞机失事"的预言。可是事情毕

竟还没有发生，再争论，也是谁也驳不倒谁的。

这时，桌上的电话铃响了，霍明高博士操起话筒，原来是雅丽小姐打来的，提醒时间快到了，让我们立刻动身去北辰楼看结果。

从霍明高博士的家到安放超级计算机的北辰楼，只有三百米左右的路程，但博士还是不厌其烦地发动了停在花坛边的汽车，把我们送到目的地。

北辰楼只有六层，这个高度在城市中心简直什么都算不上，但在这绿树掩映的花园式科学岛上，却是最高的了。这幢楼式样新颖别致，于明快中透出凝重，而且楼区异常宽大，两翼的四层建筑各延伸出近百米。四周是宽阔的广场、花坛和矮树，衬托得中央六楼高高矗立。因它坐落在科学岛与陆地相连的蜀山山麓，坐北朝南，再加上国家攀登总部设在这儿，故人们给它起了"北辰楼"这个雅号。

走进干净的门厅，经过四五道关卡，办了一系列严格的手续（包括清理尘土），换上便鞋，罩上干净的工作服，这才步入机房。一路上，霍明高博士向我们介绍，这是一台可以人-机一体操作的生物电路计算机，它以大量的活细菌、病毒以及无数维持着生命功能的 DNA 及 RNA 元件，在机体内构成天文数字的高密度的立体电路，来代替已走到尽头的超大规模集成电路系统。这些元件需要成分复杂、条件严格的营养基维持其生命功能，同时其中也有最先进的超大规模集成、冷子、光子电路作为辅助部分，因此它被称为新一代的"活子计算机"。

机房的门上镌着几个金色的大字："京垓—奥尔特超级活子计算机大厅"。走进去，这组神秘的庞然大物呈现在我们眼前。霍明高博士继续介绍说：这组计算机共有机体 36 个，每个高 5.5 米，直径 7.25 米，六棱柱形，可以同时协调一体工作，内部都拥有极

完善的自动调温、调压、调湿、调光、减震、测试和补充养分的装置。36 个机体纵横排列，看上去整个大厅简直像一座小人国的现代化城市。

总控制室在大厅对面的一间玻璃房里，我们四人走进去，透过对着大厅一面的玻璃墙，可以看到机房的全部情形，几个技术人员在群楼般的机体前巡视着。总控制室内，两米多长的控制台上是密密麻麻的各种开关、按钮、排挡、仪表和指示灯，台对面是一幅巨大的屏幕，屏幕上显示着五颜六色的如阳光下的油膜一样的条纹图案。雅丽小姐见我们走进，便摘掉了头盔，客气地站了起来。

"已经算了多少？"霍明高博士问。

"已算了 96 分钟，还有 24 分钟，一百幅图都将运算完毕。"

"顺利吗？"

"非常顺利。"雅丽小姐指着控制台上的几十只指示灯说，那些指示灯像一只只绿莹莹的眼睛在盯着我们。

霍明高博士坐在雅丽小姐刚起身的座椅上，对他的学生说："累不累？"

"盯了一个半小时，累极了。"雅丽小姐有点撒娇地说。

"好，我们换防，剩下的时间我来盯着，大厅外有休息室，你可以去歇一会儿。记住，9 点 59 分 50 秒开始显像，共 10 秒，来晚了可就看不成现场直播，只能看'资料片'了。"

雅丽小姐向我们点了点头，走了出去。

霍明高博士让我们四人在他身后的几张皮转椅上落座，进一步解释说："所谓现场直播，并不是把计算结果马上播出来的意思，而是今天我运算的，就是今天晚上 9 点 59 分 50 秒到 10 点整这 10 秒田作雨身上发生的事儿，而计算机恰在 10 点整计算完毕，并从 9 点 59 分 50 秒开始同步显像，这样屏幕显现的场景，就应该与现实中发生的事实完全吻合——如果我的推断正确，一会儿屏幕上显现的一定是控制室的场景，因为田作雨就在这个控制室内。"

"那么老田现在躲到别处去呢？你那不是全都要算错了？"丁如藻挑战似的问。

"那一刻他在哪儿，这在公式中早就确定了，不会算错的，如果他走了，他躲在哪儿，屏幕上就肯定显示哪儿，哪怕他躲进厕所里。喂，田作雨，现在你肯一个人躲起来吗？"

田作雨想了想说："我还是在控制室里亲自看结果好。"

"哈哈哈！"霍明高博士朗笑一声，"你们瞧吧，未来是随意定的吗？10 点钟田作雨先生只能在一个地方，那就是这个房间，谁的选择也不是随意的！"

我与米柯大夫互相对视一眼，都带着一种奇怪的表情，什么

都没有说（但又都知道对方想的是什么）。除了等待事实说话以外，几个月来发生的事，确实使我们不能选择，只能接受和惊讶了。

霍明高博士要把一个头盔戴在头上，这头盔是雅丽小姐刚刚摘下放在一边的，它怪模怪样，上面有无数的小突起，还有一条辫子（实际是电线）与控制台相连接。我问："这是干什么的?"

"你可能还不知道什么是人-机一体，"霍明高博士又把头盔放在原来的位置，"这叫指令帽，它能把人所想的指令转化为操纵信号直接输入计算机，因此可以达到瞬息万变的输入速度——当然现在机器在自动运行，我不戴它也可以，简单的指令用控制台输入足够了。来注意看屏幕。"

说罢，他转过身，盯住屏幕看了许久，忽然按动几个按键，屏幕上花花绿绿木纹一般的图案消失了。过了片刻，又一些弯弯曲曲的东西迅速生长、蔓延，像河口不断扩展的沙洲，越来越密，不久一幅图完成了，色彩斑斓，曲曲弯弯，有的像海马尾巴，有的像军用地图上的等高线，细密无比。

"这幅图并不像你们看到的那么粗糙，我们可以放大其中的一部分并不断放大来看。"霍明高博士说着，又操作几下。

马上，图形仿佛向我们走来，又像是我们向图形奔去。形容得贴切一点，更像是电影中的推镜头，不同的是，镜头几乎好像可以无止境向前推，我们不断看到的是大图形局部的局部，无数细小的条纹显现了出来，变成大的框架，其中又有无数细小的条纹在大框架的间隙出现，就这样一路嵌套下去。

一会儿，屏幕又变了，这回是飞快地闪过很多幅不同的画面，这一定是在把每分钟一幅算出的画面进行综合和镭射变换。我一抬头，发现屏幕上方的电子钟显示的数字已经快接近那个辉煌的时刻了!

我之所以用"辉煌"一词，实在是被刚才最新技术所造出的奇境所震惊，一时间对霍明高博士说的一切都变得深信不疑了！

霍明高博士也紧张起来，他一面抬头看着不断跳动绿色数字的电子钟，一面隔着玻璃墙，向大厅里张望。"雅丽怎么还不来？不能再等了！"他一边自言自语，一边启动了倒计时装置，电子钟显示的数字变成了倒计时。

他一边操作，一边回头向我们说："显像指令已经输入。镭射程序处于工作状态，按预定的时间显像，这台钟是直接与陕西天文台联网的，绝对准确，误差不超过千亿分之一秒，大家注意看屏幕。"

当电子钟的倒计时数字跳到"0"，又骤然变成21：59：50时，屏幕上的条纹突然不见了，随即出现一幅画面：是几个人坐着朝"镜头"方向张望。

"成功啦！"霍明高博士一声欢呼。田作雨则在我身边忽地站起，两手张开，向我这一侧跌来，我本能地想欠身伸手去扶他，但还没来得及动，眼睛也没离开屏幕，此时屏幕正显示着一幅立体图景，天哪，屏幕上出现的是什么？

原来，这扇巨大的屏幕正显示着一幅立体图景，映出的真人大小的几个人中，右下角坐在最前方的高举双臂、满脸兴奋的人正是霍明高博士，后面是米柯大夫和丁如藻，画面正中央站起来的瘦子是田作雨，他满脸惊讶，两手乱抓，倾斜欲倒，正要砸在旁边欲起身的一个表情怪异、目瞪口呆的人身上，看此情景，我下意识地伸出左手捂住了嘴——啊！屏幕上那家伙也同时捂住了嘴，我们互相瞪着——这时我才突然明白原来这个人就是我！

屏幕上显现的场景与我们照镜子时映出的不一样，镜子中映出我们的影像是与实际情况左右相反的，所以我们与镜子里我们的影像对立时，仍是左手对左手，右手对右手。而眼前屏幕上的

则不是，所以坐在控制台偏左的霍明高博士跑到屏幕右边去了，我在镜子中看惯了自己左——右相反的镜像容貌和动作，一旦看到本来的自己，反而一时认不出了。

就在这一瞬间，田作雨已经重重地砸在我身上，要不是我身下皮转椅的缓冲，我也要跌到地板上了。我正用双手扶起他时，忽觉控制室内暗了下来，原来10秒的时间已到，运算和显示同时在10点整结束。我抬头再看屏幕，果然图像已消失，深黑色的背景中，屏幕上正以惊人的速度打出一排排不解其意的字符。

我和丁如藻用力扶起业已昏迷的田作雨，米柯大夫连忙为他检查心跳、呼吸等。过了好一会儿，霍明高博士还端坐在前边不动。这家伙还沉浸在成功的喜悦中？我慢慢走到霍明高博士身前，见他的两眼依然直勾勾地望着屏幕上一排排闪过的字符，目光仿佛僵化了一般。

我心中悚然一惊，又不相信地用手在他眼前晃动几个来回，可是他的眼球毫无反应，我一时性急，抓住他的肩膀用力摇了几下，不料，他竟无知觉般地从皮转椅跌到地板上。

我用手贴近他的鼻孔一试呼吸，再仔细看了看他的瞳孔，我顿时大惊失色。原来霍明高博士已经呼吸停止，瞳孔放大，处于休克状态！

听到我急促的呼救声，米柯大夫急忙抄起控制室内的电话，一位高级职员冲进来将总控制键关掉，机器停止运转了，也停止了显示。这时，雅丽小姐才慌慌张张地赶来，她没能赶得上看刚才"现场直播"的奇迹，在她面前的，却是这样一个意想不到的场面：两个人突然昏死过去了！

救护车很快到来，医务人员把霍明高、田作雨两人抬上救护车，雅丽小姐也开着老师的雷诺车，带着米柯大夫、丁如藻和我跟在救护车后直奔CPCR心脑肺急救中心。

在急救中心，米柯大夫以特约专家的身份参加了抢救，丁如藻也闯进田作雨的急救室帮忙，雅丽小姐和我则在走廊上焦急地等待。

半个小时后，六号急救室的大门徐徐打开，田作雨在丁如藻的搀扶下面色苍白地走出来，我急忙冲过去问他的病情。

"没什么事，"随后跟出来的主治医师说，"他是因受了什么刺激而导致的虚脱，回去注意休息，避免激动，很快就会好的。"

"另一位病人呢？"我问。

"不清楚。"对方回答，领着田作雨向临时病房走去，同去的一个护士回头向我补充一句："不用担心，另一位估计也没事，你们搞计算机的怎么都这么脆弱？"

雅丽小姐听了这话，在胸前不断地画着十字，嘴里吐出一串我全然听不懂的他斯卡尼语，我想那一定是"上帝保佑"之类。可是我心中明白，霍明高博士的心跳、呼吸一直停止，情况是非常严重的。

大约又过了半个小时，七号急救室的大门也徐徐打开了，病人躺在小车中被缓缓推出，我一看到车上吊的输液瓶，顿时心里像一块石头落了地，雅丽小姐则喊了一句什么，扑了上去。米柯大夫跟在后面，向我小声说："霍明高博士已经恢复了心跳，但情况很不妙。"

等雅丽小姐跟护士、医生簇拥着小车一起去治疗间后，米柯大夫才向我说：虽然霍明高博士恢复了心跳，但呼吸还要靠机器维持，神志处于无认知的昏迷状态。看来，他已经成了植物人。也许，比一般的临床植物人——持续性植物状态还要糟糕，因为，病人的脑电活动越来越弱，按临床经验，通常这样的病人很少能维持五到十天以上。

第二天上午，院方为了查出霍明高博士的病因，用尽一切最

新手段对他进行了全面的检查，结果发现他仅有轻度的动脉硬化，找不到任何明显的，尤其是可以引起死亡和休克的疾病。

痛不欲生的雅丽小姐一直在无知觉的霍明高博士身边陪伴着，这时我才发觉雅丽小姐对她的老师爱得是那样深。是的，不但她无法忍受，连我们也不愿承认这个现实：人为什么这么脆弱，一瞬间，一个活蹦乱跳、血气方刚的汉子，竟突然化为异物？

十天后，院方不得不告诉我们：霍明高博士的脑电波已经是一条直线，而且脑干、大脑皮层、脊髓反射及运动反射均已消失，无自主呼吸，全身呈迟缓性瘫痪，符合死亡的哈佛标准，因此在法律上可以宣布霍明高博士已经死亡了。

按医学的惯例，在这种情况下，征得患者家属的同意，医生有权关掉患者的呼吸器，宣布患者从肉体到精神的死亡，否则也不可能维持多久，因为病人的器官会逐渐衰竭。可是霍明高博士的父母、兄弟不同意。雅丽小姐更不同意，她说，既然查不出病因，就应等待，也许明天，奇迹会出现，她的导师、心上人会苏醒过来。

几天之后，霍明高博士身体被送进了"植物人护理康复中心"。

但米柯大夫向我说，像霍明高博士这种情况，可以说是植物人的极端状态了，别说康复，即使是稍稍有一点逆向回转的可能性都几乎是零。即使对病人实行 24 小时不间断的各种高强度的感官刺激，怕也无济于事。因此，霍明高博士确实已经死去了。

9

　　意外的不幸给这件本来就十分神秘的事又笼罩了一层迷离的阴影。霍明高博士，一位在计算机领域卓有贡献的专家，前途无量的青年学者，就这样突然间莫名其妙地去了。博士已去，过去的龃龉也就不必再提，平心而论，他的见识、才学是我不得不从心里佩服的。可惜，整件事情曙光初露，我们正要享受成功的喜悦之时，研究随着这位中心人物的罹难，突然中断了。

　　幸好，霍明高博士的工作有接班人——雅丽小姐，我们可以说服雅丽小姐继续搞下去。按原来的安排，几个月以后将由雅丽小姐来启动京垓—奥尔特超级活子计算机进行大规模的运算。

　　经过漫长的等待，终于盼到冬尽春来。霍明高博士预约的计算时间到了。这天，田作雨和丁如藻作为赞助人被雅丽小姐请到北辰楼，对最后的运算结果进行验证。我也参加旁观，但米柯大夫因紧急会诊未能来。

　　上午9点，冒着绵绵的春雨，我们又像上次一样，来到了京垓—奥尔特超级活子计算机主机房的总控制室。这次见到的雅丽小姐，比刚出事时日夜守候在老师身边的她已有所不同，现在她已基本从悲痛状态中振作起来，走路依然像过去那样有弹性。见到我们，她似乎很高兴。

她说，第一阶段将连续运算三十六个小时，结果可以分段陆续显示。机器已开始运转，主机大厅里响起依稀可闻的嗡嗡声，控制室里，大屏幕上画着奇形怪状的花纹，好像是哪个现代派艺术大师的杰作。

究竟先算田作雨一生的哪个时间段，昨天田作雨就与丁如藻讨论不休。田作雨想要再现那次他在造纸厂旧书堆中读天书的一段，或者是夜半在桥下寻天书的一段，但丁如藻坚持要算她和田作雨举行婚礼那一天，她要看看那天她打扮得漂亮不漂亮，穿的什么婚纱，场面隆重不隆重。田作雨拗不过她，只好同意。好在田作雨对天书中"婚礼"和"飞机失事"的时刻记得十分准确，京垓—奥尔特超级活子计算机的自动化程度又特别高，所以雅丽小姐在处理庞大的计算程序时，只要把输入的时间参数照此改一下即可。

整个计算过程是枯燥、繁复的，真正的结果要在中午才第一次显示。丁如藻为了早点看到她的婚礼，耐不住性子，才拉我们早早赶到的，看到结果迟迟不出，她便拉田作雨到客厅闲坐。我则不断到过道窗口用手机向米柯大夫汇报计算的进展情况。

12点左右，我们回到了主机房控制室看结果。只见雅丽小姐头戴指令帽，聚精会神地操作着。帽上的控制电缆拖得像个小辫子，那造型不知道是像欧洲的中世纪武士还是像清朝的兵丁。

"你们注意看屏幕，马上就要有结果了！"雅丽小姐直着舌头，回头叮嘱我们。

我们三人立刻目不转睛地盯着屏幕，这时屏幕上还是一些七彩油膜一样的奇怪图案。屏幕上方绿色的电子钟倒计时数字在一跳一跳地减少——当那数字变到零时，屏幕上，七彩图案突然消失，整个画面陡然一换。

屏幕上显示的分明是一个豪华宾馆的客厅，三个人正鱼贯走

出。最前面的是一个女人，身着一袭长长的白色婚纱，光彩照人，仪态万方，这人正是丁如藻。跟在她身后的人，西装革履，瘦瘦的但十分精神——这人当然是田作雨了。他身后再远处的人，表情有些发僵，这次我没有认错，那人是我。

"老田，就是咱们的婚礼！哎呀！"丁如藻在看到这画面的一瞬间，就高兴地叫了一声，拉着田作雨的手几乎要跳起来，"啊哈，我那婚纱真漂亮，我最喜欢这样的婚纱了，我早就想，等我结婚那天，我一定要穿这样的婚纱！"

我注意到客厅的地上有一片发亮的东西，明显是一滩水，还有许多红色的东西在上面跳动，仔细一看，是几条金鱼。分明是

一只玻璃鱼缸碎了，地上分布着零零散散的碎片，圆形的鱼缸口部分狼牙交错地戳在地板上。

这个场面只一闪就过去了，随之而来的是婚礼的场面，虽然热闹、风光，让观看的丁如藻大为满足，但其实和如今有钱或不太有钱但要排场的人们搞的婚礼大同小异，没有必要再详细铺叙。这一刻我满脑子想的都是第一个"镜头"，我不断问自己：那玻璃鱼缸为什么会在我脚下碎了呢？

婚礼画面持续了二三十秒钟，突然定住——这说明前阶段计算的内容已显示完毕。就在这时，画面突然消失，屏幕以飞快的速度打出一串串令人不解其意的字符。多么似曾相识！我的目光和田作雨对视了一下，他那幸福感还未退下去的脸上也蔓延着疑惑，对，那次霍明高博士操纵机器昏迷前，屏幕上出现的就是这样一串串的字符！

大家都起身面面相觑，惟雅丽小姐在前面端坐不动。我忽有所悟，惊呼一声："雅丽小姐！快看雅丽小姐怎么样了？"

我先奔到雅丽小姐身边，发现她头戴指令帽，坐在台子前，望着大屏幕，两眼直直的，一动不动。我回头看了看大屏幕，上面仍以极快的速度闪过一串串全不知何意的字符。再细看雅丽小姐，呼吸和一切反射都已停止……以后的经过与上次大致相同，计算机立刻被关掉，雅丽小姐被送入 CPCR 急救中心，经抢救，虽然恢复了心跳，可是，她也成了与霍明高博士一样的植物人。

情况稳定后，雅丽小姐也被送到了"植物人护理康复中心"。

医生们对这两个完全相似的病人感到惊讶不解。在调查中，计算中心的工作人员回忆起将近一年前，中心有一个人也是在这台京垓—奥尔特超级活子计算机前静坐不动，溘然长逝的，他们三人突然昏迷后的症状几乎完全一样。只是当时那人被别人发现得太晚，被医生草草诊断为"中风猝死"，没有进一步深究。现在，

把三个病例合起来考虑，急救中心和防疫部门的专家都紧张了起来，因为按医学惯例，在不长时间内，同一地点连续出现三例以上原因不明的同类未知疾病时，就可以作为传染病紧急处理。于是植物人护理康复中心马上对霍明高博士和雅丽小姐进行了严格的隔离和体检。同时，科学岛也关闭了这台庞大的计算机。开始专家们推测，这种病是不是京垓—奥尔特超级活子计算机中的活性物质泄漏导致？但经检查，没发现任何活性物质泄漏的迹象。那么病原体是什么呢？专家们对机房的每个工作间、每个角落都做了细致的微生物取样，随后又做了严格的消毒。对涉及到计算机的所有工作人员，包括我们，也都做了彻底的体检和一段时间的隔离。结果显示，没有发现任何可以导致三人患这类疾病的病菌、病毒或其他病原体，更找不到任何传染源。

京垓—奥尔特超级活子计算机停止运行了一个月，给研究中心及许多企业、科研和军事部门造成了很大的损失。既然找不到传染源，在各方面的压力下，京垓—奥尔特超级活子计算机又恢复了运行，北辰楼也对外开放了。

这场变故使我们震惊不小。两位专家先后罹患怪病，陷入昏迷，也让我们痛心不已。下一步怎么走呢？

很多人对世界上的神秘事件心怀畏惧之感，也有的人对神秘事件不感兴趣，认为谜团只能使人陷入迷谷，使人丧失本性，陷入恐慌和不安，他们觉得，探索神秘事件，远不如追求些可以满足眼前利益的东西更实惠。也许，他们是对的，因为不这样，人类社会就无法稳定；可是我更愿意有人去探求神秘，更愿意有人去推动谜团，因为不这样，人类社会就不能前进。

人类的前进征途上其实是布满这样那样的谜团的。这些谜团就像滚动的车轮，推动着历史，载着人类从野蛮走向文明。

我决心进一步探究下去，我打算说服其他专家继续这项研究，

否则像京垓—奥尔特超级活子计算机这样的庞然大物，恐怕是我个人的力量所不能染指的。当然，首先我要调查天书奇符的来源。这天傍晚，我到省第一医院找到了米柯大夫，告诉他，霍明高博士和雅丽小姐不在了，我们可以自己干。

"怎么干？你去操纵那台京垓—奥尔特超级活子计算机？"米柯大夫正在读着《易经》。

我笑着说："这我倒不敢。不过，我们可以设法获得霍明高博士研究时的原始资料，沿着他的路走走试试。那天书到底是谁写的？奇符是谁创造的？连霍明高博士也没搞清楚。我想起一件事：他最早来田作雨家时，曾说，他见过一幅图，与田作雨匕首柄上的龙非常相似。可是后来，他老回避这个问题。这件事关系到奇符的来历，也该是我们要搞清的。"

米柯大夫放下手中的书，说："你可以在田作雨的亲友间广泛调查，把匕首的最早来历弄清楚嘛。"

"可惜，田作雨这家伙无亲无友，我早就查过了，找不到什么线索。我考虑我还是想法从霍明高博士和雅丽小姐那里入手。"

"只是，北极山先生，他们的大脑已经不管用了！"米柯大夫两手一摊无可奈何地说。

显然米柯大夫没有明白我的意思。我只好挑明："如果我们检查他的工作室，或许会找到一些有用的材料的。"

"你是说，我们和霍明高博士的亲人一起去整理博士的遗物？博士还没有被宣布死亡，他的资料也一直被封存啊！"米柯大夫一边说，一边慢慢地摇了摇头。

我笑笑说："那有何难，我们可以自己去一趟。"

"去他家，怎么进去？"

"我有办法，他所有的资料都在二楼他的工作室中。他房门的锁是很容易打开的，我有专门的万能钥匙。"

"这，这可是犯罪的想法！"米柯大夫有点吃惊地说，把桌上的书向里推了推，站起身来。

米柯大夫有这样的反应是正常的，因为他是一位典型的中国式书生，温文尔雅的学者，从不走歪门邪道。我这样打算，实在是这件事儿的诱惑力太大了，况且我去的是朋友家，是查询资料，还有，侦探不是常这样做的吗？我把这层意思说给米柯大夫听，不料他仍把头摇得像个拨浪鼓。

"这么做，不光彩，一旦被人发现，是有嘴也说不清的。……我不去，也不赞成你去，还是慢慢等机会的好。"

处理事情从来不过夜的我，哪还听他絮絮叨叨地向我讲这些道理。从米柯大夫的办公室出来，已经是暮色苍茫，我决定立刻就行动，随即跨上摩托车直奔科学岛。

行在蜀山下的公路上时，天已完全黑了下来。回望，满天繁星与万家灯火交相辉映；前瞻，静谧的科学岛三面被暗黑的水体包围着，显得那么神奇、诡秘。

快到达目的地时，我将摩托车藏在一个比较隐蔽的地方，来到霍明高博士居住的小楼前，翻过竹篱笆，四顾无人，便掏出随身携带的、可以自由组合齿数的万能钥匙开始试开房门。

当试到第 16 类组合时，忽听身后不远处一声低低的断喝："住手！"

我悚然一惊，但立刻使自己镇定下来，迅速回头，见一个身材高大的人从树丛的黑影下走向我这里。我正思量该怎么从容应付时，黑影又发话了："你非要这么干不可吗？"

我听出是谁的声音了，不由得转惊为喜，原来是米柯大夫，想不到他竟一直跟踪着我，我虽机敏，却没有发现他！

正在这时，插在暗锁中的万能钥匙在我手腕的扭动下轻轻地转动了，锁心竟毫无阻力地转过了大半圈，我轻轻一用劲，房门

呀的一声，向里打开。

这时，米柯大夫恰好也走到了门前，我不容他再说什么，顺势推开门，拉着他走了进去。

房门关上后，走廊里一片黑暗。毕竟不像回自己的家，像做贼似的，黑暗中听到米柯大夫带着有些急促的呼吸说："你好能呀，我驾车在后面拼命地赶，没想到，你干得这么利落，我来拦你，你怎么连我都拉了进来？这，这可怎么好？这不是陷我于不义吗？"

我扭亮了袖珍电筒，向四周晃一下，说："不入虎穴，焉得虎子，既然来了，我们就找找看。况且这么僻静的地方，除非咱们碰上了真的小偷，否则谁会来呢？"

米柯大夫无可奈何地跟在我后面穿过了走廊。一楼是卧室和客厅，我到客厅里照了照，这就是几个月前的那个晚上，我们来听霍明高博士高谈阔论，说第二天要开世界级新闻发布会的地方。皮沙发、茶几上都落了厚厚的一层灰土。我们又轻轻地上了二楼。

二楼是霍明高博士的工作间，他曾自称，他十多年来的研究生涯，基本都是在研究所的计算机房和他自己的工作间度过的。

这工作间很大，在袖珍电筒微弱的光照下，书橱的玻璃、写字桌的大理石面、电脑的屏幕都在讨厌地反射着光芒。我们先走到靠窗的写字桌前，这是一张台面宽大、做工精致的核桃木桌。我设法弄开了桌屉的每一把暗锁，发现里面只是些信件、文具、难懂的论文草稿等。我随手抽出几封信读了读，也没有发现特殊的内容。那些论文虽然难懂，但仅看可懂部分，我也能判断出它们与"TS之谜课题"没什么关系。

我又依次弄开了靠墙一人高的几个铁卷橱的门，第一个橱子里是一摞摞的卷宗，全都是过去的研究记录，这引起我很大的兴趣。我发现，从这些研究记录，几乎可以整理出霍明高博士的工

作史，因为每一个课题都标着年月日并按时间顺序十分整齐地放着。

米柯大夫忽然小声说："北极山，你来照一照，这是什么东西？"

我急忙凑过去，原来米柯大夫在一架铁橱里拉出一只抽屉，抽屉里躺着两个黄澄澄亮闪闪的东西，等我看清了是什么时，心中猛地一跳，差点喊出声来，幸亏米柯大夫捂住我的嘴，"嘘——"的一下，我才意识到这里不能高声。不过我还是兴奋地用力捏住了米柯大夫的手，痛得他差点叫出声来。

原来，抽屉里躺着两把刀柄美轮美奂的匕首。

匕首并不陌生，是田作雨的传家宝，可不知何时由一个变成了一双，我就不能不差点喊出声来了。我拿起两把匕首，一上手，就知那柄全是真金的，仔细看时——其实不用仔细看，一眼就可以看出它们柄上的图案完全相同：同是用黄金镂出的一条张牙舞爪、口咬尾巴的龙，眼睛是一颗红宝石。我之所以仔细看，实在是被这两条龙的完全一样、毫无二致所震惊，两把匕首柄上龙纹背景的曲线，分明都绘出了天书奇符的线条，这是比那条龙更能引起我注意的。

再看刀身，有一把匕首的刀身是亮闪闪的，刀刃十分锋利，而另一把的刀刃有些斑斑锈迹。我确认，刀刃亮闪闪，毫无锈迹的这把是田作雨的。

"霍明高博士原来在撒谎！"我气愤地说，"他说他看过这条龙，原来就是这把匕首上的！我问过他不止一次，他到底在哪儿见过这龙纹图案，他总是支支吾吾说记不得了，后来又说是在云南少数民族的工艺品上见到的，简直是一派胡言！"

米柯大夫也仔细地把两把匕首放在地板上，半跪下去比照了半天，说："图案一模一样，你说这一把是田作雨的，那么另一把，

从刀刃上的锈迹来看，不可能是霍明高博士复制的。这家伙掌握的东西，肯定比他告诉我们的要多得多！"

"他为什么对这把匕首的事秘而不宣？怕我们分享他的成果吗？"我问。

米柯大夫一手握一把匕首，很爱不释手的样子："我认为，霍明高博士肯定还掌握着有关匕首，也就是奇符的重大隐秘，这些隐秘甚至连当事人田作雨也不知晓。"

"米柯大夫，我们一起做贼，收获不小吧？"我故意问。

"快一点的好，千万别让人发现。"米柯大夫压低声音说，无可奈何地苦笑一下，回身将两把匕首放回抽屉里，正要把抽屉推回时，我拦住他说："不，米柯大夫，田作雨的这把，我要带回去。"

"那怎么可以？"米柯大夫不解地说。那口气分明是，等将来霍明高博士的亲人来整理遗物时，你可以再来交涉带走。我却不以为然：

"怎么不可以，这可是田作雨的传家宝。这么一个好机会，如果我为朋友连这点事都不办，就太自私，太不够朋友了。"

米柯大夫不再说什么，我也随之将那把亮闪闪的匕首装进口袋，说："来，咱们继续查剩下的文件橱，看有没有那把匕首来历的记载。"

可是进一步的检查却再没有发现什么线索，也没有见到"天书奇符"破译程序的有关资料。时间已经过去了三个多小时，我们打开窗帘，窗外飒飒的风声清晰可闻。掠过黑黝黝的树顶，可以看到远处的湖水在泛着点点的星光。

我把屋里的一切都恢复原样，擦去我们的痕迹，然后拉着米柯大夫悄悄溜出小楼。

刚走出楼门，忽然左侧的丁香树丛簌簌作响，一个人影窜出来，随之是一声大叫："站住！你们是干什么的？"

　　我登时一愣，一把推开米柯大夫，自己迎了上去。怎么就这么巧，真有为他们守夜的？还是过路人？我一边飞速地想着应对的办法，一边做好迎击的准备。

　　可是半天没有动静，那人一定是怕吃亏，不敢过来，米柯大夫厉声问："你是什么人？"看来米柯大夫的情绪没有调整好，在初春乍暖还寒的深夜中，那声音夹杂着几丝惊恐和不安。

　　对方说："先问问你们自己吧！深更半夜的不开灯，在屋里干什么？夜闯民宅？"

　　"什么夜闯民宅，这是我们的老朋友霍明高的家！"我拧亮了微型电筒，晃了他一下。

　　"你们认识他？"对方走近了两步，说话口气仍然是不信任的。

　　在电筒的微光下，我发现这人黑黑壮壮的，一脸游手好闲之徒的又蠢、又狡狯的相貌，嘴里的牙东倒西歪，在黑暗中十分可怕。以身后的馨香扑鼻，如飞沫细细碎碎奔泻的丁香花丛为映衬，

反差太大了。比起我们来，此人倒更像个贼，我心中稍安。

"当然了，霍明高博士和雅丽小姐生病住院，他的家由我们代管。咦？这么晚了，倒是你跳进人家篱笆墙要干什么？"我问。

"噢，原来是误会，"那家伙听我的口气很硬，一时软了下来。"哥们也是霍主任的熟……熟人，正巧路过这儿，知道他家没人，看楼里有手电光，怕是被盗……"

"你是干什么的？"米柯大夫问。

"我姓费，叫费启明，住得离这儿不远，我老爸你们准认识，他叫费建。"

我问："费建？是谁？"

"大教授哇，研究中心的主任。霍明高是副主任，他是主任……"

我猛然想起，好像霍明高博士说过，似乎有个费教授也是京垓—奥尔特超级活子计算机的研制人员之一，京垓—奥尔特超级活子计算机的早期调试好像还是费建一手操办的，会不会从这里找到线索呢？我又问眼前这家伙："这么说，你老爸和霍明高博士的关系一定很密切了？"

"吓，密切个屁，霍明高那人太高傲，我爸从来不买他的账。我怕他家遭小偷，是因为我家有件值钱的东西在他家放着呢，你们是他的朋友，可得帮帮我这个忙，万一他死了，东西可不能不还，我这有他的欠条和十万块钱的押金呢……"

"什么东西这么值钱？"我忙问，心里已经猜到了七八分。

"一把匕首，这可是我爸最心爱的东西，也是我家最值钱的东西，过去我老爸把它锁起来，连碰也不让我碰。霍明高要是不还，那可不行，上法院，我也得把它要回来。"

真是踏破铁鞋无觅处，得来全不费功夫！我正为另一把匕首的来历犯愁呢，匕首的主人来自报家门了！

米柯大夫兴奋地跨前一步，拍着费启明的肩膀，说："你家离这儿多远？来，带我们去见费教授。"

不料费启明退后一步，像瞧什么怪物一样瞧着米柯大夫，两只不小的眼睛睁得尽可能地大，一脸蔑视的表情："喊，你们可真二五眼，霍明高没向你们提起过我爸？老头早死了，再过几天都是他的周年了！"

我微微一惊，与米柯大夫对视一眼，问费启明："费教授可留下什么遗物？"

"遗物？有！那把匕首就是，我爸说，那是我们的传家宝。"

也是传家宝！我心中一亮，没等我说话，米柯大夫已马上问费启明："你可知这传家宝是怎么来的？"

"那我哪知道呀！"费启明大咧咧地说。

"你可认识田作雨？"我问。

费启明说他不认识，我进一步提醒，他仍不知大富翁田作雨是谁，更说不出田作雨和他家有什么关系。我只好转一个话题问他：

"你想想，霍明高是什么时候把你的匕首借走的？"

"还是去年年末呢，都三个多月了。"

"他借你家的匕首干什么呢？他说过吗？"米柯大夫问。

费启明挠了挠头皮，想了想说："好像他说，这匕首把儿上的龙特别有趣，他要想法描下来，我说什么也不借，结果那家伙一出手就掏出十万块钱押金，说还时我可以扣下三千，我这才让他打了借条，借给他的。前几天，我老妈知道了，跟我又哭又闹，说我是败家子，让我马上去要回来。你们说，要不回来我咋跟我妈交待，我老妈再有个好歹咋办？"

说着，我们已经走到大道上，通过交谈我知道，费建教授只有这一个孩子，不知是将相本无种，还是男儿不自强，这儿子竟

连初中也没念完，只好在社会上游荡。我安慰他说，我们也见过这把匕首，如果万一霍明高博士醒不了，可以凭借条向他家人索要，并且我许诺一定帮他要回来。听了这话，费启明高兴得满脸堆笑，呲着满是烟垢的黄牙连声感谢。趁此势头，我紧接着问："你爸还留下了什么东西？"

费启明马上说："他还有啥，除了书还是书。我是老粗，看不懂那玩意儿。我从小就喜欢打麻将，跳舞，玩游戏机，打保龄球，就我爸管得忒严，不愿让我玩。现在他死了，我爱咋玩咋玩……"

"费老先生的书和手稿都在哪儿？"我兴奋地问。

"你听我说呀！今年我要结婚，得装修房子，买新家具呀！那么多书没地方放了，我妈也是家庭妇女，一个字儿不认识，说你爹那些破书一箱子一箱子的白占地方，都卖了算啦。我就联系卖。研究所的图书馆要买，又说没这笔经费，出价太低，我没卖。后来一生气，让我卖给收破烂的了。还有一大堆死妈烂舅老爷辈子的书，让花炮厂给买走了……"

"什么书？什么舅老爷辈子的书？"我急忙追问。

"就是那老辈子的，精薄精薄的纸，黄了叭几，一碰都快散了的书呗，花炮厂出价高，十块钱一千克呢，可赚了！"

"什么花炮厂？"我声音激动得有些难听了。

"叫那个……好像是'常乐花炮厂'。"

"……"我一时说不上是恨还是喜，恨的是这小子如此败家，真想一拳打他个两脚朝天；喜的是，这正是田作雨以百倍的价格购进的那批古旧书。"常乐花炮厂"，十元一千克，没错！田作雨向我说过不止一次，真该好好谢谢这位费启明。

"那么你爸的手稿没卖吧？"米柯大夫问。

"啥叫手稿？"

"就是你爸写文章写的带字的纸，或者打印的纸，还有没有？"

我压抑着心中的兴奋，平生第一次这么耐心地向这种人解释。

"嗨！"他恍然大悟地做了一个夸张的动作，"早没了，他写一摞，用完了就烧一摞，说这东西没用了，擦屁股又不好使，不能让别人看着，烧了最好。"

"那他的信呢？日记呢？"我步步追问。

"我爸不写日记，他的信，我就是把好邮票剪下来，剩下的全烧了，我妈不认字，我跟我爸一点感情都没有，我保存那些破东西干啥？"

听了这话，我恨不得上前照他那肥壮而胡子邋遢的双颊批两个耳光。

"那么你爸临终前也没留下什么遗嘱？"米柯大夫问费启明，显然他对费启明的"一年就改父之道"的做法也是非常愤怒的。

"他死得特别急，早晨上班时还好好的，上午在计算机房就没出来，等人们发现他时，他还在那儿坐着，已经死了。"

"原来死的是他！"我和米柯大夫对视一眼，两人同时吃惊地说。

"这回你们对上号了吧，防疫站还怀疑我爸得的是传染病，传染了霍明高他们，喊，净瞎掰……"

"你见过没见过你爸有一本这样的书？"我突然打断他的话，急切地问，由于兴奋过度，一时不知怎么形容好，"……十六开，打印的，装订的，上面全是密密麻麻的小字？"

"喊，啥书不那样呀？没见过。"他不以为然地瞟了我一眼说。

"小费，你好好想一想，这本书是这样的：打开的第一页是弯弯曲曲的图案，和你家匕首上的龙一样。是不是你把它卖到了造纸厂？"米柯大夫也用激动的声音向他解释。

一提起匕首费启明顿时主动了许多："哟，我爸还有那闲心，把匕首上的龙画到书上呢！没听说他会画画呀？你说的书我没见

过，真没见过。他那么多书，收破烂的抬了几十箩筐才抬完，我哪顾得一本一本地看，都是随便一捆一过秤，就让他们抬走了……"

混账！我心里重重地骂了一句。这时已走到费启明家门口。这是一幢与霍明高博士的小楼十分相似的建筑，我向费启明提议去他家再搜寻，看有无教授的遗文，费启明拦住我们说，确实全没有了。我用不帮他索回匕首要挟，他指天发誓说真的一点也没有了，我们只好作罢。

很明显，田作雨和费建两家有某种重要的联系，不然怎么会有相同图案的匕首作为传家宝？米柯大夫则肯定地说：天书是来自费建教授之手，是费建教授通过那超级活子计算机算出来的，因费建已死，霍明高博士发现这个秘密后，想把这个震惊世界的奇迹窃为己有，不料他和雅丽小姐却突遭怪病，昏迷不醒。

回来后，我又连夜拜访田作雨。因搅了他的蜜恋之梦，怕他恼怒，一见到他，我马上掏出了他的传家宝，说明探访的新发现。田作雨正为他的宝贝可能要丢失而担忧时，忽见完璧归赵，自然十分欢喜。听到他不久前高价购进的线装书竟来自已故的超级计算中心主任家，田作雨也感到吃惊。尤其是听说费建那里还有一把这样的匕首，天书可能就出自他手时，更惊讶得坐不住了，立刻带我到他的图书馆查找他买自花炮厂的这些线装书。

那几千册的线装书，我们两人一直查到天亮，终于，我在一本破旧不堪的书的空白页部分发现了一段奇怪的文字，就是这段文字，引我做出了一件惊人的事。

10

　　我很惊讶，身为计算机专家的费建教授怎么会对古籍如此感兴趣，收藏了这么多的线装书。翻阅时，我发现这批书大部分是算命、占卜、星相、预测、忌讳、阴阳宅之类的书。每本书的扉页上都是一颗端端正正的"费建藏书"阳文篆刻红印。我找到的那段文字写在一卷叫《渊海子评》的书的半张空白页上，用圆珠笔所写，证明年代不会太久远。内容是一些专用符号和西文，夹杂着汉字，有些符号明显是计算机通用的流程标志，再加上其中有"田""田氏"等字眼，我推测它与破译天书奇符有关，于是第二天，我带着这本书去请教一位计算机专家。

　　这位专家是科技大学一位姓宫的教授，他看了后肯定地说，这段文字是京垓一奥尔特超级活子计算机运算程序的片断，包含十分重要的内容，只是像费马证明"费马大定理"那样，边页太窄了，没写全。在我的请教下，他详细解释了这段运算程序。

　　他滔滔不绝地讲了一个小时，我发现我居然全能听懂！一边听着，一个想法已经跳入我的脑际：我何不学会操作使用这台超级计算机，直接完成费建、霍明高、雅丽小姐未完成的事业？

　　但我转念又想，这靠我的力量能做到吗？即使做到了，等待我的会不会是霍明高和雅丽小姐同样的命运？我思考了很久，最

后想，既然检疫专家都没有查出传染源，三人的发病多半是偶然的巧合。况且，科学研究和探索总是要冒一定风险的。至于迭代和镭射等程序，对我来说已不是太深奥的东西了。

同时，我暗中走访了超级计算中心的几个工作人员，肯定了这样一个重要事实：从费建教授逝世前半年起，他就经常占用京垓—奥尔特超级活子计算机进行运算，而那时机器刚开始调试，常处于功能不稳定的早期失效状态，所以可由他随意试用。但他究竟在算什么，所有的人都不得而知，员工们只知按要求操纵机器，费建教授经常在家里的电脑前看结果。人们都以为他在研究某一高深的项目，可是他死后，谁也没有发现他计算的内容和结果。

这更激起了我的好奇心，我决心学成后自己去操作。于是我寻找借口再一次拜到科技大学宫教授的门下，系统学习京垓—奥尔特超级活子计算机的使用方法。我自信，在熟练掌握个人电脑、初步了解大型电子计算机使用方法的基础上，入门既不难，深造也是办得到的。进一步深入下去我才发现，面对这前所未有的活子计算机软件，我目前掌握的技术只能说是小儿科，时常让我一筹莫展。我只好采取实用主义的态度，用哪儿，学哪儿，翻着工作手册逐段凑编迭代和镭射程序。半个多月后，功夫不负有心人，我终于能按图索骥、照猫画虎地把所需的操作、运算程序搞了出来。一个门外汉竟能现学现卖，染指如此尖端的庞然大物，多半得益于京垓—奥尔特超级活子计算机的自动化程度极高，破译天书奇符的计算方式又非常简单的缘故。

同时，我又通过超级计算中心内部的人，设法获得一些相关资料，并贿赂京垓—奥尔特超级活子计算机的几个关键职员，让他们在停机测试的空当为我开机一小时。

为了防止什么病原体侵袭，我将总控制室的输出信号通过因特网加密后，接在我的个人电脑终端上。经过调试，京垓—奥尔特超级活子计算机的运行过程和结果可以正常地显示于我的电脑屏幕上。这样我就可以坐在家中的电脑前，观看和控制计算的过程，收到一幅幅由京垓—奥尔特超级活子计算机算出并绘好的图形了。

不料我的计划遭到米柯大夫的强烈反对。他听说我在那批古旧书中有了新发现，也很高兴，但听说我要学霍明高和雅丽小姐上机操作时，他竭力劝我不要冒这个险。

可是，单纯操纵计算机就会导致一个人昏迷，这岂不是太荒谬、太离谱了吗？那么世上该有多少人昏迷？无论如何我不能相信看看计算机屏幕就会把人看死。既然我已学会了，就一定要试试，焉知这不是一项划时代的伟大发现？使命在身，安能罢手？

这几天，妻子出远门去了。到了预定的计算日子，晚上，我早早地一个人坐在家里的电脑屏幕前，遥控远方的京垓—奥尔特超级活子计算机，等待那一刻的到来。

区区一个小时，我的计算当然选定最要紧的一段——"天书"中预言的田作雨乘飞机失事而死亡的那一天。那一事件的年、月、日、时、分、秒，田作雨牢牢记着，我也牢牢记着。我偏要看看到底能算出什么。

按照刚学来的方法，我把程序指令用枯燥古奥的语言打入键盘，向遥远的北辰楼京垓—奥尔特超级活子计算机主机房总控制室发送着。计算开始了，屏幕上不断用字符显示着各种程序，这些字符开始我还懂，越往后，就越似懂非懂了。只有机器才能承受这么繁琐枯燥而且瞬息万变的计算。我一会儿盯着屏幕看，一会儿又用电话与北辰楼联系，时而还站起身来活动活动筋骨，只

觉得大脑灵活，思维敏捷，呼吸心跳也正常，哪里会有什么意外发生？神经过敏，我不由得暗笑米柯大夫小心得过分了。

一个小时快过去了。屏幕上闪过一幅幅五彩缤纷的干涉全息图，过一会儿启动"镭射程序"，这些图形合在一起就该是某市机场上空那幕可怕的景象了？

运算至中途，突然我觉得有什么东西不对劲，一看，原来是屏幕上的全息图定住了，随后消失，代之而来的是以飞快的速度打出的一排排字符。出了什么问题？我正要起身拿起电话询问北辰楼的情况，不知怎的，我顿时猛然一惊，连全身都跟着震颤了一下。

这震颤很奇怪，就如自己全身的神经和肌肉突然受到了强烈的电击，不听意志控制了一般。继而浑身毛瘆瘆、麻痒痒的，周身有一种虚脱，或穴道被封的感觉。

但我根本弄不清发生了什么事，此刻我只觉得我的身体不想再动，也不能再动。屏幕上的字符，似乎有强大的磁力，把我的目光牢牢吸住，眼珠都不能再错开。这些奇怪的字符好像是计算中的程序，乍一看很有意义，但又朦朦胧胧，说不清到底是什么，如同算命抽签时读到的谶语，似话非话，似懂非懂，又像是在梦中读到的几句感人至深的好诗，醒来细品，却只是无意义的几个字的连缀。

稀奇古怪的话语一行又一行地打出来，其中有一些词似乎极令人过敏，它们在我眼前掠过时，简直令人惊悸不已，胆战心惊。

这是人-机一体的超级活子计算机，虽然我是在遥远的终端，但信息是不在乎距离的，我还是深入到这套计算程序中来了——在屏幕上字符奇特绝妙含义的刺激下，一种难以形容的感觉顿时传遍全身，世界仿佛遥远了，屋子变成一间大会堂，周围空旷无

比。只有电脑屏幕近在眼前，大得出奇，向屏幕里看去，我觉得自己像是坐在一面大玻璃镜前，背后也立着同样的一面镜子，两个镜子互相反映，镜子里我的形象如同一队排列整齐的士兵，一个比一个小，向无穷远处延伸。与真实景象不同的是，似乎无论延伸多远，多小，我也能看到，同时，我的视野也被禁锢在这一串图形中，好像我脑荧屏上的意识域也逐渐缩小，越缩越小，有一股惊慌的念头在这小小的意识域里撞动，拼命想把这点意识把握住，就像一个溺水的人在水中见到一根草也想伸手把它牢牢抓住一样，可是我意识的边界光溜溜的，什么也抓不住。

那团意识突然又变大，向外膨胀，瞬间弥散于整个宇宙。有生以来所有的记忆似乎全都苏醒了，纷纷杂杂，密密麻麻，铺向天边……我想伸手，却不知手脚在哪里，仿佛只剩下一个孤零零的头脑，这个头脑也在向宇宙弥漫。我感到一种回到童年，一个人在黑夜中迷失了路途的惊惧，这种惊惧在蔓延。想低眼看一下自己，眼睛也不能转动，连视觉也变了形，眼前的物体奇形怪状、杂乱无章，越变越抽象，其他感觉逐渐也变得抽象了。我的头脑如同茫茫宇宙中弥漫无垠的暗星云，庞大、黑暗、迷乱、沉滞，整个意识像是乱成一团的噩梦，我想大喊一声摆脱这噩梦，可是偏偏喊不出来，不知过了多久，也许有几天、几年那么长，我好像终于喊出了一声，这一声却没有声音，也没有内容，甚至没有任何外在的物质形式。这个暗星云悠悠旋转起来，我用尽努力，想扼住它的旋转，可是无用——我的意识明明白白伴随着所有的记忆、意念、知觉在一起，别无选择、清晰可辨地向一个漩涡的中心滑去……

突然，暗星云中仿佛一道极强的闪电划过，意识中的那一切几乎都被这道闪电击散了，只剩下一点点知觉，自己也像一团云

那样，轻轻飘飘，悠悠荡荡地飘了开去。

等我睁开眼睛，发现自己已经躺在另一间屋里，我卧室的床上，旁边坐着米柯大夫、田作雨和丁如藻。

我一跃跳了起来，问："到底出了什么事？"

田作雨结结巴巴地说："米，米柯大夫如果晚动手一秒钟，你可能就再也醒不过来了。"

"动什么手？"我一时晕头晕脑，脑中还是一片空白。

米柯大夫说："我们刚才来到你家窗前，见你正在屏幕前发僵，是我砸碎了玻璃，用电击枪重重地击了你一下，强大的电流一下冲散了你头脑中的一切电信号，也冲断了你受京垓—奥尔特超级活子计算机程序控制、走向封闭的大脑反馈回路，要不然，恐怕你也要走霍明高和雅丽小姐的路了……"

这时米柯大夫摊开他的手掌，手掌上是一只小巧的电击手枪，这种防身手枪可以在扳机的一刹那从枪口飞出一颗连着金属丝的铜弹丸，靠枪内产生的强烈放电，能在五米之内将一头牛击倒。

田作雨又向我说："好家伙，别人胆大，是身包胆，你胆大，简直是胆包身！""是玩命嘛！"丁如藻也说。

米柯大夫接着说："是呀，你胆子太大了，我百般阻拦，你还是偷偷回来按计划行事。有的法医学家为了体验、分析上吊时失去知觉的过程，便去尝试上吊，结果别人晚救了一两秒钟，他就被吊死了，你岂不是也在做这样的冒险？"

这时，我才慢慢回想起方才在电脑荧屏前的奇怪感觉。不，那不能叫"感觉"，而应说是一种实在无法形容的"意识"或"精神状态"。该状态是如此的恐怖、痛苦、闻所未闻，事后每每想起来，都让人从头顶凉到脚后跟。

奇怪，这次经历，好像使我的阅历增加了许多，对整个世界

的理解仿佛也深刻了——但具体增加了什么，深刻在哪里，又一时说不出，此时我只顾连声说："米柯大夫，谢谢你!"

米柯大夫慢慢把电击枪装入衣袋，在屋里踱了几步说："两个多月来，我一直在考虑那三人的昏迷事件。超级计算中心、急救中心和防疫部门都怀疑是传染病，可又查不出病原体，只好立档存疑，等待新的病例。我可不想再有什么新的病例了，我判断，这根本不是传染病，而是人类一种前所未有的新疾病。"

"什么病?"我惊奇地问。

米柯大夫摇了摇头："我还没有想好一个确切的名字，但它的主要症状和起因，我已有了一些猜测，它出现于现代信息社会，起因于计算机技术的高度发达，由电脑操作、编程、网络等共同作用而导致。直接发病因素可能是人的大脑接受了电脑中的某种特殊程序，导致大脑信号传递的方式、路线有了改变。表现症状是，或者像费建教授那样死亡，或者像霍明高博士、雅丽小姐那样昏迷。"

"我会患这种病吗?"我问。

"只差那么一点，"米柯大夫说，"刚才田作雨通知我，说你在遥控京垓—奥尔特超级活子计算机。我大吃一惊。因为这个危险，你还不知道。我们马上以最快的速度赶到你家，还好，我早到了一秒钟。"

若在过去，听到这些话我很可能一笑了之，根本不理会这些天方夜谭。可如今经历了那一系列变故，尤其是亲历了刚才的意外之后，过去那种自信心已大打折扣。一想到"那种"可能，身上不由得打了个寒颤。米柯大夫像看透了我的心思，笑笑说："我这一抢救了你，使你没有患这种病，但患这种病的某些感觉，可能你体验到了，你能回忆起刚才在屏幕前你的感受吗?"

　　我想了想，尝试着把刚才的感受慢慢说出。我并不是个表述能力差的人，可是今天我表述得却非常之差，断断续续，含含糊糊，连我想要说的十分之一也没有说出来。这并不是我的大脑受了刺激所致，而是当时我所体验的东西实在太离奇了，根本无法用日常生活中的事物和概念作比。可以说那种感受，用人类现有最丰富、最生动的语言表述起来都是太苍白无力、太捉襟见肘了！

　　虽然如此，米柯大夫还是理解了我的意思。他显得很兴奋，仿佛我的叙述正中他的下怀。过一会儿，他说：

　　"我两次参与霍明高博士和周雅丽的各项身体检查工作，我发现，他们没有受到丝毫外界病原体的感染，身体器官也没有任何明显的病变。所以根据发病的过程，我才推断，他们患上的是一种新疾病，可能是输入头脑的信息异常引起。"米柯大夫沉吟了片刻，又自言自语道，"……信息异常……信息，我看，可以叫这个名字，就叫'信息病'好了，它正好概括了这个病的特点。因为，当计算机在一种特殊的程序下运行时，它发出的信息就会侵蚀人的大脑……"

　　我听到这里，心中忽地一亮，把两手一张，抢过米柯大夫的话头说："我，我猜到了，这就是计算机病毒，计算机病毒也是一种信息。它不但感染了计算机，也随着人-机一体的程序进入了人的大脑。"

　　"对！这个信息肯定就是计算机病毒。那计算机是人—机联在一起的，计算机的病毒就到人身上来了。"丁如藻也说。

　　"不，我认为不是。"米柯大夫瞥了我们一眼，仿佛在责备我们的孤陋寡闻，"目前绝大多数计算机病毒已被我们有效地控制。这种'信息病'可以说比计算机病毒可怕得多，它袭击的对象不是软件，而是人——当然，它专侵犯懂这个程序的人。这是一种与

已知的疾病概念完全不同的疾病。如果要找出它与传统疾病概念的联系，那它只与神经类疾病有些相通之处，所以它没有被别人弄明白，而是先被我这样一个神经科医生发现了。"

见我们都目瞪口呆地听着，米柯大夫又说："当然，有些想法还要经过证实，所以我们要对霍明高博士和雅丽小姐再做一些体检和测试。我刚刚研制出一种仪器，这种仪器可以记录人的脑电波和意念波，还可让医生亲自体验这些脑电波和意念波。它可以对我的'信息病'理论进行验证。明天，我准备带大家一起去植物人护理康复中心，去做这项关键的测试工作。"

11

    "植物人护理康复中心"设在北郊一片青葱的白杨树林旁。铁栅栏围起的院内,建筑主体是一幢高大的、礼堂式的楼房,院里到处鲜花盛开、树木低垂,时而可听到鸟儿的啁啾,到处是一派安谧的气氛,若不看门口的标志,谁也想不到这里竟是无数无知觉的肉体的憩息疗养之地。

    上午,我与米柯大夫、田作雨和丁如藻一起走进植物人护理康复中心的大门。田作雨手里替丁如藻提着一个不大的手提箱,

一问，原来是米柯大夫新发明的仪器。

想想自己也差一点进了这里，心里还有些残存的惊惧。看米柯大夫一脸神秘的样子，我又想起半年前，夜半开车去桥下寻书的往事。这半年，我们经历了多少意想不到的变故！

植物人护理康复中心主任五十岁左右，与米柯大夫很熟，也许是职业的缘故，由于他的患者都无知觉，他的举止言谈也有些呆板。主任领我们穿过大门和办公区，来到一条不长的走廊前，门上的牌子写着"会见区"三个字。

我对这三个字颇为不解，又不是监狱，干吗要设"会见区"？便向中心主任询问。

他说："护理和会见是分开的，因为护理是集中管理，家属要会见他们时，我们得把他们推到这儿来。"

"为什么不直接会见呢，怕带入细菌吗？"我问。

"等会儿看了你就明白了。"主任隔着几个人，扫了我一眼，瓮声瓮气地回答。

"在普通病房的会见形式，比较容易为家属所接受。"米柯大夫转头向我解释道。

跨进走廊，恰好有家属会见患者，从一间会见室敞开的门口望去，病人安静地躺在床上，一位中年妇女半跪在床边，正喃喃地向病人诉说着什么，身后有几个人肃立着。

"是不是把那两个人也提出来？"中心主任征询米柯大夫的意见。

"我们可以先去大厅看看。小丁，你去吗？"米柯大夫问。中心主任也向丁如藻说："你别去了，怪怕人的。"

"那有什么怕的？人体解剖我都见过！"丁如藻挽着田作雨的手，脸上调皮地一笑。听了这话，米柯大夫一摆手，大家退出会见区的走廊，穿过一条干净平滑的甬道，向后面那座高大的主建筑

走去。

我推测，护理大厅一定是植物人的"集体宿舍"，之所以不让病人家属来探望，听米柯大夫和中心主任的意思，那里的情景想必是一般人所难以接受得了！

果然，等我们跟着中心主任走进护理大厅的监控室时，眼前的景象着实把我吓了一跳！

真正的大厅内部我们还是进不去的，但隔着监控室三面的玻璃向里望，大厅的全景尽收眼底，如电影院般宽敞的大厅里，密密地悬吊着许多人体！

就在这里，身边的丁如藻尖叫一声，捂着嘴弯腰跑出门口，田作雨也连忙跟了出去。我们停了脚步，看着他们的背影消失，回头再看大厅。只见那些人体几乎全裸，都打横吊在天花板引下来的两股链绳上，链绳有长有短，这样，这些人体可以错落有致地分为四层，横看井然有序，纵望密密成行，远近高低，各有不同。每个人体上方，呼吸器、饲器、输液器、便器等几条管子从天花板的链绳上同时垂下来，有的插在人身上，有的空悬着。每个人还带着一顶摩托车头盔一般的东西。

这些人，无论他过去多么显赫、聪明、富有、迷人，如今躺在这里，一切都抹平了，只能像树木那样按株行距编成号，靠代号指认。

监控室和整个大厅都静得要命，这些人体也全都像死尸一样静静地悬着（当然我想，如果其中有谁能动一下，一定是大喜事）。尤其令人不安的是大厅里的光线。从天花板、墙壁的暗灯里发出的暗淡的光线，大约是为了灭菌，颜色很怪，照在人体上，使人体呈现一种浅浅的肉红色，仿佛这些人体正在腐烂一般，加上静得要死的空气，我们真像走进了一座可怕的停尸房。

这时我才彻底明白为什么家属会见病人要用单独的会见室了！

怪不得丁如藻吓成那样，田作雨也再不敢返回呢，绝大多数人如果头一次走进这座大厅，看到这幅景象，胆小的难保不心胆俱裂，胆大的也要回去连续做几夜恶梦的！

中心主任这时才打开话匣子："我们的植物人护理技术是世界第一流的，复苏率也非常高，大厅里采用的是全封闭的无菌悬体监护法，一切无传染病或恶病质的植物人全集中在这个大厅。所有的监护全由电脑控制，监控室可随时了解到每个患者的一切主要生理指标，电脑可以根据患者生理指标的反馈及时供给流食、水分，处理排泄物，不能自主呼吸时，呼吸机立即自动启动。这样的护理方式对绝大多数植物人来说是适合的，它便于统一消毒，统一管理，避免了褥疮和感染，大大减少了管理人员的数量，成本比单独护理要低得多。尤其先进的是，我们安装了全自动、全方位的感官刺激系统，你们看，患者都戴着头盔似的东西，那上面有眼镜式微型电视屏幕、耳机、味觉发生器，脸颊、手掌、手指尖、舌尖都放有触觉刺激板，这套系统可以为每个植物人进行24小时各种类型的视、听、嗅、味、触觉的刺激，大大提高了复苏率。"随后他向值班员说："把C14和C15的生理指标给米柯大夫提出来。"

一会儿，值班员扯下打印好的图表递给他的上司，说：

"我们对这两具人体一直盯得很紧，他们的大脑没有任何电活动，但他们身体的其他器官一直很正常。原来我们以为这两个植物人是不会维持多久的，从入院的状况来看，这两个人的预后最差，而现在所有的器官仍然很正常，实在出人意料。"

"真是奇迹，"中心主任自言自语地说，把手中的打印纸递给米柯大夫，"女的入院时，曾怀疑他们是传染病，经隔离检查后又排除了。"他又转向值班员："马上叫人把C14、C15提到会见室。"

米柯大夫眼睛盯着手中展开的印着各种数据、图像的长纸卷，

边看边说："走，到会见区。"

走出监控室时，我抑制住反胃的感觉，又回头看了一眼大厅。斜隔着玻璃看去，一排排的人体一动不动，混混茫茫，若明若暗，令人心惊肉跳。大家一言不发地穿过甬道，那气氛好像刚参加完一场葬礼。

两具植物人被提出来了，按米柯大夫的要求，分别被送进了两个会见室。

霍明高博士的头被剃得秃秃的，戴着呼吸器，安详地静卧着。米柯大夫把带来的仪器安装起来，这就是那台能记录病人脑电波和意念波，并能将记录输入医生大脑，由医生来亲自体验病人感觉的仪器。米柯大夫先把一个头盔状的、内部是密密麻麻电极的东西紧紧地箍在霍明高博士的秃头上，随后扳一下开关，机器发出轻轻的嗡嗡声，米柯大夫说，这是在采集患者的脑电意念波。

采集完毕后，关掉机器，米柯大夫又把头盔戴在自己的头上，再重新打开机器，闭目细细体味。显然，这是在把患者的脑电意念波输入他的大脑，亲身体会患者的感觉。

看来没有达到预期的效果，因为米柯大夫把录制的信号像录音机倒带子似的反复试了几遍，仍然眉头微皱。最后，他摘掉自己的头盔，失望地摇摇头。

"没结果是肯定的，因为他的脑电早已不存在。他没有意识了，怎么会有脑电意念波呢？"我说。

米柯大夫又向我摇摇头："不那么简单，我认为是应该有的，肯定有。……再放大一些试试。"说着，他又低头去摆弄机器。

这时，我好奇地把"头盔"拿起，一边往头上扣一边说："我来接收一下。"

"放下！"米柯大夫一声断喝，我抬头一看，他涨红着脸，非常严厉。我赶紧乖乖地把头盔放下，心想相识半年了，还头一次看

他发这么大的脾气。

米柯大夫也感到自己的失态，把口气放和缓说："也怨我没有和你说清楚，可千万不能胡来呀，年轻人，我可以试，你是绝对不能试的，因为你懂得计算程序，会陷进去，变成和他一样的人！"

虽然昨天听米柯大夫解释了"信息病"，我在屏幕前也有了一定的体验，可现在听了米柯大夫的一席话，我还是后脖筋"嗖嗖"地直冒凉气，觉得这"信息病"实在太神秘，太神秘了！

正在这时，田作雨和丁如藻从门外走进来。不知为何，丁如藻一进门就愣住了，盯着病床上戴着呼吸器的霍明高博士看了一会儿，又抬头望望屋子的四壁和天花板——脱口而出："咦？这屋里有什么东西在干扰我？"

见她脸色苍白，我们开始以为她只是还未从刚才在大厅所见的恐惧中解脱出来，可仔细看，她的表情很怪，与其说是恐惧，不如说是诧异，那样子真像她在屋子里正用眼光跟踪一只扑扑乱飞的蝙蝠！

"丁子，你是不是又见鬼了，别这么吓人好不好？"田作雨着急地向他的恋人说。

丁如藻此时却顾不上留意任何一个人，她张开手，瞎子摸路似的在屋里的空地上走了几圈，"确实有东西在刺激我……"话没说完她突然一紧张，像被什么东西吓着一般，细细的眉毛向上猛挑，脸上的肌肉扭得异常紧张，用手指着床上的霍明高说："明白了！它，它来自霍明高的脑袋！就是那儿来的！"

米柯大夫也诧异万分，马上摘掉自己头上的头盔，向丁如藻说："你靠近点，再靠近点……"

丁如藻的头几乎贴上了霍明高博士的秃头，垂下的长发在他那毫无知觉，毫无表情的脸上拂扫。只见此刻的丁如藻十分惊恐，红红的嘴唇急剧地颤抖着，眼睛大睁，充满泪水，持续了片刻之

后，她终于"啊——"的一声尖叫，跳了起来，没等我们谁去扶她，她已经连蹦带跳地跑出了门外。

我们三人一起追了出去，她已坐在了走廊的长木椅上，脸上挂着泪花，双手紧捂着胸部，急促地喘息着，嘴里不断地说："霍明高是怎么啦？怎么啦？那么可怕，那么可怕……"

过一会儿，丁如藻的喘息平静下来，情绪也稳定了一些，在我们的追问下，她才说：

"我总练气功，在练功时，常能接到别的练功人的意念。所以，所以我接到霍明高的意念了，他活着，他一定在活着！"

我们几个人面面相觑，中心主任也来到我们身边，听了这句话，大声说："不可能，绝对不可能！"

是的，自从霍明高博士发病，就被说成是维持不了五到十天，刚才在大厅，值班员根据生理指标还说这病人是不可能逆转的呢，现在丁如藻接收到了他的意念，说他还活着，岂不是像说"太阳从西边出来"那样不可信？

米柯大夫却显得很兴奋："小丁，为了证实你的判断，你最好再到雅丽小姐的房间去试一试！"

"我？"丁如藻抬头看了一眼米柯大夫，脸上又有一丝恐怖。田作雨在一旁说："不，不能再去了！"

"可是我需要证明。小丁，你到她门前站一下也可以，只要证明也能收到雅丽小姐的意念波就行。"米柯大夫坚持说。

"那……我就试试。"丁如藻站起身来，向停着雅丽小姐的会见室走去。走到门口时，她把脚步放慢，微微转动着头，似乎是在调谐着那即将收到的意念波，然后以很小的步子向患者靠近。在离病床三十多厘米远的时候，终于又是一声尖叫，那动作，活像一个娇弱的少女看到一只老鼠一样，双臂挥舞，两脚直跳。早有准备的田作雨在后面拦腰把她抱起，几步奔出屋外，放在长木椅

上后，又责备地对米柯大夫说："行了，别折磨人了！"

米柯大夫没有理他，而是向我高声说："北极山，你走开，躲得越远越好！"

我几乎没有思考，对他的话言听计从，疾步走到走廊的另一头，从侧门出去。来到一个花坛边，坐在石凳上后，才开始思考米柯大夫为什么让我走。

眼前的花坛里，一大片美人蕉、江西腊和矢车菊在竞相开放，头上的枇杷树叶漫射着涂了蜡一样的光，微风在树间穿过，拂在我的脸上，我顿时头脑清楚了许多。

我明白了：米柯大夫用仪器收不到的霍明高、周雅丽二人大脑的意念波，丁如藻靠练气功练出来的能力收到了。因为我懂计算程序，如果我会气功，也收到了他们的意念波的话，那么一定会"陷进去"！

过了一会儿，米柯大夫带着田作雨、丁如藻寻我来了。都坐在石凳上，和我一样，眼前的景色使大家的心情平静了许多。米柯大夫用掩饰不住的高兴口气说："想不到，小丁做出了这么大的发现。这又为我的'信息病'理论提供了新的证据，小丁的发现证明，他们根本不是一般意义上的植物人。小丁，昨天我们已经听了北极山先生描绘的他当时在屏幕前的感觉。现在我想听一听你的，刚才你都体验到了什么，能向我们表述一下么？"

丁如藻眨了眨她那层次分明的眼睛："能是能，就是……不知怎么说，"她歪头想了一会儿，"开始……一进屋，就不对劲，等靠近霍明高的脑袋时，我的脑子就乱成一团了，那滋味要多难受有多难受，要多害怕有多害怕，特吓人，我真不知怎么说好……"

"用点比喻也行！"我提醒她，根据我昨天的体会。

"就……就好像，比方说吧，在晚上，都是黑的，有个人就在我身边。这人先是吭吭地叹气，再过一小会儿，叹气又变成吱吱

地哭，哎呀，那意思简直伤心极啦！那哭声——不知算不算是声——根本不像是人的，像是鬼叫，狼嗥，嗨！鬼叫都不是一般的鬼叫，好像鬼在哪儿冷笑……知道嘛叫冷笑吗？那个声，就好像'笑蛋'，过去我玩过笑蛋，那是个不倒翁，用手一推就会笑，就是那笑声太瘆人，"说着她变了嗓子形容一下，"嘿嘿嘿哈哈哈哈……"逗得我们忍不住都乐了。

她形容得不很像，我听过玩具市场的"笑蛋"声，那笑声是用电子电路模拟的，可以说，世界上任何人、任何动物都发不出那样可怕的冷笑声。如果在深夜独居一室，窗外突然传来这样的冷笑声，可想而知，我们该是怎样地毛骨悚然！

丁如藻继续说着她的体验，过去我一直以为她是个"不知有汉，无论魏晋"的人，不料越是这样的人，气功练得越炉火纯青，今天果然大露一手，令人刮目相看了。

她说完后，米柯大夫满意地说："好，非常好。下一步，"远远看到中心主任带人来请我们的身影，米柯大夫连忙说："下一步，我们马上去 CPCR 心脑肺急救中心，查询这两个人刚发病时的原始资料。如果他们的脑电记录都在磁盘上存着，我想，也可以用这台仪器来测试。"

托辞告别了中心主任之后，我们立刻赶到了急救中心。

急救中心负责人一看是米柯大夫来到，马上把我们一行人请到会诊室，派人把当时抢救霍明高博士和雅丽小姐的所有原始资料全部调出。

"能不用电脑吗？"米柯大夫问正垂手坐在键盘前等命令开启电脑的女资料员，"我想看一些图表资料。"

女资料员回答："图表资料有，都存在电脑里。"

"不，我是问，有没有印在纸上的图表资料和患者的全部病历。我不想看电脑，我要看印好的。"

女资料员很奇怪米柯大夫怎么会提出这种要求，不过她还是恭恭敬敬地说："可以，我可以从电脑调出，把它们全打印出来。不过，资料太多，估计要一个小时才能打完。"

女资料员不明白，但我们都明白米柯大夫为什么提这样的要求。看到这么麻烦，米柯大夫只好摆摆手说："算了算了，还是看电脑吧，我想看看病历是不会有什么问题的。"

于是米柯大夫让女资料员调出两人刚入院抢救时的脑电图，屏幕上立刻出现了一排排弯弯曲曲如锯齿似的线条。

"瞧，一开始，他们都有脑电。"

米柯大夫的话并未引起我的特别关注，因为人在走向昏迷或死亡时，开始都是有脑电的。

"我曾分析过这几幅脑电图，与正常脑电图对比，我发现，这些脑电图描记的波形并不是正常的 α 波、β 波，只是与 β 波有些相似而已，实际上，它不是任何一种已知脑部疾病的波形。"

我们出神地听着，屏幕上的波形不断变化，米柯大夫解释道："瞧，这是入院后 12 分钟的脑电波，渐渐消失，成了直线。我们再等一等……"

片刻，屏幕上，已成一条条直线的脑电图又微微颤动起来，逐渐地，描记了一些奇怪的波形，换了几幅画面后，米柯大夫继续解释："患者的脑电消失几十分钟后，又重新出现了，但这次出现的波形完全不可辨认，而且，随着时间的推移，波的幅度越来越大，完全混沌无序，四个多小时后，波形大到惊人的程度，"屏幕上的波形果然大得可怕，"我从未见过谁的脑电有这么强的信号。这时，脑电突然消失，你们瞧，示波器描记的又是一条直线了。"

"那为什么病人还有意念波发出？能让丁如藻感觉到呢？"见米柯大夫半天不语，我问。

"是啊，为什么呢？刚才一路上我都在思考这个问题，"米柯大夫停顿了一下，"我推测，患者的脑电并没有真正消失，而是在继续增大，直到大到示波器出了格，无法再描记为止，于是示波器只好划一条直线了。"

"那我们缩小仪器的放大率，不就又可以测出了么？"我问。

米柯大夫摇了摇头："脑电与无线电信号可不一样，在计算机特殊程序的作用下，它很快封闭了向外的通路，信号尽管再强，我们也测不到了。"说着米柯大夫拍了拍身边的小手提箱，"当然了，丁如藻感觉到的意念波，证明了患者的脑电还存在，只是我们用仪器还测不到而已。……可惜，当时抢救时我还没有这台仪器，否则我可以录下他们刚发病时尚能测到的脑电意念波，输入我的大脑去体会他们的陷入过程。"

"别人就没有发现这些脑电的异常么？"田作雨问。

"发现了，但他们有的认为是一种不典型的癫痫，还有的认为

是当时脑缺氧造成的，等等，他们只看到了表面现象。机遇，只垂青于有准备的头脑。我认为，刚才我们见到的，就是'信息病'的特异波形，它与京垓—奥尔特超级活子计算机运算时的某些程序，具体地说，与屏幕上突然出现的一串串不明其义的字符有关——我说不明其义，是对我们说的，因为我们是外行人。对内行人来说，谁懂这套程序，谁就明白这些字符的含义，所以，这些信息，对他是绝对危险的！信息病的发作，就靠这些信息！"

米柯大夫说着，大家一起向我看来，我故作轻松地微微一笑，米柯大夫对我说："不要笑，你要记住，永远不能再接近那台京垓—奥尔特超级活子计算机，也不能再靠近那两个人！……不行，超级计算中心可能还有人懂那套程序，我要立刻通知他们封存那些资料，不许任何人再照那套程序操作……"

米柯大夫正说到这里时，忽然隔壁的值班室铃声大作！

这是急救中心，铃声大作说明有病人需紧急抢救，从门口看出去，许多医生护士忙来忙去做着抢救准备，米柯大夫停顿片刻，正准备继续说下去的时候，急救中心负责人大步闯进会诊室，高声说："米柯大夫，科学岛计算中心来电话，说在机器运行中，又有两人突然昏迷，正在送往急救中心的路上！"

全屋人大惊失色，米柯大夫脸色铁青，站起身就向外走，我们站起也要跟出时，米柯大夫突然又停住脚步指着我说："你不许动，不能靠近患者十米以内！"然后快步走出。

我只好无可奈何地坐下。

十几分钟后，想是病人运到了，门外一片忙碌声。丁如藻又返回来提走了那台仪器。抢救工作不知持续了多长时间，由于米柯大夫的命令，一个小时过去了，两个小时过去了，我仍然一动不动地坐在原位，好动的我有生以来头一次这么乖。

大约三个小时之后，抢救终于结束，医生们回天乏术，这两

个人也变成了植物人。

参加抢救的医生陆续来到会诊室，一个人满脸愁容地站在一边，这人是京垓—奥尔特超级活子计算机机房的部门负责人。

米柯大夫向他说："昨天晚上我在电话里就叮嘱你们，不能再运行这个程序了，北极山先生差点出了意外，为什么今天还运行？"

那人拖着哭腔说："这两个人一个是霍明高博士的研究生，一个是程序编制员，他们说要把昨天晚上没算完的东西再算下去，哪知又出事了……"

听了这话，我心中暗暗吃惊，原来有这么多懂这个程序的人！

米柯大夫的表情十分严肃："回去告诉你们的中心主任，这套计算程序永远不能再用了！要马上销毁，彻底销毁！不然的话，你们一个个都得走这条路。你就说，这是第一医院神经科米柯大夫的建议！"

那人连应数声，退了出去。

接下来是医生们的会诊，他们说得太专业，很多词汇我很难听懂，但我听得出来，米柯大夫经常顾左右而言它，没提过"信息病"这个字眼，显然他不想把自己的发现过早捅出去。

正在这时，丁如藻走了进来，一副气急败坏的样子，手中拿着一份报纸递给了米柯大夫。米柯大夫把报纸上丁如藻指的地方仔细读了之后，也立刻愁眉紧锁，像在做着什么痛苦的选择。正在发言的中心负责人见米柯大夫神色不对，忙问是怎么回事，米柯大夫把报纸递了过去，几个医生传看之后，会诊室顿时响起一片惊讶和议论声。

报纸传到我这儿时，我发现这是本市的一张销量并不大的晚报，在第一版上赫然的题目是：

《科学岛上出现神秘事件》

副标题是：**《五专家在工作时突然死亡或休克　据调查是计算**

机所致》

我匆匆浏览一下内容，大致是说，几个月来，科学岛超级计算中心有五个工作人员，在操纵计算机时，先后突然昏迷，一个死去，四个成为植物人，医院调集了最完备的力量也查不出病因，有的专家称这是计算机程序本身所致，据说这台超级活子计算机早已通过因特网与别的计算机相连，这给世人提出了一个警告：电脑已经成为人脑的杀手，云云。

我吃惊地问丁如藻："怎么几个小时就见报了？"

她说："不光晚报，因特网上也传开了！"

会诊也提前结束了，医生们议论纷纷地走出会诊室。米柯大夫也向我们说："这里不能久留，我们换一个地方讨论好吗？"

田作雨说："去小红楼，我那里宽敞。"

一进汽车，我就迫不及待地问米柯大夫："报上说，一位不愿透露姓名的专家称：计算机是这次事件的杀手，这专家是谁？"

米柯大夫一副余怒未消的神态："这个宫教授，惟恐天下不乱，太不讲信用了。"

"怎么，是他捅出去的？"

"肯定是他，宫教授几次追问我，北极山学京垓—奥尔特超级活子计算机的语言、操作要干什么，与霍明高、周雅丽什么关系，我无意中透漏了我的一些看法，叮嘱他这些看法尚不成熟，需要保密，他竟让小报给公开了，瞧这几句话，都是他的原话。"米柯大夫指给我报上的一段。

翻着报纸，我忽然有个新发现，惊喜地叫着："你们看，今天是四月一号，愚人节！"

"对！"米柯大夫的脸色立刻不那么阴沉了，"今天是愚人节，我怎么忘了呢？这下没事了，明天全市人都明白这小报是在胡说八道！"

车里人都高兴地笑了起来。

到小红楼田作雨家的客厅里，刚落座，米柯大夫就指指他那提了一天的"黑匣子"说：

"今天这两个人发病，恰巧被我遇上了，我用这仪器，在高密磁盘上记录了他们脑电意念波的减弱、消失，又逐渐增加到极大，最后突然消失的全部过程。我把他们的脑电意念波输入我的大脑中，结果我的体验与北极山、丁如藻的体验非常相似。这就进一步证实了我关于'信息病'的一整套推断。"

"米柯大夫在接收那意念波的时候，也特别难受，我在一边真担心得要命。"丁如藻说。

"为了科学，我们都得冒一下险。所幸的是，你和我都是旁观者。比如我在接收患者的脑电意念波时，确实很痛苦，但不会陷进去，仪器到了时间就自动切断了电路，我也就完全正常地醒过来了。

"下面我谈谈我所想到的关于'信息病'的发病机理。……我还是从头说起好，否则不容易说清楚。北极山，昨天你说，你在屏幕前看见那些字符时，突然有一种对一面大镜子而立，身后又有一面镜子，照出一长串越来越小的你的感觉，对不对？还有陷入无休止的、也是越来越小的漩涡的感觉，对不对？我在输入刚才那两个患者的脑电意念波时，也恰恰有类似的感觉。田作雨，去年你在废书堆中读天书，读到写自己在废书堆中读天书……那一段时，你的感受是不是也是这样的？"

"一点不错，读那段文字，真像对着前后两面镜子看自己一样，不想还好，越想越想不明白。"田作雨说。

"这就是'信息病'的发病原因。"米柯大夫说，"使用京垓一奥尔特超级活子计算机在破译'天书奇符'的过程中，进入某些时间点时，程序会落入一个自返的、连环的、一个套一个的运行

状态。这时计算机就停止了正常的运行，随后在字幕上打出一排排这样的怪圈程序表述式。谁能看懂表述这些程序的字符，谁的大脑就会被这些程序所同化，也就是说，会在脑神经网络上形成一个与那程序完全等价的怪圈程序，结果导致大脑与外界隔绝，完全被封闭，人就这样患上了'信息病'。"

"米柯大夫，你说的什么'自返的，连环的'，还有'一个套一个的'，是神经科的术语吗？我咋没听说过？"丁如藻问。

"不是，但意思很好懂。天书奇符在破译过程中，有些时间参数不能选，这样的时间点，我叫它'时间轴奇点'。计算程序只要落入这一点，计算就开始自我循环并不断向这一点收缩——不，这不能叫循环，因为一般的循环是周而复始的，是良性的，而这个循环是恶性的，形象一点，可以说是落入漩涡式的，不是一圈比一圈小，就是一圈比一圈大，人脑也复制这个循环时——我怎么又说循环了，我已经给这个所谓循环，从逻辑学上借来一个名字，叫它'自洽'。人脑进入自洽时，就断绝了与外界的、包括与它自己身体的一切信息沟通……"

"成了一个完全封闭的大脑！"我高声喊，想到自己昨天晚上在盯着屏幕时的孤寂、苍凉之感，有些明白了米柯大夫的所指，"米柯大夫，我的确差点走到这一步，屏幕上一排排打出的那东西，我想就是计算机运算进入'自洽'时的信号。当时我觉得我的大脑逐渐孤立，慢慢与外界脱离了联系，怪不得霍明高博士和雅丽小姐都成了植物人。"

"不，我认为，他们没有成为植物人，虽然他们的体症同最糟糕的植物人一样，但有两个关键的差别：一个是，他们的器官并没有衰竭，另一个是，他们的大脑有意念波发生，很显然，他们的大脑没有死亡！

"现在的问题是，我们可以说他们没有死，可是他们的脑电图

早已是一条直线，植物人护理康复中心还是不相信这两人的大脑还活着，总说这两个人不可能逆转，应该拿掉他们的呼吸器，让他们的肉体也自然死亡。"

"你告诉他们，千万不要那样做，我敢发誓他俩活着！"丁如藻着急地说。

米柯大夫微微一笑："我已经找理由关照过植物人护理康复中心了，况且他们也觉得这两个病例特殊，有超级计算中心出钱，人家何必要那样做呢？"

我正要说什么，忽然米柯大夫像想起了什么似的，脸色变得很阴沉："现在又多了两个人，他们的命运也将是这样的。我很替这四个人难过，没有人能分担他们的痛苦。"

"人到那个地步还会有痛苦吗？"我不解地问。霍明高、周雅丽二人本是想算出田作雨的死期的，不料都先溘然长昏，又波及了两个好奇心太重的人。他们不是与植物人一样吗？无知无觉，混混沌沌，没有痛苦，没有忧愁，有的只是生者的悲悼。可是话一出口，我又觉得哪里不对了，想想这神秘的"信息病"，以及丁如藻对霍明高、周雅丽二人意念波的反应，感觉事情并非如此简单，但又不知如何说清。

米柯大夫盯了我一眼："他们的确没有任何感觉了，但他们不是植物人，他们仍然有思维，仍然能正常地判断、推理和联想，能调动过去的记忆进行思考，你想，这该是一幅什么图景？"

"会这样么？"我问。

"你们可曾听过心理学家做的'感觉剥夺试验'？"米柯大夫问我们。田作雨和丁如藻都摇摇头。

"试验是这样的：让志愿者穿上特制的，几乎引不起任何触觉的衣服，躺在一间绝对宁静，没有一丝光线和气味的小房间里。由于他的一切感觉都被剥夺了，所以他惟一能做的事就是胡思乱

想。这时，被试者的思维像一只没有立足点的飞鸟在大海上飞来飞去。你们也许会想，这时候人的思想该是最自由的吧！其实不那么简单，最自由的，也可能是最束缚人的。此刻，人的思维往往变成这样：你打算盯着某一个问题去想时，思维却偏偏不由自主地滑向别处，怎么也定位不到这个问题上；而有时候则相反，你想换个问题去思考，思维却偏偏死死地锁定在这个问题上不放，尤其是过去那些烦扰人的经历，钻牛角尖的念头，更是比什么时候都活跃，一直缠绕得你精神要崩溃。试验进行一段时间之后，被试者就出现了不同程度的精神障碍，为避免被试者发疯，试验不得不中止……"

"米柯大夫，您的意思是这四个人也发疯了吗？"田作雨问。

"丁如藻接收的意念波还不能说明问题吗？你想，他们的大脑断绝了与外界的一切信息联系，岂不是和被剥夺了感觉一样么？'感觉剥夺试验'剥夺的只是人的外感觉，而他们四人连内感觉也没了，也就是说，饱、饿、渴、胀、腰酸、腿痛，什么都没了。我认为，处在这种意识状态下的人，可不像我们正常人的夜间失眠一样，仅仅是辗转反侧，心乱如麻而已。再面临危机而焦虑不安的人，也不过是'忧心如焚'、'五内俱焚'、'伍子胥一夜白了头'之类。而霍明高博士和雅丽小姐，当然也包括今天这两个人，是根本不能用'发疯'这两个苍白无力的字眼来形容的。

"他们的脑细胞全活着，这个大脑在不加任何负载的状况下空转，于是，这一团意识既孤寂无援，又狂乱不息。就是平时心理素质再好的人，一旦成了这种状态，也要不可逆转地落入怪圈。显然，刚发病时，他们的思维一直经历着大喜大悲、大开大合，但无论是喜是悲，都无法与别人共享。他们内心的悲喜如海浪滔天，可他们没有感觉、没有反应、没有表情、没有动作——大喜大悲对正常人来说，都是相当有害的，它可以损伤人们的肌体——但

对霍明高他们来说，意识已不与肉体相通了，所以这种大喜大悲只能损害意识本身，就像一个人向头顶射出的箭纷纷落在自己头上一样，结果，只能使他们的意识在怪圈中往复挣扎，越陷越深，最后大脑彻底封闭，我们也就测不到任何脑电了。只能通过接收意念波知道他们意识的存在。

"测不到脑电后，最终，他们的意识被牢牢锁定在无聊——这类难以名状的痛苦知觉上，我说'无聊'只是个蹩脚的比喻，其实这种痛苦远非无聊所能概括，这痛苦，犹如一个人只身面对整个宇宙的大空幻，是一种比我们人类已知的和历史上有过的任何痛苦还要痛苦的痛苦。因为这种痛苦无形、无名、无法表达，不妨可称为是'形而上'的痛苦，它在人的头脑中周而复始地一次次放大，永无止境，一直推向一个不可想像的极端……

"……一个正常人在遭受打击、感到痛苦时可以向外宣泄，可以发疯，可以精神崩溃。可是他们呢？无处宣泄，也无法发疯，连精神崩溃的权利都没有，他们的意识只能在'自洽'状态下，像掉入真正的无底深渊那样，向痛苦的深层落下去，一次一次，无穷地让自己的痛苦倍增下去，这才是地狱，不折不扣的烈火中的地狱！"

"可是他们的大脑并不是单独存在的，至少要由血管供应营养和氧气啊，这能算封闭吗？"我又提出自己的问题。

"年轻人，我说的是意识，不是大脑这个器官！如果血管断绝了营养供应，岂不是一切都不存在了？……你的提问倒使我想起了另一个问题，意识是物质的对立面，可他们四人这时的意识却成了纯之又纯的、不与任何物质有信息通道的意识，一种谈不上反馈，也无法自控的意识。正因为它如此纯粹，这种意识也就走向了自己的反面。所以，这是人类，不，是开天辟地，地球诞生以来，世界上从未有过的一种意识，一种人——实际上他们已经不

是人了，他们的大脑也不是人类通常意义上的大脑了，他们的大脑已经成了'孤岛意识体'！"

"孤岛意识体"？明明是人的大脑，却不是人了？我联想到昨天在屏幕前的感受，心脏猛烈地跳动了几下，是啊，试想一个人的意识如果真成了哲学上的"孤立系统"，那是用"封闭""局限""孤独"都难以形容的，必然是所有这类词放在一起所表达的综合含义的极点！相比之下，我们人的意识互相之间有千丝万缕的联系，该是多么幸福、幸运啊！回味自己当时大脑几乎封闭，孤零零的意识也差点坠入那无底深渊，我不由得打了一个寒噤，身上泛起一层鸡皮疙瘩。

"米柯大夫，您真有水平，我收到了他们的意念波，可是有好多感觉说不出来，都让您给说出来了！"丁如藻赞叹道，又对我们说："老田，北极山，这回你们相信了吧？"

我说："只要相信那本天书是真的，世界上就没有什么事是不能发生的了。"

田作雨在一边颓唐地苦笑一下。

米柯大夫又说："霍明高和周雅丽这一对未婚夫妻其实还活着，可他们在那个世界里是永远不能作一丝一毫的交流，这种活法太可怕了！从道义上说，真不如关掉他们的呼吸器，让这种自我摧残的'孤岛意识'消灭的好。"

"不行，也许技术的发展，使我们将来能唤醒他们呢！"我高声叫道。

"我何尝不这样想。但现在，我采用过许多办法，都毫无效果。那天挽救你我用的是电击枪，但那时你的意识并没有完全封闭，强大的电流切断了大脑即将进入自洽的怪圈循环。电击后的大脑电活动又恢复了原位，可以说是从悬崖边返回来的。而这几个患者就不同了，他们的意识已全然封闭。离开了正常阈值呈正反馈

状态落入无底深渊，无论用多大强度的电刺激也无济于事，直到那电流强大到将他们的大脑或肉体烧焦！"

我说："您可以为他们做一次脑部手术，打开脑部后，直接用电极刺激大脑皮质的深层部位，或许能使他们苏醒……"

米柯大夫用手势打断了我的话："丝毫不管用。信息病不是大脑本身的疾病，可以肯定，从生理解剖和生化分析上，查不出他们的大脑有任何病变，甚至他们大脑的生理控制系统、电化系统都是完整的。'信息病'仅仅是控制参数离开了正常范围而已，用计算机的术语说，是软件的毛病。软件有毛病，你拆卸硬件又有什么用？过量的电刺激，危险的手术只能导致这些孤岛意识体的消灭！"

回到家中，已是深夜，望着办公桌上我每天离不开的电脑，此刻觉得那黑黑的屏幕，莫名其妙的外形，真像一个怪物。我拖着沉重的脚步爬到床上，像陷入自洽怪圈那样难以入睡。为什么一部天书，就引出了这么多可怕的事，使那么多人遭殃，到底是人谋不臧，还是天降鞠凶？

12

　　小报的消息，因特网的传播，再加上人们口头的流传，到了第二天，还是在全市引起轩然大波，于是导致了本故事开头的那一幕。

　　辟谣过程是这样的：我与米柯大夫商定，以医学权威米柯的名义，发布一份辟谣声明，送到各新闻机构。声明强调，所谓"电脑已经成为人脑的杀手"的神秘昏迷事件纯属好事者编造出来的愚人节的新闻。声明中还说，确有几位计算机专家因脑病而成为植物人，但那与计算机风马牛不相及，"计算机杀人"只是由此而来的毫无根据的附会之辞，等等。

　　写这份声明时我的心情极度矛盾，作为记者，我哪能不懂：新闻真实性永远是第一位的。可现在，我却在编造这样大的谎言，还自称辟谣！所以打字时手指常在电脑的键盘上敲错。另外，我对眼前的荧屏也很不放心，万一前几日京垓—奥尔特超级活子计算机运算时有什么自治程序遗留在我的电脑里，突然从屏幕上冒出来，该有多么可怕！

　　辟谣声明登出之后，曾经教我电脑语言和编程，并向小报透漏消息的宫教授以为我们是在反复愚弄他，气得发疯，在电话中把我和米柯大夫都臭骂一顿。

田作雨的变化很大，可以说，这场遭遇使他几乎变了一个人。半年来，他由开始的惊恐，到后来的抑郁，最后转为无奈地接受现实，像一个知道自己所剩时日不多的绝症病人。他开始拼命地消费和享受。这段时间他一直为结婚做准备，在郊区购买了一处漂亮的别墅作为新房，又购进一台"罗尔斯·罗伊斯"轿车，准备作为结婚时赠给新娘的礼物。

愚人节风波过后的一天下午，田作雨与未婚妻带我参观他们的新别墅，在我看来，无非洋房、花园、草坪、游泳池，与在别处见到的没什么两样。我们正在草坪边闲谈时，田作雨接到一个电话。

在他接电话时，我依稀听到他说"不要了""化铁算啦"之类的话。关机后，他向丁如藻解释，市内有一家铸件厂通知他，厂内有一座旧楼要拆除，而楼中有一只大铁柜是田作雨的，要他早点采取措施处理好。

"你在那儿还有股份？"我一边逗着几只在草地上打滚的长毛狗，一边问。

"没有，那铁柜是祖上留下来的，没什么用，我已回话，不要了。"

"怎么能不要呢？"丁如藻不满地说，"是不是保险柜？里面一定有值钱的东西。"

"没有，根本没有，这么多年了，我从来没认为那是我的，我以为它早就和我没什么关系了，其实，我要，也运不走它，要它有什么用呢？"

经询问我才弄清，这家铸件厂的前身是一个铁工厂，田作雨的祖父当年就是从一盘铁匠炉起家经营起这个铁工厂的，不过几经变迁，如今的工厂早已和田家没有任何关系了。不过，奇怪的是，工厂虽几易其主，田作雨的父亲对一个大保险柜的所有权却

一直不放。故几经变迁，这保险柜仍归田家所有。我问田作雨为什么不把它运走呢？他解释说，这只铁柜放在那幢楼的地下室里，它又大又重，是盖楼的同时放置在那里的，想搬走除非把楼拆掉。田作雨小时候曾随他父亲去打开看过，里面似乎没有什么值钱的东西，所以从此他再没有理会过这件笨重的家伙。今天铸件厂来电话，是通知他这座楼要用爆破的方式拆毁，铁柜可能会被压坏，问田作雨这铁柜怎么处理。

"当年你老爸临终时，曾向你叮嘱过那只柜子没有？"我问。

田作雨摇摇头，丁如藻在一旁说："我看你有一大串旧钥匙，你说是你爸留给你的，准有开那铁柜的钥匙，你哪能开口就不要了呢？肯定有值钱的东西。不然你爸咋不让出所有权呢？真蠢！"

田作雨说："我爹临咽气前，确实交给了我一大串钥匙，可他什么也没说呀。"

我急忙说："快拿出来让我瞧瞧！"

田作雨马上呼来司机小赵，让他开车带丁如藻回小红楼取钥匙。不一会，汽车就返回，丁如藻手持一大串钥匙走出车门，我接过来仔细看，果然有几把钥匙又重又粗，古拙的要命，而且锈迹斑斑如出土文物。

"想必是这几把了，我们走！"我说着，立刻站起身来。丁如藻和田作雨都有点吃惊地望着我，我又补充说：

"我的意思是，我们马上去铸件厂，因为……"我缓了口气，"既然是你的东西，几十年过去了，你为什么不再去看个究竟呢？你祖父和老父亲为什么坚持不放弃这保险柜的所有权？其中必有缘故！我们要早去，不然明天，那幢楼就被炸毁了。"

"可是我小时候去看过，里边没什么正经东西呀！"

丁如藻用力推了一把田作雨："去吧，那时候你能知道什么值钱什么不值钱！"

田作雨赞同地点了一下头，又对我说："好，咱俩这就去。"

路上，我又与米柯大夫接通了电话，他听了，也很感兴趣，马上开车与我们汇合了。

半个小时后，我、田作雨和米柯大夫三人带了强力电筒和几件工具，来到了铸件厂。这座建于大半个世纪前的楼灰暗而陈旧，已属于危房，许多人正在向外搬东西，因为明天就要炸掉了。此刻日已西斜，到了快下班的时候，保管员为我们打开了一扇门，指给我们一条黑漆漆的通道，说这就是地下室的入口，已多年没人进去了。

我打开了强力电筒，毫不犹豫地领先闯了进去。仿佛走进了煤矿的一条潮湿昏暗而又狭窄的巷道，我们走了几米，脚下开始是一层层台阶，向下延伸，到处是霉臭味。回头看时，在电筒光芒的映照下，三个人的影子倾斜成七扭八歪的形状，如憧憧鬼影，令人想起恐怖影片中的镜头。

终于到了地下室的门口，这是一道铁门，一把手掌大的铁锁扣在铁匠打制成的一套沉重的大钉锔上。我接过田作雨手中的钥匙串，在手电光下选出一把又短又粗的铁钥匙，先拨开大铁锁匙孔上的盖子，灌入一些机油，插入钥匙后轻轻拨动，很快，"啪"的一声，打开了。推门而入时，一阵尘土从头顶上簌簌地落下来。

我立刻紧张地向四面照了照，发现地下室很宽大，有一小间教室大小，里面堆着一些缺胳膊少腿的旧桌椅，还有废铸件及一些杂七杂八的东西，如标语牌、旧橱子、床架子之类。屋顶吊着电灯，当然墙上的老式开关完全扳不动，已经锈死了。我们冒着尘土，搬开几张桌椅，露出了放置在墙角的那只大铁柜。

这铁柜非常大，确实大到不把地下室的门拆掉、不把甬道拆开就无法运出去的程度。由于年代太久远，油漆早已剥落殆尽，密密麻麻的铆钉上面布满了难看的红锈。保险柜门上共有三个匙

孔，我们把若干可能的钥匙插进去，互换着试一会儿，急得我正准备动用我的万能钥匙时，锁已经开了。

我用力一拉铁门，这扇两米高三米宽的铁门的铰链处发出一阵令人心惊肉跳的呀呀声，慢慢打开了。

我急忙把电筒的光柱射向柜里。仔细看去，却大失所望，里面的铁格子锈烂不堪，少许无用的杂物堆积着，一点有价值的东西也没有！

我们把锈铁格子和其他破烂清除后，才显出了柜子的宽敞。空空如也的柜子，看上去像个小房间，足可让人在里面翻跟头。我走进去向四下照来照去，内壁也和外壁一样，整齐地钉满了有一分硬币大小的铆钉，如同过去大户人家的铁页门一般。当然也锈蚀得十分厉害。

田作雨说："瞧，我小时候来时，就这样子，这么个笨家伙，要它有何用？"

米柯大夫也走进铁柜，左顾右盼，用手试了试锈得斑驳陆离的铆钉，轻轻一掰就掉一大层锈皮，露出下面未被锈蚀的芯部。

我继续用电筒细照每个角落，希望有所发现，可是什么也没有。用力扣打箱壁，声音是浊的，不像有夹层的样子。也许是敲的劲儿大了，又碰掉几个铆钉的锈皮，我无意中触及锈皮脱落后的铆钉头时，觉得除手感比原来光滑了之外，好像还多了点感觉，如触到盲文小小突起的样子。我再弯腰凑近去看，果然光亮的钉头上真有几个很规则的小点。如果那是盲文的话，应该是阿拉伯数字的"4"。

我之所以有这样的联想，是我有一个盲人朋友，他有很多盲文书籍，还会用盲文写作，我向他学过用六个点子的位置来代表各种字母、数字的规则，我甚至还学过手触辨认——当然不是准备有一天变盲，而纯粹是好奇而已。盲文是反写正读，从硬纸片

的反面扎出小坑，然后在正面触摸突起。此刻我摸到了铆钉头内的小突起，所以马上有这样的联想。

猜测到那是盲文数字，我连忙找到刚才米柯大夫掰掉锈皮的几个钉头，这回摸上去却十分粗糙，细看也不光亮。难道刚才摸到的盲文数字是巧合？我又不甘心地用力剥掉许多铆钉头的锈皮，结果使我大吃一惊，我又发现了两个钉头有小点突起，那数字分明是"3"和"5"。

我把这个发现告诉了米柯大夫和田作雨，他们也忙凑过来，在我的指点下寻找。由于年代太久远了，锈皮很容易剥掉，一会儿，我们终于搞清了，在一小片纵横排列的铆钉中，有十颗零散分布于其中，其芯部光亮如新，头上都镌有盲文数字，而那十个数字恰好是从"0"到"9"！

米柯大夫高兴地说："我料到这只柜子是应该有夹层的，这十颗铆钉肯定是打开夹层的按键，很可能还有密码，如果按照密码的顺序按动这些钉头，夹层的暗门就能打开。"

田作雨惊喜异常，如见珍宝般地抚摸着这些铆钉头，用力按下去，可是一个也不动。

"设计者可是煞费苦心了，"米柯大夫说，"你们看，这几个铆钉是特制的，钉芯是一种不锈的金属，外面包一层普通的熟铁，捶打好了以后，与其他的铆钉一模一样。也许当时只有制造者、你父亲或祖父知道这个秘密，别人需要大半个世纪之后，铁皮锈蚀，露出里面的盲文数字来，才能知道。"

"奇怪，我爸活着的时候怎么不告诉我这个秘密？而且，密码是什么呢？"田作雨一边说，一边仍在试图按动钉头。

我再仔细观察，将数字钉周围的锈皮全部剥掉，就露出了整个的钉头，亮闪闪的，像新铁钉一样。我用食指和大拇指抠住一个钉头的基部，用力一提，竟然提起了两三毫米，我又捏住它轻

轻转了一下，只听到轻微"啪"的一声，钉头转了一个角度。

原来，这几只钉子像机械手表的拨轮一样，可以提起和转动，而且，从刚才的手感判断，这几个数码键功能良好，整个夹层的开启机关一定都是用不锈的金属制造的。

田作雨和米柯大夫都按这法试了试，十分高兴。田作雨挨个把十个钉头都提起旋转，可是没什么结果，最后他遗憾地说："一定有密码，可我偏偏又不知道。"

米柯大夫说："别急，这铁柜既然是你家的，那么密码就应该是为你而设计的，你主要想，有哪些与你有关的数字？"

这个思路很正确，夹层里的东西肯定非常重要，前辈设计的密码不大可能写在什么地方传下来，因为那样有失密的危险，况且钉头的设计，使夹层只能在大半个世纪后才能被发现，那么密码的所在就应该更加微妙了——只有田作雨才能找出来。

田作雨沉吟片刻，转动了几个钉头，可是什么动静也没有。

"你试的是什么？"米柯大夫问。

"我自己的生日。"说着田作雨又把钉头转动了几下。

"公历、农历，还有你父亲、祖父的生日，都不妨试试。"我说。

他转了半天，还是毫无效果，垂下头丧气地说："可惜霍明高博士不在了，他若在，准能找到密码。……会不会是3.1415926？"

"不可能，"米柯大夫摆了摆手，"必须从你自身上考虑，比如说，你父亲留给你的财产数是多少？"

田作雨语阻，摇摇头，顺手把几个键推了回去。

我在一边知道此话问得既失言又多余，因为田作雨究竟继承了多少财产，是谁也问不出来的。

"那么，你可以把你的生日的年、月、日数加起来，也许就是密码呢！"米柯大夫又说。

田作雨又按照加起来的数字，把钉头转动了一阵。

"加不管事，你就乘。"我说。

我们一会儿计算，一会儿拨键，时间不知过去了多久，三人的手指转得又红又肿，还是毫无成功的迹象。田作雨失望之极，坐在一只布满尘土的破木箱上歇气。

过一会儿，田作雨忽然说："干脆我们从头来，从 0000000000 开始，一直试到 9999999999 怎么样？"

米柯大夫摇摇头："开玩笑，这样你不吃不睡，转它二十年也不一定能转开。"

"如果我们把这些数码钉都凿掉呢，夹层会不会打开？"田作雨又问。

"那你就永远也打不开了。"米柯大夫说。

"……那么，我用凿子一点点凿柜壁，总有凿开的时候。"

"真是愚公，"我说，"这铁柜和一辆坦克一样，你能凿得动？"

"有了，我们出去雇人用气割割开它，准行。"田作雨心急火燎，馊主意一个接着一个。

我拦住他："气割哪有这本事？你看，这是真正的德国造。除非你扛一只火箭筒来，准能打个大洞，不过那样你什么也别想要了。"

"用炸药呢？"他又问。

我哈哈大笑着说："这么结实的柜子，炸药少了不行，炸药多了，甭说铁柜子，连楼都得粉身碎骨，伙计，咱不能光想蛮干。"我又转向米柯大夫，"米柯大夫，这柜子可不是给你这么高智商的人准备的……"

"什么，我智商低？"田作雨狠命地盯着我，同时在额头上抹了一把汗。

"不敢这么说，"我笑笑，"我是指，这个密码无论对谁来说，

都不可能是复杂的，肯定它不是在田作雨身上，就是在柜子里。"

"柜子里？"米柯大夫又用电筒照了照柜子的内壁和外壳，忽然他用手指节用力敲了一下开着的柜门。"对了，会不会与这些钉子有关？"

本来我说"在柜子里"只是随意说出，因为一个物体如果与自身相关联，也只有这样推理了，不料这句话却触发了米柯大夫的灵感，他说："你们看，这个老式的大铁柜，里里外外都布满了铆钉，这些铆钉是干什么用的？"

我也忽有所悟："对呀，这么厚实的整体式保险柜，要铆钉有何用？"

米柯大夫一拍脑门："恐怕不光是装饰，这些铆钉的数目，会不会就是密码？"

对这个说法我举双手赞成："对，这些铆钉一定有用，它们构成一个固定的数，这个柜子本身最准确的数字就是铆钉数，它是永远不变的，因为钉头掉了，有钉脚，钉脚拔除了，洞还在的。"

于是三人分片来数铁柜内外的铆钉数，有的钉头确实已经锈烂，只剩半截钉脚。我们足足数了三个小时，一共是27864个。

按这个数字转动按键，仍然没有什么结果。我告诉他："在这个数后放上你的出生年、月、日，"田作雨按新的数字转动，仍无结果，"再加上你爸的。"我继续出主意。

田作雨转得满头大汗仍不见夹层打开时，在一边默默思考的米柯大夫突然向田作雨说："我有一个主意，不知该不该讲，你可按'天书'的预言，加上你离世那一天的年、月、日看一看。"

"您？"田作雨有些愠怒，同时又带些不知所措的样子，"您怎么也开这种玩笑？"

一时间，我也觉得米柯大夫这个提议太不近人情，也太荒唐了。怎能将天书上预言的，尚且不知准确与否的数字用在过去的

密码上？但又不好在这场合为老朋友说话，只好说："作雨，米柯大夫让你试试，你就不妨试试嘛！"

田作雨想了想，不再说什么，又弯腰算算数。他的手上、胳膊上已经写满了数字。算了一会儿，他出生的年、月、日数与去世的年、月、日数六个数相加，得3951，放上零，再放上铆钉数，得到的恰是一组数字互不重复的十位数，他又按不同的排列试了几次。

当田作雨按照3951027864来转动按键，转到最后一个键时，铁柜的内壁突然发出很大的"啪啪"两声，像是什么机关被打开的声音，随之铁壁也微微颤抖了一下。

正应了"河狭水紧，人急智生"这句话了，我们三个臭皮匠一凑，竟把一个几乎绝无可能打开的暗门密码找到了！

"有门儿了！"田作雨高兴地叫着，不知指的是这事有门儿了，还是夹层有门儿了。他拉住两个按键，轻轻用力，我与米柯大夫也上前帮忙，铁柜的内壁颤抖得越来越厉害，终于哗啦一声，一扇一米见方的门打开了。

我高兴得正要狂呼时，只听得一阵钝重的闷响，许多东西稀里哗啦从门缝里掉了出来，正砸在田作雨的脚上，不知是痛的还是吓的，他怪叫一声，这声音加上那些东西落在铁柜底壁的扑通哗啦声，在这间阒然空旷的地下室中骤然响起，令我们毛骨悚然！

不过田作雨的怪叫马上止住了，因为他低头看了一眼脚下的东西，随即发出一连几声呻吟！

我和米柯大夫也弯腰凑近来看，只见田作雨脚下、脚面上堆满了黄澄澄、骨牌大小的东西，在强力电筒的照耀下，它们反射着眩目的金黄色光芒，原来夹层里藏的全是金砖！

"我的老爹，真是了不起，太了不起了！我猜这里就有值钱的东西。"田作雨目光闪闪地看了我们一眼，高兴得脸部肌肉颤抖成

一团，"谢谢你北极山，多亏你拉我来，要不然这么多黄金不知会落到谁手中呢！"说罢他再也顾不上理我们，弯腰把金砖一块一块像玩麻将一样码在一起。说真的，我同田作雨交往二十多年，还很少见他这么得意忘形过。

我去观察门打开后的夹层，我发现这个夹层空腔极薄，只有两厘米左右，关上夹层门，门与夹层的内壁就完全贴在一起，东西只能嵌在门内壁的空龛内，就如我们一打开冷藏柜，就看到门内壁放的食品那样。所以一开门，金砖就全掉下来了。这些金砖把夹层塞得严严的，因此当初怎么敲柜壁，也听不到空洞的声音。

随金砖落下来的，还有一些纸片。米柯大夫摸起几张纸片，凑在电筒光前，我看清了，原来是几个牛皮纸信封，收信人全是"田乃英先生"。

田乃英当然就是田作雨的父亲，全市一度首屈一指的大企业家。米柯大夫对我说："从夹层的密码来看，这些信中一定有解开田作雨身世的重大秘密。也许和'天书'有关。"

我低头看了一眼田作雨，他正在弯腰码金砖，丝毫没听见米柯大夫的话，我只好拍了拍他的肩膀，问："这是给令尊大人的信，我们可以看看吗？"

"这……"田作雨好像还没有从明晃晃的金砖垛前清醒过来，不知是没听懂我的意思，还是觉得为难，略略停顿一下。我认定是后者，马上刺他一句："你还有什么可保密的？田作雨，别忘了你的保险柜夹层是靠什么数字打开的！"

听了这话，田作雨好像才从梦中醒来，颓唐地苦笑一下："可以看，当然可以看，我领你们来，不就是为了找这些东西吗？"

米柯大夫抽出一封信，立刻发出一声惊叹："天哪，原来在这儿！"

这信封里装的并不是信，而是三张纸片。我接过一张，上面

是一些图画，还没完全移近灯光，我就辨认出纸片当中的小小图形，忍不住也在喉咙里怪叫一声。图画的其他部分我虽未看清楚，那小图形我却再熟悉不过，它就是天书奇符，即由匕首龙纹背景线组成的、包含田作雨一生休咎祸福的天书奇符！

用手一摸，我就觉得这纸片的手感是前所未有的，说不清它的质料和来源。"纸片"上的图案除了奇符外，上方是一个扁圆的，像倒扣的盘子一般的东西，边缘的许多窗口和身后拖着的飞行尾迹，使我立刻断定那是一只宇宙飞碟，下方是一颗星球，似乎也带着飞行尾迹，正与那只宇宙飞碟逆向交错飞过。星球上有许多弯弯曲曲的线，通过这些海岸线，即使是一个小学生都可以断定那是地球。"天书奇符"仿佛是从宇宙飞碟中飞出，正飘飘摇摇落向地球。

"这是什么意思？"田作雨拿过我手中的纸片，左看右看。按说，夹层藏的东西应该是传家之宝，至少应该是极有价值的。所以他为这些照片不是照片、图画不像图画的东西迷惑不解，也许此刻他的脑子还被金砖塞得满满的，根本插不进这些图画。

"很明显，这说明，天书奇符，来自宇宙飞碟，来自外星人。"米柯大夫肯定地说。

我又拿起另两张纸片，图案与前一张大同小异。一张是宇宙飞碟正在地球上着陆。飞行尾迹反对着地球，没有了奇符，但圆圆的飞碟被一圈光环所套，仔细看时并不是光环，而是伏羲八卦图，绕着飞碟形成一个虚环。

"奇怪，这是地球吗？"米柯大夫指着图，自言自语地说。

"它就是地球，这是几千万年前的地球，"我说，"您瞧，这是大西洋两侧的海岸线，它很窄，这个宽大的部分是地中海，或叫泰提斯海。这说明外星人远古的时候就飞临过地球。"

"那么这一幅图呢？"米柯大夫又问。

　　第三幅图还是那只飞碟，显然它正在离开地球，把一串符号抛在地球上。地球的海岸线肯定是多少千万年以后的，因为非洲东部被撕裂开了，形成一个巨大的海峡。

　　"飞碟飞到了未来！"我高声叫道，"外星人飞到未来，所以他们了解我们地球古往今来的一切。瞧！他们照下了地球未来的照片，一定是照片！留下的奇符也让我们能够预测未来！"

　　米柯大夫又把手中的三张"照片"仔细对比了半天，若有所思，对我的话不置可否，随即又打开一个信封，将信展开来，我急忙把强力电筒照过去，田作雨也凑近来看。

　　这是一封用红墨水代替墨汁写的信。红字表示绝交，而绝交书一般都是值得一看的，其中即使没有重大隐情，也一定饶有兴味，因为至少它代表着一个人一生的某个重大转折。三国时代魏国的嵇康，有《与山巨源绝交书》，简直是典范之作。

　　而这封绝交书的意思却不是那么一目了然的。信是用文言写的，大意如下：

　　信是一位叫"费敏章"的人写给田乃英的。费敏章写道：你父亲的巨额财富是怎么来的？是靠我预测交易行情赚来的，我们本是合作，你父亲出资本，我出预测，可是你父亲靠这办法一夜成为巨富后兴奋过度，猝中而死，而你却否认合作之事，将所赢的巨资独吞。信中还说：我是上可通天的先知，"反时空人"曾与我相遇，赠我图片三张，他们虽已奔向远古，但授予我天河密图，靠这些天河密图，百试百灵。田家数代的兴衰祸福全在我掌握之中，你家虽成巨富，但富不过三代，你虽将得子，但你的儿子必将因交通事故而丧生。有一数字是你儿子的命数：3951。一切秘密都在结拜的短刀上，切记。

　　田作雨读完信后，吃惊地说："3951，不就是刚才转的密码吗？是我的出生年月日加上……"

米柯大夫正在费力地思索这封信的含义，听了他的话，点点头，继续思索。我则向他们讲出了我的推测：这个费敏章与田作雨的祖父有结拜之交，他遇上了外星人，获得了预测的本事，两人似乎在合伙搞什么经营——多半是投机交易，类似今日的炒股，一夜之间可以拥有一幢大楼，又一夜之间可以让人从楼顶跳下来。有外星人的天河密图，这个费敏章当然料事如神，预测得非常准确，于是姓田的出钱，姓费的出预测，俗话说：早知三天事，富贵几千年，于是财源滚滚，挡也挡不住。我还可以进一步推测，由"结拜的短刀"可知，这个费敏章不是别人，就是费建教授的前辈。当时，田作雨祖父发财不幸暴卒，父亲田乃英否认合作之事，将所得全部独吞，所以一怒之下，费敏章写下了这封……

我刚分析到这儿，田作雨就愤然打断了我的话："我爹不是这样的人，他勤勤勉勉，省吃俭用一辈子，从来没听说他发过昧心财。"

我故意瞟一眼他脚下明晃晃的金砖，并抖抖手中写满红字的信纸，一字一句地点他："不管你怎么辩解，有这封信作证据，你老父的巨额财产——当然也包括这些阿堵物（我指了指他眼前的金砖）——的确来路不明！"

听我说这话时，田作雨的脸已经变形，嘴角也抽搐着，几乎发作。幸而米柯大夫及时把我们拦住，对我说："北极山，什么时候了还说这种话，再过一会儿，你就要挨揍了。"他又转向田作雨："你们是多年的老朋友，还这样抬杠。我们是来查访天书的事，不是调查你家财产来源的。既然大铁柜属于你，这些金砖自然也是你的。"

田作雨垂下眼睛，不服气地扭了扭头："他说得也太难听了，光看那信，光听一面之词行吗？"

"这些我们全不干涉，也不再向外提起，我最高兴的是'天书

奇符'的来源终于搞清了，田、费两家的关系我也搞清了。费敏章
自称先知，他的预测能力是怎么来的呢？你们看……"米柯大夫
打开那三张图片。

"米柯大夫，这些话以后再说吧，太晚了，我得把金砖运走，
咱们该上去了。"田作雨着急地说。我一看表，可不，已经是午夜
12点了！

田作雨又在铁柜内外检查了一遍，确定再无金砖时，才把夹
层门合上，将铁柜门也关好，又蹲下把数好块数的金砖一把把地
塞入裤兜、上衣兜，最后，上衣的胸兜也塞满了。站起身时，只见
沉甸甸的金砖把他本来就十分松垮的衣裤坠成十分可怕的样子，
走一步，衣兜就沉重地摆一下，使他的步履十分可笑。

　　三人悄悄走出楼门，在夜色中我们保护着田作雨迈着急不得又慢不得的步子走向他的奔驰汽车。他把汽车径直开出工厂，开到全市最大的一家银行，将金砖存放在田作雨个人的一只保险柜里。

　　看到田作雨忙来忙去的身影，我真为有钱人悲哀。按天书的说法，他的死期已定，但仍为突然得到这样一大笔财富而喜不自胜。实际上，这些黄金他根本用不上，不知最后会落到谁手。存完金砖，田作雨说要去见丁如藻，报告这个好消息，便匆匆地走了。

13

田作雨自己走了，米柯大夫用他的车送我回家。

我们感慨万千，米柯大夫把车子开得很慢，看得出来他有很多话要说。

"一切终于真相大白了，费敏章遇到了外星人……你分析得基本正确。"米柯大夫说，"但是你想到没有，外星人怎么能预测未来呢？那封信上称的是'反时空人'，'反时空'是个什么概念？费敏章称这些人'奔向远古'，人怎么能奔向远古呢？"

"读那封绝交信时，我也觉得这几个字眼很怪，可是没进一步想。照您看，是什么意思呢？"我问。

"你想，这些人能'奔向远古'，那么他们一定是'来自未来'，称他们是'反时空人'，说明他们的时间和空间的箭头都是与我们相反的！"

我吓了一跳，时间箭头相反，也就是时光倒流。这种情况作哲学的探讨还可以，我却不敢想像它能在现实中发生：一个老人从坟墓里退出来，逐渐退成中年、青年、少年、儿童，最后缩成胎儿退进母腹，缩为一粒卵消失。这不是太荒唐了吗？

我把这想法讲给米柯大夫，他摇摇头说："不，这都是可能的。我相信，时间有正箭头，就一定有反箭头。一定有这样的宇宙，它

的演化顺序，与我们的宇宙正相反，它从我们的遥远的未来走来，向我们的远古奔去。"

"可是米柯大夫，我实在无法想像这一图景，比如，它怎么和我们相遇呢？"

正在这时，对面一辆汽车打着贼亮的前灯，高速驶过来。米柯大夫不得不把方向盘向右一打，那辆车"呜哇"一声擦着我们的车飞驰而过。我朝着那辆车越来越暗的红红的尾灯骂道："他妈的，怎么开的车！"

"看见了吗？两个相反的时间箭头就这样相遇。"米柯大夫却借此悠悠道出他的理论，"我们互相知道对方的未来。我即将驶过的街道，他已驶过了，所以他知道我的未来；同样，我们见到的景色，他即将见到，所以我们也知道他的未来。明白了吗？"

"这样的比喻，我懂了。"我说。自从那次在电脑屏幕前差点"陷进去"，我就觉得我对世界的理解比以前更深刻了，这大概就是宇宙自然对人的危险经历的一种补偿吧！

"显然，我们地球人与'反时空人'已经相遇过了，那三张照片就是证明，他们完全了解我们的未来，并且相遇后奔向我们的远古，所以也知道了一些我们的过去。由于他们拥有高度的智慧，故可以把我们的未来和部分过去浓缩成奇符，也就是霍明高博士说的'符号原胚'，投放在我们的过去——也就是他们的未来的某一地方，被我们地球人获得破译。

"还记得第二幅照片吗？那显示的是'反时空人'奔向我们的远古。飞碟上罩着的是由伏羲八卦图组成的光圈。开始，我不敢肯定那八卦图是他们从我们地球人那儿获得的，还是他们投放给我们的。如果是前者，那么这八卦图是我们记载他们未来的信息，如果是后者，那就是他们记载的我们未来的信息了。不过，从易经八卦几千年来的影响来看，我可以断定是后者，易经八卦就是

我们人类社会的'符号原胚'。"

"米柯大夫，你这么解释我懂，可是一提'时间倒流'我还是无法接受，我怎么也不敢设想在另一星球上，瀑布跳上高崖而雨水飞往云间，动物们用肛门吞食粪便而用口向外吐食物。这一切完全违反常识。"我说。

"一个东西不管它是倒的还是正的，只要我们感觉它是正的，它就是正的！"米柯大夫肯定地说。

"您……这么说，是不是……无法说服别人？"我问，我本想说，"是不是强词夺理？"

"我完全可以说服你，"米柯大夫停下车，笑笑说，"在今天，地球的另一面生活着对跖人，这是很普通的常识，但在几百年前，一些相信地平说的人，无论如何也理解不了如果大地是球形的，我们对跖点的人头朝下脚朝上怎么生活，他们斩钉截铁地认为那些人一定会掉下去。为什么他们会这样认为？因为他们缺乏另一个重要概念：由地心引力引起的重力！"

"还不太相信是不是？我再举一个例子，请问，在你的眼中，世界是正的还是倒的？"

我不懂他话中的奥妙，没有答话。

"你一定说，当然是正的。因为，我们谁看到的世界不是正的？可是，你也一定知道，在你的视网膜上，世界的图像恰恰是倒的。"

"这个我知道，可我不懂这与时间箭头的反正有什么关系。"我说。

"人的视网膜上的图像，都是倒的，可是人看到的世界，却永远是正的。假如人视网膜上的图像是正的呢？人适应之后，看到的世界也是正的。我给你讲个故事，有的心理学家做过'倒像试验'。试验是这样的：除睡觉外，试验者一天到晚戴一副能使图像变倒的特制眼镜——当然，这时他在视网膜上的图像变成正的了

——这样，他眼前的整个世界都颠倒了。可想而知，这给他的生活和工作带来极大的不方便，他想拿地上的东西，却把手伸向了天花板，他想看清天上的云，却低头向下。但他不怕麻烦，天天这样戴着，努力学会正确对待眼前这个世界的图像，三四天，就习惯多了。而六七天后，就变得一切都适应了，无论写字、取物，还是爬楼、过桥，他都能应付自如，也就是说世界在他眼中又是正的了。"

"这怎么可能？如果我们用仪器测定，那么他视网膜上的图像和我们视网膜上的图像比，一定是上下颠倒的！"我不相信地说。

"是的，你说得很对，用仪器测，确实如此。可是人的感觉就是这样的奇怪，所以当别人问这个心理学家'你看到的世界究竟是正的还是倒的'时，他一愣，半天才说，'在你问这个问题之前一秒钟，我还从未留意过这个问题，也许我的世界的图像是倒的，但我应付自如，一丝一毫也不会错，所以我实在不用关心真实的世界究竟是下面在上还是上面在上。'"

"所以我认为，"米柯大夫接着说，"只要你的感觉是对的，不要管世界的图像是倒的还是正的，它都是正的；同样道理，只要你的感觉是对的，不要管时间箭头是正向前进还是逆向前进，它都是正向前进！"

米柯大夫的一席话让我半天喘不过气来，不过我还是要强辩："可是时间倒流，是违反因果律的呀！……"

"不会违反，"米柯大夫摆一下手，"只是改一下名称，叫果因律就可以了，结果在先，原因在后，因果关系仍然是成立的。你不要用那种眼光来看着我，时间倒流试验，我已经做过多次了。"

"怎……么做？"我问，从车内朦胧的灯光中，我看到米柯大夫的脸上有一丝矜持的微笑。他说：

"我还没有公布，我本想再试验一段时间，可今天，'反时空

人'材料的发现，已完全证实了我的设想。

"我最早的试验是这样的：取一本小人书，从最后一页向前看去，一直看到第一页，看完后我惊奇地发现，我对书中故事、情节的发展脉络理解得基本不差！在常识里，倒读是不可想像的，会引起故事情节的时空淆乱，而我却没有多少这种感觉。这是怎么回事呢？我又试着倒读了许多本这类小人书，可以说是越读越顺，几乎到了不愿正读的地步。

"这个试验大大鼓励了我，我发现事物的反向发展序并不会在我的头脑中造成严重的理解困难，所以我决定倒读书籍。我先从小说读起，因为小说有着以人物事件为中心的、以时间为流程的完整故事，最适于模拟反向时间箭头的过程。当然，开始阅读时是比较吃力的，因为我不是一句一句地倒读，而是一个字，一个字地倒读，我需要一个适应颠倒的词汇、语法和句式的过程。不过我同样惊奇地发现，这个适应非常之快，几天后我就能倒读长篇小说了。一部从未读过的长篇小说，我可以从最后一页的最后一字逐字倒读到第一页的第一字，读完之后，全部故事情节居然了然于胸，几乎丝毫没有颠倒错乱之感。

"最令我吃惊的是，即使是设置悬念的推理小说，我倒读起来依然是津津有味，仍然被那些悬念所深深地吸引。正是这个现象，才使我提出'果因律'的概念。我认为，在反时间箭头的世界中，'果因律'支配着世界的进程，在这因果颠倒的事件进程中，悬念依然是悬念！

"等我有了激光 VCD 机后，我更可以做不折不扣的时光倒流试验了。因为文字的倒读，每个字的发音仍然是正的，而 VCD 机的倒放功能，可以使事件画面变成真正的时空反演。从此，我在 VCD 中看电影、电视剧全都倒放，这个适应过程简直比读小说还快。倒看一部电影，我能做到对电影中的故事完全理解，可以为

剧中的悬念所吸引，甚至能分析一些悬念的走向——简直与正看的效果完全一样！

"我也为自己的能力感到惊讶，我相信，我们每个人都有这个能力。也正是这一系列的试验，使我相信：'反时空宇宙'是存在的——空间的反向好理解，关键是时间——时间箭头与我们相反的人类社会也是存在的！所以我的结论是：只要相信自己的感觉是正常的，可以完全不考虑世界是正向发展还是逆向发展！

"甚至，也许有一天我们能证明，我们生活的宇宙的时间就是反演的——正如我们发现，我们视网膜上的图像是倒的一样——但这对我们的生活，社会，自然，一切的一切，没有丝毫的影响，我们永远感觉到时间的流逝是正向的！"

听了米柯大夫的话，我目瞪口呆，无言以对，只顾频频点头，好一会儿才说："米柯大夫，你真了不起，我想，我回家的第一件事就是试着倒看一部电影，尝尝究竟是什么滋味。"

米柯大夫意味深长地笑笑："我们再谈谈有关田作雨的事吧，刚才在地下室打开大铁柜的夹层，又使我明白了不少。"

我问："奇怪，那只大铁柜的夹层密码中竟然有田作雨将来'那一天'的数字，您是怎么事先想到的？"

米柯大夫又启动了车，一边目视前方，稳稳地握住方向盘，一边说："你说过，从小起，田作雨的父亲就不让他骑自行车，也不让他坐汽车，理由是怕出车祸。我就觉得蹊跷，按正常思维，这太不近人情了。走南闯北、见多识广的田乃英不该这样溺爱孩子。我想，他这样做必有缘故，那就是，田乃英知道他儿子可能有一天因车祸而死。

"这封绝交信证明了这一点，看来田乃英接到费敏章的信时，受到的触动和打击是非常大的，尤其是'3951'这个数字，与他未来的儿子结下了不解之缘。保险柜夹层里的黄金就是他留给儿子

甚至孙子的。田乃英竟巧妙地用‘3951’配上零再续上铁柜的钉头数，组成 10 个互不重复的数字作为开启夹层的密码，他一定想：这是关于田作雨自己的最重要、最显而易见的数字，田作雨或其后代一定会知道的，到时候，铆钉的外层锈蚀，露出按键，黄金也就可以取出来了。显然，田乃英还希望儿孙能解开外星人留下的秘密，故把绝交信和外星人留下的图片也放入夹层。

　　"其实，当田作雨算出他的出生年、月、日加上‘那一天’的年、月、日得 3951 时，我马上就明白这个数是对的了。你曾说过，田作雨的名字，是他父亲受一组神秘数字的启发后才给他起的，所以一见到 3951，我就猜出，这，就是那组神秘数字。我是熟读《易经》的，在《易经》中，第三十九卦是‘蹇’卦，卦形是上坎下艮，坎者雨，艮者土也，雨落土中，滋润田地，正应了‘田作

雨'三个字。第五十一卦为'震'卦，震卦代表雷，听你说，他的乳名叫'小雷子'，雷恰巧也是'田'和'雨'两个字组成，瞧，这一定是田乃英在费敏章绝交信中得到这组神秘数字后拼命想破译，他自己，或者他请别人精心分析，才为儿子起了这样的名。可惜，老先生万万没有料到，这 3951 正是他儿子出生的年、月、日和死亡的年、月、日加起来的数，是生死休咎吉凶祸福并存的组合。"

"您的分析太正确了!"听了他的话，我十分兴奋。

米柯大夫并不理会我的赞赏，沉默了一会儿，又说："那费敏章自称先知，他手中有了'反时空人'授给他的'天河密图'，也就是我们说的天书奇符，并且有了破译方法，可以称得上是个真正的先知了。费、田两家看来曾成功地合作过，不然怎么会有黄金雕镂成的'结拜的短刀'呢，显然，匕首柄龙文中暗含的奇符，只有费敏章知道。田乃英的贪婪，使世交的两家反目成为世仇。这之后，田家富可敌国，费家却不名一文，于是，费敏章便从预测上寻机报复。结果不知是'反时空人'提供的还是他自己用什么方法弄出的，知道了田乃英未来的儿子——就是今天的田作雨——的生日和死日，以及死因，于是费敏章写了这封绝交信。因为天机不可泄漏，故费敏章把这人的出生年月日和死亡年月日加在一起构成一个四位数，信上说死因是'交通事故'，实际上应是'飞行事故'，过去人们乘飞机的机会还很少，田乃英就想当然地把它解释成车祸，并决定儿子出世长大后，不许他学骑自行车或乘汽车。

"费家看来像过去的巫师一样，是个预测、占卜世家，所以传到费建这一代，仍然有那么多古旧的算命、卜筮、阴阳、预测的书。费建教授，不知是费敏章的儿子还是孙子，显然既掌握了'反时空人'的天书奇符，了解中国传统的占卜预测，又有了现代的

巨型超级计算机，他终于把田作雨的许多经历都算得丝毫不差。而田作雨却蒙在鼓里，直到偶然在废书场发现那本天书。"

"可惜，不知费敏章或费建教授算出没有，他的珍贵古书竟又流落到田家。而且我们都看到了，费建的儿子费启明继承不了他老爹的遗志了。"我说。

这时汽车已停到我家的街口，看米柯大夫语犹未尽的样子，我邀他到我家继续商谈。

"你若不在乎，我们就在汽车里谈更好，这里不会走漏任何风声。"米柯大夫说，他的声音有些怪。我当然赞成他的提议。

于是车子停在一个安全僻静的角落，火熄掉，全部的灯光也熄灭，在车里，对面只看见米柯大夫的眼镜反射着车窗外的微光。

"刚才你说，费建教授只知算别人，却没算出自己的未来，这看来像是一件很滑稽的事，其实，这是不可避免的。我可以把我几个月分析、思考的结果都告诉你。"

我连忙洗耳恭听。

米柯大夫说："既然外星'反时空人'把包含过去未来信息的奇符投放到我们地球人间，是不是有了高速的计算机，未来的一切就可以轻轻松松计算出来呢？京垓—奥尔特超级活子计算机频频出现问题，那么多人昏迷或死亡，证明事情并不那么简单。

"我发现，在预测未来中，具体地说，在对奇符破译和运算过程中，有一条规律。这条规律，是费建教授死亡和霍明高、周雅丽等四人昏迷的真正原因。计算机专家很难想到这一点，虽然我既不会编程序也不会操纵那么复杂的计算机，但我可抛开具体程序、软件等表面的东西去更深地思考，来解答这个怪谜。

"我发现，那'天书奇符'确实神奇，它能包含田作雨一生的一切细节，可是在破译中——比如在京垓—奥尔特超级活子计算机的运算程序中——却有一条限制，这使我相信，半年多来发生

的一系列事情虽然奇怪，却不是超自然的。"

"什么限制呢？"我问。

"霍明高博士曾以为，有天书奇符译出的公式囊括了田作雨的一生，似乎是：只要我们找到了解码方式，一切就都迎刃而解了，只要有足够多的运算时间——比如几个月、几年，或几十上百年；有足够强大的巨型计算机——比如几台、几十台、成百上千台京垓—奥尔特超级活子计算机联合工作，最终一部洋洋洒洒，包含田作雨一生的每一时刻的传记就可以从计算机的终端像印钞票那样一张张地印出来，直到形成一套有几百卷、上千卷的书组成的传记，这部传记可以记述田作雨一生的所有大小经历，包括上厕所或拣到一根针这样的小事。——实际上，费建教授已经找到了解码方式，就是霍明高博士声称是他发明的迭代、镭射之类，顶多再加上一套简单的图—文转换程序，把图像转换成文字形式，以便形成天书。那么，为什么费建教授只搞出了田作雨零零碎碎的一些人生片断来呢？我想，这不仅是计算时间不够的问题，而是有一条必须遵循的自然法则在起作用。"

"什么法则？"我追问道。

"时序保护定律。"米柯大夫只说了这几个字，又停住了。

"我似乎听到您对霍明高博士也提起过这字眼儿。"我说。

"是的，这定律本不能称作是定律，只是算是猜想，是许多年前英国伟大的理论物理学家史蒂芬·霍金提出的，他认为宇宙自己能保证事物在通过时间机器进入未来或过去时，不至于引起逻辑上的严重困难。比如一个人如果通过时间机器回到过去，见到了自己童年的祖父，他想开枪打死自己的小祖父，那么他一定不能成功，否则就没有现在的他了。同样道理，外星人可以知道我们的未来，但我们自己可能不该知道，因为一个人知道了他的未来，他就可以改变现在，现在改变了，未来也就会改变。时序保护

猜想告诉我们，知道未来想改变未来的人是一定不能成功的：他或者不能知道未来，或者不能改变未来。我想，我已证明了它是定律，时序保护定律。你想想，最近我们遇到的计算机神秘事件，是不是这个猜想的绝好的证明？"

"可究竟神秘事件中的哪些事儿，是这个定律的证明呢？"我又问。

"你想，那部天书，还有霍明高博士、雅丽小姐上机运算所选的时间段，甚至包括你上机运算所选的事件，你发现哪些地方非常奇特了吗？"

预测未来，被那定律挡住而不成功么？似乎又不像，在这些复杂纷繁的现象中寻出规律，对我来说真像在深夜的煤堆中寻出一只黑猫那么难。我只好遗憾地摇摇头。

"奇特之处在这里：在那部天书中，凡是正常计算出的，几乎都是已经在田作雨身上发生的事，注意我用'几乎'一词，因为在书中，田作雨无意走进造纸厂的废书堆读这部天书，以及随后记载的结婚、飞机失事三件事是例外。比如田作雨读天书的事吧，至少，费建教授在写这部天书时，它还尚未发生，不过，在运算时，而且直到事情真的发生之前，田作雨对这项预测一无所知。

"恰巧，在事情发生的时刻，田作雨突然看到了天书，知道了以前预测的、目前正在发生的事的内容，这时出现了什么情况呢？"

我说："立刻出现了矛盾。"

"对，天书写到田作雨在废书堆里读到这部天书的时刻，预测进程中马上出现了问题，计算机运算程序陷入了一种无法排解的自返困境，一个漩涡怪圈。你想，还有什么时刻会出现这种问题？"

"霍明高博士昏迷的那次运算，预测的时间与实际时间重合了，所以出现麻烦。雅丽小姐运算的是田作雨的婚礼，我运算的是飞机失事，都是未来的事，是不可进入的。"我回答道。

"那为什么费建教授的天书中，'婚礼'和'飞机失事'又言之凿凿地算出来了呢?"米柯大夫问。

我摇摇头。

"瞧，宇宙间有了'时序保护定律'。预测未来就变得貌似古怪，实际上合理了。在预测者不能影响未来时，或那影响小到可忽略不计时，未来是可测的，所以费建教授可以偷偷预测出田作雨的一些未来；而预测者可以影响未来，或预测的结果被当事人获知，可以主观改变未来时，未来马上又变成不可测的了，所以你算'飞机失事'算不出来，雅丽小姐算'婚礼'之事要陷入昏迷。

"费建教授是精明的，他显然和田作雨没有任何来往，一切是在暗地里进行，偷偷地算着田作雨的一生，这样他才平安地搞出了那本'天书'。不像霍明高和周雅丽，运算时把田作雨拉在身边。只算了几个小时，'时序保护定律'就发生作用，导致怪圈出现，运算者的大脑陷入自洽，罹患了'信息病'——不过哪些地方能算，哪些地方不能算，是难以预料的，田作雨在造纸厂的废书堆里翻阅天书时，就突然跳出了这样的时刻：费建教授运算到这里，忽然发现田作雨拾到了自己写的天书——他的孤本天书在一年后竟然流落到了造纸厂，他无意中算出了自己!而田作雨又恰好读到了正在运算中的这段故事的故事的故事，天机的双重泄漏，一下子出现了一个致人死命的'时间轴奇点'，运算陷入自洽。我怀疑，费建教授就是预测到这一时刻突然发生昏迷并死去的。"

"运算程序的'自洽'就是这么来的么?"我问，觉得四周的黑暗重重向我压来。

"计算机在运算过程中，一旦落入了'时间轴奇点'，就会与'时序保护定律'相冲突，整个运算程序就会在逻辑上变得自相矛盾，立刻陷入连环套式的自我循环，也就是'自洽'。这些计算中

的时间点，实际上是一些可以致预测者于死命的时间陷阱，我也给这些陷阱起好了名字，叫'测不准陷阱'。因为未来的这一刻，有你现在的意志掺杂在里面，你是怎么测也测不准的。你瞧：你预测了未来，就要自觉地影响或改变未来，那么未来就变了，即使你预测的是已经被你预知后又改变的未来，这未来仍会被你现在的主观意志所改变……这种不断自返的程序一次次循环收敛下去，以至于无穷，如同掉入陷阱一般。'测不准陷阱'的存在，可以保证未来不被现在的自由意志所改变。在天书的运算过程中，预测者只要有一次落入'测不准陷阱'，他就再也爬不上来了。"

"那么，到底哪些时间是'时间轴奇点'，比如按奇符运算的田作雨的一生中，哪些时间埋设着'测不准陷阱'呢？我们把它们全找出来，运算时避开这些时间不行吗？"我说。

"年轻人，要抛开日常生活中的僵化观念！奇符的破译不仅是一场运算，更是一种状态，这类陷阱可不是固定分布的。就拿与田作雨一生同构的这个天书奇符来说吧，主人公在几十年漫漫的人生旅途中，就存在着无数形形色色、时隐时现的陷阱，比如费建教授虽然精明，还是落入了一个他完全没有预料到的陷阱中。从理论上说，如果每一刻都来计算当时这一刻的事件，那么每一刻，每一瞬间都会成为'测不准陷阱'，也就是说，潜在的'陷阱'比'平地'还要多得多，人的一生不知要跳过多少这样的陷阱！"

我呆呆地问："您刚才说的是'测不准陷阱'对预测者的危害，现在又讲人的一生要跳过许多这样的陷阱，那么这些陷阱对被预测者也有危害吗？"

"有。田作雨在废书堆中读天书读到自己眼前之事那一段，还有他在计算机主机房控制室时见到自己的'实况转播'的那一刻，不是都受到了强烈的刺激么？只不过他不懂那可怕的自洽信号，没有生命危险而已。"

"可是米柯大夫，刚才您说，我们人生的每一刻都可能成为'测不准陷阱'，我还有些不明白。"

"……这是一点不假的。比如，我是谁，当别人这样问我时，我深知我是谁，一旦自己这样问我自己，我就越问越觉得难以回答，直如思维在一个漩涡里挣扎，所幸的是这种状态不久会被别的念头，别的事情所打断，没有陷入自洽而已。……有时我们写一个字，孤立地去看，越看越觉得这个字不像字，这几笔奇怪的组合，怎么就念这个字呢？这种思路，就有点接近于自洽了，思维简直好像在自我及自我概念的反射怪圈中往返不息，苦苦挣扎。万物都是如此，镜不能自照，衡不能自权，剑不能自击，锅不能自煮，同样，思维不能自洽。人有智慧吧，人的智慧如同一具灿烂无比的灯盏，它可以照亮万物。惟独不能照亮他的支撑点——自己的灯座底下，灯盏试图照照自己的灯座底下是什么样时，就会陷入同样的怪圈。"

我入神地听着这些高论，半天说不出话来。两人沉默了片刻，我才忽然又想起了什么，问道："还有一点，米柯大夫，天书中分明预测出了田作雨的婚期和死期。费建教授算到这里时为什么没有落入'测不准陷阱'？"

"因为田作雨自己不知道，时序受到了保护，所以能预测。"米柯大夫说。

"可是田作雨现在知道了，为什么并未出现矛盾？……还有，雅丽小姐上机运算那次，算的正是田作雨结婚的场面，我亲眼在屏幕上看到这一对新人身穿婚礼服举行婚礼，甚至我还看到了我也在场——对了，还有，我看到一只玻璃鱼缸打碎在地上，金鱼还在乱蹦。我想，田作雨既然知道了他的婚礼日期，他可以改，我知道我那时也去了，我可以不去，为什么不行呢？"我说。

米柯大夫说："我想，那天一定是少有的大吉大利的日子，他

必然要选在那一天结婚，你是田作雨的好朋友，他可能要选你做他们的证婚人，你能不去吗?"

我无奈地苦笑了一下，摇摇头，想了想，又不服气地说："可是米柯大夫，天书上预测的田作雨的死期呢，怎么解释? 那天书还言之凿凿地说是因飞机在 S 市机场上空失事所致。田作雨自己也知道了此事。我认为，田作雨完全可以到那天不去乘飞机，甚至干脆从现在起永远不再乘飞机，那么这预言不就破产了吗? 未来被现在的自由意志所改变，这样的预言怎么还堂而皇之地上了天书呢?"

　　这个事例极有说服力，它可称为"时序保护定律"的一个反例，这个反例不驳倒，米柯大夫的观点就值得商榷。所以我提出了这个问题，还自以为提得很尖锐。

　　"这个问题初看是有点滑稽，"米柯大夫在黑暗中伸手向后拢了拢自己稀疏的头发，"不过说到底也不难理解。我觉得，死亡与其他事件不同，它是每个人最后都要遭遇的必然事件。虽然在人生中，需要几乎无数的因素的共同作用，最后才能出现这种结局，但它的必然性是不容怀疑的。人的死亡本来就是最大的陷阱，而且人死了之后，就再没有什么可以预测的了，也不怕有什么来干扰它了，死亡也不会干扰后面的事件，因为就一个人来说，死亡的后面再也没有什么事件了。既然它是一个必然的、终结的事件，所以死亡也是可以预测的，在奇符的破译中，死亡那一刻无疑是最后的一眼陷阱，但它不是'测不准陷阱'。从绝对可能的意义上说，人生只有死亡那一刻是可以预测的，所以费敏章在田作雨未出世时，就算出了他的死亡日期。你知道为什么鲁迅先生用'坟'来作为自己杂文集的书名吗？用他自己的话来说，因为他'只很确切地知道一个终点，就是：坟'。"

　　我听了这话，只觉得浑身发凉，一句话也说不出来。

　　米柯大夫摇下身边的车窗玻璃，一股清新的空气立刻扑面而来，沁人肺腑。他又慢慢说起："四十多年的行医，我见过的因为精神崩溃而自杀的人太多了，你知道人为什么要自杀吗？"

　　"想不开呗，要不怎么叫寻短见呢。"我说道。

　　"要知道，当一个人遭遇巨大的不幸，身处难以扭转的逆境中时，他会觉得人生所有的出路全被阻塞，想来想去，找不到一条能把自己带到安全地带的途径，这时，他常常就结束了自己的生命。这并不是简单地指责为'意志薄弱'、'傻瓜'、'生活的逃兵'之类就能解释的，恰恰相反，自杀者中常有绝顶的聪明人，卓有

贡献的文学家、艺术家、科学家，身经百战的将军，大权在握的统治者，等等。实际上，自杀者并不是为了死而去死的，而是为了走一条确定的路才去死的，既然他觉得别的路全被封死，这条路却总是通的，因为无论何时，死亡的大门是永远为任何一个人敞开着的。百路不了，但一了可以百了。

"古罗马时代，有一个皇帝，因为政敌太多，整天担心被人谋杀而惶惶不可终日，最后他想出一个主意：用自杀来防止被人谋杀。于是他真的自杀了。这实在不失为一个虽不聪明，但却很实际的办法。"

我长长地叹了口气。听完米柯大夫的玄论，心中着实为老朋友田作雨悲哀，难道他真会在那一天结束生命么？我打开车门，走出车外，抬头望着天空。城市夜晚的天空在灯火的映照下总是朦朦胧胧的，天穹像一块泛着微蓝色的磨砂玻璃，寂寥的几颗星透过这层玻璃，在向我神秘地眨眼，仿佛在笑着世人，熙熙攘攘，皆为利来，熙熙攘攘，皆为利往，却全然不顾那步步的陷阱，还有最后那永恒的陷阱在远处或近处等待着我们踩上去……

见我撑着车门抬头望天而长叹，米柯大夫换一副口气说："有一本书，诺查丹玛斯的《诸世纪》，不知你读过没有？"

这是一部奇书，也可以说是一部天书，我当然读过，只是读后半信半疑而置之脑后。作者是法国的著名先知，此人在 16 世纪就预测到了以后几百年世界发生的许多大事，如：他同时代的法国皇帝的死因，20 世纪第二次世界大战元凶希特勒的名字，严重的工业污染、石油危机，等等。当然，书中我们看到的都是一些朦胧费解的预言诗，他的预测大多是事件发生之后才被分析出来的。我之所以怀疑此书，是因为据后人分析这部书的最后预言是 1999 年，书中第十卷第七十二篇说："1999 年 7 月，恐怖的大王从天而降，其前任由马尔斯统治四方。"而实际上，1999 年早就平平安安

地过去了。而且，诺查丹玛斯为什么没作出关于我们 21 世纪的预言呢？我认为，此书分明是现代好事者的伪造！

我说出我的看法后，米柯大夫也走出驾驶室，合上门后向我摇头微微一笑："我不这样看，我觉得，诺查丹玛斯的预言过程，非常类似于费建教授根据天书奇符进行的运算。他的工作可能也是从某些天书奇符开始的，幸运的是，他的奇符包含的是世界未来许多重大事件的信息，破译后，他才写成了那部流传甚广的诗体预言书。恰好在 1999 年 7 月，人类已经用当时最先进的计算机彻底分析透了那些预言诗，分析证明，他的预言是相当准确的。你想，他若能预言 21 世纪，又被我们 21 世纪的人所知，岂不违反了'时序保护定律'？当时，诺氏大概也弄不清为什么他无法预言 21 世纪了。强行预测必然会使预测者陷入困境——虽然他没有计算机，但不管他用什么方式，预测程序出现怪圈自洽循环的道理是一样的。很可能，问题就出在预测 1999 年 7 月时，结果出现了'恐怖大王'之类的错误记录。"

我不再说什么，悠悠地出了一口长气。天空本来就稀疏的星星渐渐隐去，东方已露出鱼肚白。

"天快亮了。米柯大夫，这些话，还告诉田作雨吗？"我问。

"不必了，天网恢恢，他知道了也无用。古希腊先哲希罗多德说过：'在所有使人类感到的痛苦中，最伤心的就是我们会意识到许多事情，但一点也不能控制它们。'能预言未来又怎么样？我们仍然丝毫不能去改变它们。趋吉避凶，依然是人类几千年的梦想。不要为他的早逝而难过，连时间的反向正向都无所谓了，何况长短呢。爱因斯坦说过这样一句精辟的话：过去、现在、未来之间的区别只不过是我们顽固坚持着的一种幻觉而已！

"我在科学岛超级计算中心调查过了，好像还有人懂这个计算程序。虽然所有的计算资料都被封存，我还是担心有人因受诱惑

而去冒险。我更担心的是，有人会用它使人类遭殃！"

"它真会使人类遭殃吗？"我问，想起了前不久我的"辟谣"。

"怎么不会？简单的计算程序是很容易被人读懂的，这，你自己一定有切身体会。如果有人把计算机上显示的自洽信号用机器译成人人都能懂的语言输入计算机网络，会出现什么结果？"

我吃惊地瞪大眼睛，半天说不出话来。很显然，如今各种巨型、大型、中小型和微型计算机组成的各种网络覆盖到世界的每一个角落，如果真有这样的信息在网上传递的话，那么，所有在屏幕前工作的人都会一个个陷进去——大脑陷入自洽，变成像霍明高、雅丽小姐等人那样。这样，每一台电脑，就真正成了人脑的"杀手"……

见我半天不说话，米柯大夫一字一板地说："用不了多久，就会使成千万、上亿的人患上'信息病'，变成'孤岛意识体'！这比有史以来最烈性的传染病、最残酷的核战争，还可怕千万倍！"

我觉得呼吸困难，灵魂仿佛在一块巨石下面挣扎，半天才冒出一句："太可怕了……"

米柯大夫紧锁着眉头："过去，我以为只有刀剑、枪弹、毒药、光波等物理化学的能量作用才能致人于死地，可现在我发现：信息也能致人于死地，而信息传递所需要的能量可以小得惊人。比如，进入霍明高博士脑中，携带让他昏迷的自洽信号的能量，还不及一片雪花撞击地面时产生能量的十万分之一。利用这个原理，可以研制一种无本取利的'信息武器'，也就是用一种代价极低的方法，把某类人人都能看懂的、自洽状态的信号传递给敌方。在战争中，如果向敌方的电视、广播、电报、电话、计算机网络以及一切传播媒介里输入这种信号，在很短的时间内，就可以结束一个超级大国里的所有智慧生命！"

虽已黎明，我却感到天昏地暗，头晕目眩，仿佛携带自洽信

号的信息网已经从天而降，向我们包抄过来……

米柯大夫安慰我说："不过，人类几千年的文明史证明，战争狂人最终无不被自己启动的战争巨轮碾得粉碎。同样，玩弄信息武器的人也难免最后陷入自造的自洽信号而身亡，"米柯大夫突然把声音放低，表情也十分严肃，"从现在起，我们一方面要封锁消息，一方面要收集信息。今后，如果我们发现有人也搞自洽信号研究，诱使战争狂人的出现——为了人类的安全，我们就要参与进去，只要他想研制信息武器，我们就要设法把他引入自洽的圈套，让他自己毁灭自己！"

14

天书奇符的来龙去脉都弄清了。田作雨虽获佳人、金砖，但所剩时日也已无多——离天书预言的"那一天"只有十个多月了。

这时田作雨和丁如藻又做出一项决定：他们找到米柯大夫，要米柯大夫为他们做一次催眠，抹掉关于天书奇符的一切记忆。开始米柯大夫拒绝了，可经不住丁如藻一把鼻涕一把泪地哀求。她说，一想到天书的预言，她就百爪挠心、坐卧不宁，如果米柯大夫不为她做催眠，她就只有先去死好了。田作雨也用金砖哀求米柯大夫，说自己真后悔不该走进造纸厂的废书堆，更不该去找什么气功师做催眠，只希望米柯大夫救救他这个死刑犯，让他忘掉"那一天"，哪怕过几天幸福的正常人生活也好。米柯大夫退回了田作雨的金砖，但出于人道，他决定为他们做一次催眠。

催眠很快就做了。米柯大夫果然技艺高超，两人醒来后，就把天书奇符的事忘得一干二净，但相识相爱的经过却历久弥新，记得更牢。在他们醒来的同时，米柯大夫就通知了我，等我见到他们时，两人果然满面春风，我也就装作和他们一样，尽力把一切都忘掉，热心地去帮助他们安排婚事。

可是，那一切我并没有真正忘掉，当田作雨问我结婚日选在哪一天好时，我想也没想就说出了天书上预言的那婚礼之日。我

没有别的选择，因为那一天确实是个大吉大利的日子，公历是双年双月双日，农历还是双年双月双日，连星期也是双日，我专查了皇历以及占卜书，发现这一天五行、建除、二十八宿等各种历注上全是大吉，宜嫁娶、开业、出行、迁新居，等等。

田作雨当然不知这一天是天书上的预言，这时候问他什么是天书，他肯定也是茫然不知所对。为稳妥起见，他又请教了几个造诣颇深的算命大师，回来后他对我佩服得五体投地，说："北极山你真神了，所有的算命大师都说，这一天是前后二十年里最大吉大利的好日子，你是怎么挑出来的？"然后他说，我们中学时就是好朋友，他身边再无亲人，要我做他们的证婚人。

我扮演这个角色当然是责无旁贷的，可是不免心中暗暗叫苦：婚期不能改，我又必须参加，一切按天书的预言进行。人，在"时序保护定律"支配下，真是这样没有自己的主观意志么？

想到老朋友不久后可能遭到的命运，我为他的婚礼之事格外卖力。终于到了那个辉煌的日子，田作雨和丁如藻的婚礼在紫霄宾馆如期举行。

这天真是个好日子，晴空万里，日丽风和。无数人的婚礼、开业、破土、开镜都选在这一天，全城各处鞭炮声此起彼伏，几乎没有间断。

田作雨的婚礼极尽奢华，令人叹为观止，把全城那一天所有的典礼都比了下去。婚礼车队足足排出五千米，新郎新娘坐在簇新的罗尔斯·罗伊斯最高级超豪华汽车中招摇过市。因这汽车太罕见，好多人骑着摩托车、开着汽车追着一饱眼福，为防止万一，只好临时调三辆车成"品"字护在前方和左右，这才浩浩荡荡，放心大胆地直奔目的地。

在紫霄宾馆，婚礼之隆重，场面之豪华，宾客之众多，宴席之精美，贺礼之丰厚，都是出乎我的意料的。田作雨本是个逍遥而

不显山不露水的人，今天如此铺张，是丁如藻的怂恿，还是那"天书奇符"在他大脑深处的无意识潜在作用？弄不清。婚礼我不想多叙述了，只叙述一件与整个故事有关的事：

婚礼开始前，客人陆续赶到。等待中我有些无聊，无意中走到一条走廊的尽头，这里有一间会客厅。打量中，我忽然发现这个会客厅有些眼熟，稍一思索，我就想起这是几个月前，在科学岛超级计算中心，雅丽小姐运算田作雨婚礼那一刻时屏幕上显示的客厅。

这时我想：不知哪一刻，新郎新娘还来到了这间僻静的屋子，不知是来干什么。这么想着，我便走了进去，这时候，茶桌上的一件东西一下子吸引了我的目光。

这是一只玻璃金鱼缸，小口，大肚，几条金鱼在水中优哉游哉地游动。

我想起了：在那天的屏幕上，我分明看到一只鱼缸刚刚打碎在地上，那些金鱼还活蹦乱跳地挣扎。此刻，我四顾屋里再没有别的鱼缸，那么肯定就是这只了！

这只玻璃鱼缸为什么会打碎呢？我好奇地想。于是弯腰仔细观察它，我发现，它吹制得非常完美，毫无气泡和裂纹，退火也非常均匀，不可能因内应力的消除而突然炸裂；茶桌是质量上乘的钢架茶桌，不会突然倾垮；再看头顶的天花板，完好无损，也无坍塌的迹象。我百思不解，它干吗恰好在这时打碎了呢？好，我就在这儿看它怎么碎，或者干脆我来保护它，不让它碎，那么天书奇符的运算和预言不就不灵了么？

于是我坐在沙发上，全神贯注，不知是观赏它，还是等它打碎，不知不觉，时光过去了许久。

突然面前一阵急促的脚步声，我抬头一看，是那对新人进来了。

丁如藻走在先，满脸怒容，大声说："北极山，我们找你找得好苦！婚礼马上就要开始，等着你证婚呢，你躲在这儿干吗？"

我的天！刚才鱼缸的事因为联系到天书，我觉得太重大，一时过于专注，几乎把婚礼的事忘了！

我只好抱歉地笑笑，情急中说了这么句给人感觉神经不正常的话："我正等着这只鱼缸打碎呢，打碎了就走。"

田作雨穿一身又名贵又合身的西装，染得乌黑、固定得十分有形的大背头上在进门时被喷撒上不少五颜六色的纸花、泡沫，令我想起一句形容农民的话："一脑袋高粱花子"。他也气急败坏地对我说："你疯了还是怎么，你等它打碎干什么？"

说真的，那一刻我的脑筋十分糊涂，又辩解了一句："我不能走，它当然要碎了……"按说我应马上随两人走出，上台证婚才对，可是天书奇符的事一直深深地震惊着我，下意识中我觉得鱼缸就快要碎了，我不能走……

正犹豫间，丁如藻一步走上前，伸出右手一挥，精致的鱼缸被拂落到地上。

地面是水磨花岗石的，鱼缸因为有水，在一声不大的闷响中碎成了几块。看到鱼儿在漫开的水面上挣扎，耳边听到的是丁如藻气呼呼的声音："这回碎了吧？走不走？"我满脸通红，呼吸急促，脑子一片空白，只知喃喃地说："碎了，真碎了！"

当然，那天的婚礼实际上是很成功的。新郎新娘表现得雍容华贵、风度翩翩，我的证婚词说得也非常得体，画面通过大屏幕闭路电视传到每个宴会大厅，赢得一阵阵掌声和叫好声。不过有一个朋友说，她发现我在讲话时，双腿有些微微发抖。

是的，在那之后几天我想的都是：天书的又一件预言实现了，玻璃鱼缸也真碎了，可它是那样碎的，真碎得让我无法接受！

婚礼之后，田作雨和丁如藻一直沉浸在蜜月的幸福里。此后

的日子一直很平静，在等待"那一天"到来的八个多月里，都是如此。

时间一长，有些事就开始淡忘了，我又逐渐怀疑起天书预言的"飞机失事"。它真会发生吗？到那天，我把田作雨捆在家里，看它会不会发生！有时我甚至认为，到了"那一天"，什么事也不会发生，日子会像每一天那样平安度过。而田作雨的"那日子"只不过是一场虚惊，那该有多好！我真愿意我一年多来遇到的这一切全是一场梦！

这一天终于到来了。这是个阳光明媚的日子，当太阳光爬上我居室的窗帘时，我猛然惊醒，看着墙上带日历的电子钟，心中不由得剧跳几下，掠过一阵惊悚。按"天书"上简略的预言，田作雨将在这一天，在 S 市的上空因飞机失事而死。田作雨和丁如藻虽然在米柯大夫的催眠下把这事都忘了，但我记得一清二楚。想到昨天的情景，我心中不免又释然了：昨天见到他时，我未见他有任何出门远行的迹象，也未曾预定什么飞机票，怎么会有空难之类的灾祸降在他的头上呢？

同时，几天前，我就向米柯大夫建议，这一天，由我来陪田作雨度过，不让他参加任何社交活动，更不用说出远门了。米柯大夫对我的建议不置可否，看样子，他还是相信自己的那一套天书玄论。

这几日正好丁如藻回娘家了。我已同田作雨约好，今天我们两个去蜀山科学岛外围的库区钓鱼游玩一天，扔掉一切通讯工具，让任何人也找不到我们，看他还乘什么飞机，还会有什么飞机失事。除非是一架飞机正好失事，落在我们的头上。

早饭后，一个来访者与我纠缠不休，我好不容易用最短的时间把他打发走。正准备动身去迎接田作雨的汽车时，电话铃声响了，接过来一听，是田作雨打来的，不知这家伙是没动身还是已

到门前。

话筒中他的声音显得有些焦虑："北极山，你不要等我了，我有件急事得马上去办。"

"什么急事？"我尽力镇静，心中却念"不好"。

"你知道，我是从不失约的，可是郊游钓鱼什么时间去都行……我刚接到丁如藻打来的长途，我的岳母病危，要我马上去见最后一面！"

听到这里，我头上仿佛有一桶凉水浇下，怎么突然杀出这么个程咬金，难道田作雨真的要出门旅行？"你岳母在哪里？"我问，三天前就依稀听说丁如藻去北方娘家了，因为她经常去，我也习以为常，没有细问，哪知定时炸弹藏在这里。

"当然在天津了，我要立刻动身。"

"你先别走，你是在别墅还是在小红楼？我马上到你那里去，有重要的事告诉你！"我急促地说，喘得像刚跑上八层楼那样。

"都不在，我在机场，马上就要登机了！"

啊！他果然要在今天乘飞机！我大惊失色，如五雷轰顶，顿时双腿一软，几乎跪倒在地，难道天书的预言真要应验，不然怎么会这么"寸"？

不过人毕竟是人，哪怕一息尚存，哪怕只有一线希望，也不会放弃向命运的抗争，我摇着话筒，几乎是向他吼叫："不！你千万不能去！"

"为什么？"那边传来不解的反问。米柯大夫的催眠术真灵，田作雨对天书上这可怕的一天果然一点记忆也没有了。

"飞机会出事的！"

"哈哈，你怎么知道？你在上面放了炸弹？我坐飞机有一百回了，也没出过事，这条航线我也飞了有十多次，不要瞎操心……"

田作雨平心静气，对自己走向死亡而茫然不知的声调，多少

也感染了我，我定了定神，想"天书"上说的是 S 市，而现在田作雨要去的是天津市。两市相距甚远，这次航班从来不会拐到 S 市的空港停泊的。但不管怎样，时间不容我细想，也不容我细讲，我大声地命令他："你绝对不能去，我马上去机场接你，你必须回来，要去明天再去！"

"你是不是有病？你好没人情味，误了一次钓鱼就这么小题大作？难道你让我明天去哭坟头吗？有什么重要的事，等我回来再处理！"

没等我答话，他已把电话挂上了！

我继续拨他的手机、呼机，都无应答，想必他已登上了飞机，它们全被关掉了。怎么办？现在唯一的办法，是追回他。我不顾一切，下楼骑上摩托车，风驰电掣一般地向南郊机场驶去，一路几乎超过了所有的车辆，我心中只有一个念头，无论如何也要把田作雨劝回来，劝不服就拖，只要别让他登上飞机，一切预言就会破产！

冲进候机厅，幸运，虽然起飞的时间已过，但这个班次还没有起飞。乘客们早已登上了飞机，我无飞机票，自然无法通过登机走廊入场，只好找到机场的一个朋友，称有急事，要求在地勤人员的出入处走进机场。

这是一位平时很少见面的朋友。他见我急成这个样子，相信一定是发生了天大的大事，他劝我先用候机厅内的通讯或广播向飞机联系，我说来不及了，必须面告，朋友只好为我开了绿灯，让我乘一辆在机场上专门接送旅客的中巴奔向那架整装待发的航班。

这是一架超音速的"协和"飞机，我国早年购进的，细长的身子，后掠的三角翼，平时看起来好不威武，但此刻在我的眼里，它伏在跑道的起点上却像一只怪物，尤其是它那尖尖的头吻微微下倾，像有什么不如意的事而垂头丧气一般。

乘客只要一进入机场，就无人再验票了，因此没有人阻拦我，我顺利地奔向这架"协和"飞机，爬上舷梯，从开着的舱门走人，闯进机舱。

窄小的机舱里，座椅左二右三地靠窗排成两个纵队，中间是一条过道，人们大都默不作声地坐着。一位空姐正在随着播音的内容向乘客们做怎样使用氧气面罩的示范，我拨开她，径直向里面走去，寻找老友田作雨的面容，边走边喊他的名字。

终于，在后舱的许多空座中间，我找到了这个鸟人。我一把抓住了他的胳膊，好像生怕他飞了那样，压低声音说："你不能去，必须马上跟我下去。"甚至我连他带没带旅行包，旅行包放在哪儿都没管，解开他身上安全带的扣子，拉起他就向外走。

我如同天上掉下一般地出现，惊得田作雨半天说不出话。直到跌跌撞撞地被我拉着在过道上走了十来步，他才猛然挣脱了我的手，十分恼怒地说："北极山，你这是什么意思？"

几个散坐着的旅客都吃惊地向我这儿看，幸好空姐不在跟前，这个紧急而又尴尬的场面让人无法解释，可是又不能不解释，我只好说："公司里出了重要的事，要你马上回去处理。"

"莫名其妙，什么事？怎么让你来找我？"田作雨重重地坐在身边的空位上。

"一两句话怎么能说得清，先下去，再和你说。"我想只要我把他诳下飞机，一切就好办了。可是田作雨忿忿地坐在那儿瞪起眼睛盯着站在过道上的我，纹丝不动，根本不信我的话。

"你的生意吃了大亏，眼看就要破产了！"情急之中我编出一个有关他的最大的谎言，不料这个谎言编得太大，反而更引起了田作雨的怀疑。他瞪着我看了足足有十秒钟，——此刻十秒钟好像十小时那么长——最后他的答复是摇摇头，只说了三个字："不可能。"

我完全急了，又一次拉住他，要把他拖下去，同时凑近他的耳边说："飞机会出事的。"

"果然又是这一套，你存心咒我不是？我岳母马上要咽气了，等我去见一面，你今天干吗这么和我过不去？就算是要出事，你也得说出理由吧？"

"当然有，下去告诉你。"我压低声音说。

他还是不听，仍然在那儿打着千斤坠。

正在我汗津津地与他撕扯着，想把他揪起拖走的时候，飞机轻轻一震，我们两人同时跌倒在座位上，我抬头看一眼舷窗外，楼房、树木、停泊的飞机都在慢慢地向后移动，原来我们这架飞机已经开始在跑道上滑行了！

我颓然瘫坐在那里，不知怎么办才好，去喊空姐或机长让他们把飞机停下来吗？说什么理由呢？即使我说出了真相，谁又会相信我这一番鬼话呢？连当事人田作雨都不信！

这时，一位空姐在前舱口露一下面，问我们两人为什么不系好安全带，我几乎要脱口说出我的来意了，正在这时，飞机像猛然被人提了一把一样，向上一抬，离开了地面，发动机的轰鸣声越来越大，舷窗外的楼尖以飞快的速度向后退去。这个机场每五分钟就要起落一架飞机，是不可能为我一个人把飞机再飞回停下的，我长叹一声，把安全带拉到胸前扣好。田作雨愣愣地看着我扣完，才像忽然想起什么似的连忙将自己的也扣上。

现在，还说什么呢？不但田作雨，此时此刻，就连我，我的一切，也都交付给这架直刺天空的"协和"飞机，交付给蓝天了！

我明白了，怪不得一年前我在家遥控科学岛上的京垓—奥尔特超级活子计算机，没有算出"飞机失事"这件事，还差点连自己都陷了进去，原来我自己也在这件事之中！

空姐走回去了，我微微合上眼睛，头靠在椅背上，脑海中只

转动着一个念头：完了，这回可是一切都完了。想当年上中学时我和田作雨结为兄弟，不求同年同月同日生，没想到今天，可真要"同年同月同日死"了！

在田作雨的用力晃动下，我又睁开了眼睛，转头正看见他摘下眼镜后赤裸的、血红的双眼，整个脸上呈现一股晦气。他正在不知第几遍地问我："你到底要拉我回去干什么？飞机真的会出事吗？"

我微微一笑，我想我这一笑做得很成功，因为在闭目的一两分钟内，我已努力使自己的情绪稳定了下来。我轻描淡写地向他解释：飞机出事？没有的事。是他的一笔生意全砸锅了，要赔上一大笔，不过这也算不了什么事。我一边说一边想：与死亡相比，这当然算不了什么事。

飞机越升越高，从舷窗看下去，幢幢楼房变得像小孩子摆放的积木一般。过了一会儿，飞机已经拉平，以超过音速一倍的速度向北直插，劈开深蓝色的天幕，把一朵朵零散的云团迅速地抛在后面。这时，田作雨反过来十分关切地反复问他生意赔本的事，我无法编得圆满，只好生气地说："既然你不回去，还问这干什么？"

话不投机，我们各自看着窗外。天气转为多云，飞机在穿云破雾。有时遇上向下的气流，飞机会突然向下急降数百米，每到这时，我的心也和它一起降下去了，这些正常的情况在我今天看来似乎都是出事的前兆。飞机三角形的机翼在气流的作用下轻轻地上下抖动，真像鸟儿飞翔时扇动的翅膀，我心中祷告：再轻点抖罢，千万别折断！飞机在调整高度时，襟翼在上下翘动，驱动它的是通向机身的一根金属杆，这根金属杆一定是通过油压机构，由驾驶员扳动的，我心中又默默地祈祷：那金属杆的接头千万别脱落！

空姐过来送食品饮料时，我拦住问她：乘飞机安全吗？这架飞机起飞前经过了机械师严格检查了吗？空姐对我的问话感到很奇怪，但还是耐心地向我解释：乘飞机十分安全，飞机每次起飞前都要经过周密的检查，飞机出事的概率是那样的低，低到飞过四千个地球到月球的距离那么远时，才可能有一次出事的机会。我听了这些，只好装得像第一次乘飞机那样，茅塞顿开，放心而坐。

飞机在一片薄薄的云雾上飞行时，四周半云半雾空旷溟濛如在梦中。我从舷窗低头往下看，脚下的云雾上有我们乘坐的这架飞机的影子，影子外还罩着一轮七彩的光环。"佛光！"我心中呼喊一声，这是在峨眉山顶也少见的奇观，没想到在此时的空中被我见到。沐浴着头顶云缝照进的阳光，我心中又一次默默地祈祷，希望这佛光能给我们带来好运。毕竟，我们不是飞往 S 市。

这次旅程的时间大约是 1 小时 10 分钟。航程已过大半，飞机终于彻底钻出了云海，云雾渐渐淡化、散去，头顶上灿烂的阳光照得机翼银光闪闪。过了一会儿，碧空如洗，大地上河汉道路交错纵横，历历在目，气象条件非常理想。

飞机的高度在慢慢降低，看来是接近终点，准备着陆了。一片很大的市区在我们的脚下掠过，有一条弯弯曲曲的河道穿过市区，河上有一座斜拉桥，隐约能看到桥上有汽车在蠕行。前面仿佛是飞机场的跑道，但飞机的高度太高了，很快跑道又被甩在后面。

前面是一小片低云，飞机钻了进去，不一会出来时，从左舷窗射进的阳光现在竟从右舷窗射进来了，原来是飞机拐了个大弯。

飞机转了一圈，分明是又在转第二圈，因为我又见到了那条弯曲的河道，斜拉桥也在脚下掠过，不同的是又近了点，不久又开始转第三圈。我终于忍不住，快步走到舱前问空姐："飞机为什

么盘旋？是不是起落架放不下来？"

空姐向我微微一笑："别瞎猜，是等候降落，请回到座位上去坐好。"

我看她镇定轻松的表情，心想看来是没有什么事，便慢慢回到自己的座位上，田作雨正在一边闭目养神。

几分钟之后，飞机又大大降低了高度，看样子是对准跑道要着陆了。

这时，机舱里的扩音器忽然响了："乘客们，我是机长，我们飞行的目的地天津附近有雷雨，那里不能着陆，我们只好改飞到 S 市，在这里的机场紧急着陆，等天津的天气变好后再飞往那里，希望乘客们谅解。"

听了这个消息，我的脑袋像爆炸了一颗炸弹一样，轰然一声，顿时四肢发软，浑身冰凉。如果说刚才在旅程中，我还心存侥幸的话，这回，还说什么？一切，一切都应验了！

我抬头四顾，发现周围的气氛极为反常，舱里静得要命，所有的人都在座位上沉默不语、噤若寒蝉。没有谈话声，没有咳嗽声，连通常听到这种坏消息所引发的惊叫、不满、牢骚、怨怒，也没有。我心中暗叫不好，据说车船飞机在旅客高声说闹时是从来不会出事的，将要出事时，车厢、客舱里总是死一样的寂静，也许我们每个人对灾祸的到来都有预感？现在正是这样，除了震动耳膜的飞机引擎声外，整个客舱里似乎变得如同空无一人一般！

正在闭目养神的田作雨听到了机长的广播，猛然抬起头，脸上也和众旅客的表情一样僵僵地凝固了半天——忽然又变得十分恐怖。

他这副表情我见过，一年半以前气功师金燮为他做气功催眠之后，他从失忆症中清醒过来时就是这样的。

看来，是"飞机在 S 市机场着陆"这个重大信息撞击搅动着他

的意识深处，正在自动唤醒他十个月前丢失的记忆，那是他专门求米柯大夫为他做催眠抹去的。

"你怎么了？"我问，声音变得连自己都辨认不出是谁的了。

"我全想起来了……我，我明白了！……天书，天书上说，今天是我死的那一天，就在Ｓ市机场着陆时，一场空难，飞机摔下去了，你……"他瞪大惊恐的双眼，脸部肌肉可怕地痉挛，声音里充满了绝望，拖着哭腔："原来还有你！……不，决不！"

他的话尾音未落，人已离开座席快步向前舱跑去，想必，他已被突如其来的"死亡"吓得慌了手脚了！

我愣了一愣，急忙向他追去，想把他拉住。因为飞机若真的失事，他再跑也是不会跑出飞机的，把他拉回伏在座位上，盯好紧急出口，生存的希望可能会大些。

飞机正在全力减速，田作雨几次跌倒，我也几次扶住身边的不管什么东西，胃里翻江倒海。他的身影很快穿过前舱，在前舱通向机首的门前一闪，不见了。一个空姐想拦我们没有拦住，迈着更艰难的步履在后面追。

我奔进那道门之后，一连穿过写着"盥洗室"和"配膳室"的两道门，来到通向驾驶舱的门口，半开的门上印着"乘客止步"的字样，里面传出田作雨声嘶力竭的声音：

"不许在Ｓ市降落，马上改飞别处，不然的话，我要劫机，引爆身上的炸弹！"

啊！他要劫机！我惊得魂飞魄散，正要闯进去制止他的荒唐举动时，飞机轻轻一震，原来驾驶员已经放下起落架，飞机调整好方向减速冲向跑道了！

回头听，客舱里什么声音也没有，广播声也没有，想必是线路已被领航员切断。

"来不及了！飞机着陆的准备动作已经完成，减速伞也已打

开，再起飞，不可能了！"声音来自驾驶舱里，可能是驾驶员的声音。

"少废话，我命令你马上把飞机拉起来！飞到哪儿都行，就是不能在 S 市降落！"这是田作雨在喊。

"不要拉操纵杆，我们会同归于尽的！"

再没有听到什么话，只听见金属撞击的声音，飞机突然剧烈地摇动起来，如同海上的航船遇上了巨浪一般，在颠簸中我三步并作两步爬到了驾驶舱门口，正见到这样一幕：

在密密麻麻的仪表前，田作雨和主驾驶员在拼命地争夺操纵杆，田作雨要把它拉起，而主驾驶员则牢牢地推住不放。正在这时，旁边的副驾驶员在颠簸中爬起来扑向田作雨，田作雨冷不防被这意外的袭击打了个趔趄，随即返身与副驾驶员扭打在一旁，田作雨的突然松手，使主驾驶员一下子将操纵杆推到尽头——等他有所反应，急忙想把它拉回原位时，飞机早已在这闻所未闻的驾驶方式下重重地叩了一下头。

这一叩头，前起落架就提前撞到了跑道上，整个飞机像挨了

炮弹一样震动了一下，我清楚地听到了长长的前起落架被挂裂、折断的声音。随着前起落架的折断，机头猛然下落——"协和"飞机的机头本就是稍稍下垂的，这一猛然下倾，机首的鼻部就最先碰上了坚硬的跑道。这一瞬间，我只觉被震得五脏麻木，险些滚进驾驶舱。我握着舱门，强令自己不得昏迷，求生的欲望使我连滚带爬地奔向后面的配膳室……就在这时，地板在我脚下裂开，然后是两侧，最后是头顶的舱板全裂开了——突然机头折断脱落，整个驾驶舱，连同正副驾驶员、田作雨和一个空姐都跌了出去。脱落的机头撞在机场跑道坚硬的水泥地面上，反弹了几下，向前滚了几下，随后喷出火来，被甩在身后。

我紧紧地抓住了一个什么扶手，两脚悬空——幸亏，那扶手是在机身上，不在脱落的机头上，才免遭被甩出的命运。但我已经被暴露在无头飞机的最前方，跑道和草坪飞速地在脚下滑过，可以清晰地听到机腹与草坪刺耳的摩擦声。风，迎面像洪水一般疯狂地吹来，飞机在剧烈地震动着，似乎每一秒钟都有解体的可能，我觉得飞机不是在冲向地面、冲向跑道，而是在冲向地狱、冲向深渊！

机头折断飞出产生的巨大侧向力，使飞机偏离跑道冲向一片草坪，也多亏飞机冲向了草坪，才使靠机腹滑行的飞机没有起火爆炸。也得感谢着陆减速伞的减速，飞机终于停住了，我松开扶手跳下地，回头看到的是一副恐怖的景象：

飞机像一只无头的蜻蜓，整个机身与地面倾斜成二十度角，头朝下扎在草地上，机尾高高地翘起，机身被震出无数裂缝，右机翼已断成两截，航空汽油像泉水一样从中喷出来。回头望，三百多米长的草皮被机腹擦光，各种零部件、碎片被甩得一片狼藉，远处有一堆火焰在猛烈燃烧，想必是脱落的机头。

几个空姐引导前舱的乘客，从机头脱落的断口处跳下，一个

个被震得腿折臂断，互相伛偻提携，其惨万状，紧接着，后舱一侧的紧急出口也打开了，帆布制的紧急疏散滑梯迅速滚下展开并充足气体，可是因机尾翘得太高，滑梯的底端根本够不着地，像半个跷跷板那样在半空中颤动，有几个溜下来落在地上的人都摔得不轻，我急忙奔过去接住后面滑下来的几个人，许多人转从前舱紧急出口蜂拥而出。

不顾机场人员的阻挡，我向机场远处正燃烧的地方奔去。到处散落着机头的碎片。很快，我找到了田作雨。他卧在坚硬的水泥跑道上，嘴角流着血，嘴巴还有热气出来，左腿没有了，右腿也扭曲成麻花状，我弯腰用手摸摸他的胸膛，他的心脏早已停止了跳动，再翻开眼皮看看他的眼睛，瞳孔已散得很大很大，生命的光芒消失，代之的是一片阴暗的死灰。田作雨身旁不远处，是那位和田作雨搏斗的副驾驶员，也早已停止呼吸，僵化的面部扭成一团，表情痛苦而可怕。我慢慢地合上朋友的双眼，失神地站了起来，看着才反应过来的救火车、救护车、警车发疯般地驶进机场。

等我作为最后一名旅客登上救护车撤离现场时，救护车在"协和"客机的机头旁驶过，机头已被彻底烧毁，只剩下一个空架子，车渐渐驶离了机场，回头，一股血肉被烧焦的腥臭味还在机场上飘荡……

尾　声

　　田作雨终于按天书所预言的日期和方式如约地去了。他不会不知道劫持航空器是要被判极刑的，一个平时为人谨慎的人，怎么会突然做出这样胆大妄为的举动呢？也许在冥冥中有一只看不见的手在支配着他？也许他已经明白了事情的不可避免，这是他对自己不幸命运的最后一次抗争？可是如果他端坐不动，一任飞机正常着陆呢，还会有这样的结局吗？

　　时光也许会倒流，但历史却不能重新开始，面对历史之河，濯足长流，抽足再入，已非前水。事情是这样，已经是这样，就只能是这样。

　　终于，我和米柯大夫决定，将这一切公布于世。我们必须向世人宣告，田作雨不是劫机犯，他没有任何犯罪的动机，更没有预谋。

　　"劫机事件"联系一年前的"计算机杀人事件"成了一条更具爆炸性的新闻。再加上"天书奇符"的故事，在社会各界都引起了轰动，有的人惶恐不安，忧心忡忡；也有的人深信不疑，跃跃欲试；当然，也有人不为所动，斥之为无稽之谈。各种猜测、分析、联想不一而足。很多专家学者通过各种途径找到米柯大夫和我，向我们索取资料，要求开展深入研究，都被我们拒之门外。我们

还说服超级计算中心及国家有关部门，以国家机密的形式，把有关费建、霍明高、周雅丽等人的计算资料进一步封存，保密期五十年，不许任何人再介入。

田作雨的巨大遗产都归在了他的遗孀丁如藻的名下。他的养殖场——野风别墅的雇员们说，在飞机失事那天的同一瞬间，田作雨豢养的动物们齐声长嚎，狗吠、狼嗥、熊咆、驴鸣、鸡啼、鹤唳、猿吟，乱作一团，动物莫非有通灵之术？问四邻，邻居们皆同声称确有其事。

许多专家相信，霍明高博士和周雅丽小姐等四人总有一天会苏醒的，由米柯大夫挂帅成立的攻关小组，每周都要去"植物人护理康复中心"察看四人的病情，进行各种电刺激和诱导。专家们的热情使我深受感动，我满怀信心地希望，在不久的将来，这四具"孤岛意识体"会重返人间，成为"人类意识网"中的一格。